TÉVYE, O LEITEIRO

Coleção Textos

Dirigida por:

João Alexandre Barbosa
Roberto Romano
J. Guinsburg
(*in memoriam*)

Trajano Vieira
João Roberto Faria

Equipe de realização – Preparação de texto: Marcio Honorio de Godoy; Revisão: Luiz Henrique Soares; Retrato de Scholem Aleikhem: Moysés Baumstein; Projeto de capa: Adriana Garcia; Produção: Ricardo W. Neves, Sergio Kon, Luiz Henrique Soares.

TÉVYE, O LEITEIRO

SCHOLEM ALEIKHEM

J. GUINSBURG
ORGANIZAÇÃO, TRADUÇÃO, INTRODUÇÃO E NOTAS

SERGIO KON
DESENHOS

Título original em ídiche:
Gantz Tévye, der Milkheker

CIP-Brasil. Catalogação-na-Fonte
Sindicato Nacional dos Editores de Livros, RJ

S391t

Scholem Aleikhem, 1859-1916
Tévye, o leiteiro / Scholem Aleikhem; J. Guinsburg organização, tradução, introdução e notas; Sergio Kon desenhos. [1. reimpr.] – São Paulo: Perspectiva, 2012.
12 il. – (Textos; 27)

Inclui cronologia
ISBN 978-85-273-0940-0

1. Tevye (personagem fictício: Scholem Aleikhem) – Ficção. 2. Ficção ídiche. I. Guinsburg, J., 1921-. II. Kon, Sergio. I. Título. II. Série.

11-8267. CDD: 839.13
CDU: 821.112.28

07.12.11 16.12.11 032014

1ª edição - 1ªreimpressão

EDITORA PERSPECTIVA LTDA.

Alameda Santos, 1909, cj.22
01419-100 - São Paulo SP- Brasil
Tel.: (11) 3885-8388
www.editoraperspectiva.com.br

2024

SUMÁRIO

TÉVYE, O LEITEIRO

A todos que colaboraram para minha viagem ao Brasil, e especialmente à Gita, ao Sergio e ao Abrão Slavutzki, quero agradecer, com a graça de Deus, é claro, mais esta tzore, *digo eu, dor de cabeça, a de contar em português as minhas* tzores. *É o que Tévye me pediu para lhes transmitir em seu nome e no de Scholem Aleikhem, e é o que faço em fiel testemunho e acrescento o comentário que ele teceu a este propósito:* "Ich hob dos gedarft hobn vi a lokh in kop" – *eu precisava disso como de um buraco na cabeça...*

J. GUINSBURG

APRESENTAÇÃO:

TÉVYE, O LEITEIRO, DE SCHOLEM ALEIKHEM, EM TRADUÇÃO

Um clássico é um clássico, e vice-versa
ÍTALO CALVINO

A polivalência de Jacó Guinsburg, expressa através de suas atividades como ficcionista, professor, jornalista, tradutor, editor, crítico literário e teatral, confirma-se com a tradução do texto de Scholem Aleikhem(1859-1916), *Tévye, o Leiteiro*, que agora vem a público. Centrado na língua ídiche, transitando pelo hebraico e voltado às mais diversas produções culturais em língua portuguesa, pode-se dizer que esse estar *entre-idiomas* é a moldura em que se insere o tradutor. Seus horizontes culturais não são rigidamente demarcados, multiplicando-se os entre-lugares em que a aventura a que se lança se mostra como uma tecla permanente.

Em *Aventuras de uma Língua Errante*, o Jacó Guinsburg ensaista alonga-se no espaço e mergulha no tempo da errância da língua ídiche pela Europa e pelas Américas, revelando autores e obras, atores e cenas surpreendidos em lances luminosos de sua pertença a múltiplos horizontes culturais.

Já como ficcionista, no livro de contos *O Que Aconteceu, Aconteceu*, a dupla de personagens Srulik e Brodski marca uma das linhas temáticas mestras da coletânea: a imigração dos judeus do Leste Europeu para o Brasil e sua adaptação no país. É o tom tanto do suporte oral como da escrita da literatura ídiche que os contos mimetizam. E mais: os idiomas (ídiche e português) em contato intercambiam signos, um contexto linguístico e semântico transita para outro, a ponto de o modo de ser de uma língua transportar-se para outra, criando, tradução encoberta, um texto ídiche escrito em português. Uma visão de mundo, o modo de ser das personagens, a forma de perguntar e de responder, a ironia, confrontos que fazem faísca e produzem humor, o tipo de solução para os conflitos, todos esses elementos formam um potencial expressivo tal, que fica depositada nas vozes das personagens imigrantes, em coro com a do narrador, uma história da imigração dos judeus ao Brasil[1].

Jacó Guinsburg já era autor de várias traduções para o português, quando em 1966 funda a editora Perspectiva, que ocupa desde então um lugar de destaque no mundo cultural brasileiro e latinoamericano, constituindo-se num marco editorial de grande importância no âmbito das ciências humanas, da literatura e do teatro. Com um diversificado leque de publicações (ensaio, crítica, traduções), Jacó produziu uma nova antologia judaica, ampliando e sistematizando sua colaboração no campo da edição e da tradução. Esta nova *Judaica*, composta de treze volumes, inacabada, segundo seu idealizador, é um marco na divulgação da cultura judaica em sentido amplo no Brasil[2].

Portanto, ninguém mais autorizado do que Jacó Guinsburg para nos apresentar uma tradução de *Tévye, o Leiteiro*, de Scholem Aleikhem, um clássico da literatura ídiche.

Como Scholem Aleikhem, pseudônimo de Scholem Rabinovitch, é uma forma de cumprimento comum em língua ídiche (A paz seja convosco!), ela carrega em si uma solicitação de resposta. Essa matriz em chave dialógica é importante para a compreensão da novela *Tévye, o Leiteiro*.

1. Ver O Que Foi Que Ele Disse?, em Berta Waldman, *Entre Passos e Rastros: Presença Judaica na Literatura Brasileira Contemporânea*, São Paulo: Perspectiva, 2003, p. 141-152.

2. Ver Uma Aventura no Brasil, de Enrique Mandelbaum, em *Noah/Noaj*, B. Waldman; Moacir Amâncio (orgs.), São Paulo: Humanitas, 2007, p. 13-44.

O protagonista (Tévye) interage com o autor, repassando-lhe os acontecimentos que deveriam se transformar no relato, afinal presentificado pelo próprio protagonista; ele também interage com Deus, que, é claro, não lhe responde. A quem se dirige o cumprimento embutido no pseudônimo do autor? Certamente ao leitor, que ocupa um lugar parelho ao do autor, uma vez que lê o relato de Tévye ao mesmo tempo que o "escritor", o qual deveria transformar em livro o livro que o leitor está lendo. Portanto, a situação do leitor é igual à de alguém que compartilha com o "escritor" a posição de ouvinte. Ou seja, poder-se-ia pensar numa literatura escrita que se apaga para tentar dar lugar à narrativa oral, com todas as suas marcas específicas.

A porosidade dos papéis de narrador e personagem atribuídos a Tévye proporciona ao texto uma maleabilidade típica do relato popular e oral de matiz dramática, não sendo de espantar que essa obra tenha sido tantas vezes representada no cinema, teatro e em espetáculos musicais da Broadway[3]. O sucesso alcançado nos Estados Unidos e em outros países, entretanto, deve-se em parte ao tratamento de desetnização a que a obra de Scholem Aleikhem foi submetida, de modo a agradar ao grande público, distanciando-se dos méritos literários implícitos ao texto propriamente dito.

Retornando ao narrador protagonista do relato de Scholem Aleikhem, cabe aqui uma aproximação com o ensaio "O Narrador: Considerações Sobre a Obra de Nikolai Leskov"[4], de Walter Benjamin, de 1936. Para o filósofo, a arte de contar torna-se cada vez mais rara porque ela parte, fundamentalmente, da transmissão de uma experiência no sentido pleno, cujas condições de realização já não existem na sociedade capitalista moderna. Para ele, a experiência transmitida

3. O musical *Um Violonista no Telhado* foi montado em São Paulo em 1992 por Yacov Hillel, com um elenco que mesclava atores já experientes com outros em início de carreira. Recentemente, houve uma nova e bem-sucedida montagem brasileira de Charles Möeller e Claudio Botelho, desta feita no Rio de Janeiro. Uma versão desse musical foi recordista na Broadway, tendo estreado em 1964 e permanecido por mais de sete anos em cartaz. No cinema, *Fiddler on the Roof*, filme dirigido por Norman Jewison em 1971, não apenas obteve sucesso de público, como também de crítica, sendo laureado com três Oscars e dois Globos de Ouro.

4. Em *Magia e Técnica, Arte e Política*, São Paulo: Brasiliense, 1985.

pelo relato deve ser comum ao narrador e ao ouvinte. Pressupõe, portanto, uma comunidade de vida e de discurso que a técnica, o desenvolvimento do capitalismo, sobretudo, destruiu. A distância entre grupos humanos, entre gerações, transforma-se em abismo, já que as condições de vida mudam num ritmo rápido demais para a capacidade humana de assimilação. Assim, a experiência comunitária funda a dimensão prática da narrativa tradicional. Aquele que conta transmite um saber que seus ouvintes podem receber com proveito. Trata-se de um saber prático que muitas vezes toma a forma de moral, advertência, conselho, que tem seu curso no fluxo narrativo comum e vivo; uma vez esgotado – quando a memória e a tradição comuns já não existem –, o indivíduo isolado, desorientado, reencontra o seu duplo no herói solitário do romance, identificado como forma característica da sociedade burguesa moderna.

Na novela de Scholem Aleikhem, o pretenso autor parece delegar ao narrador a autoria da obra, porque este, além de ser o depositário da experiência, estava, em algum momento, no mesmo nível de seus interlocutores. Trata-se de uma personagem popular que fala ao povo, contando uma história que enseja e desencadeia outras. Essa dinâmica ilimitada da experiência é a própria constituição do relato. Entretanto, hoje, tantos anos após sua publicação, o abismo entre gerações impede a experiência comum e prioriza justamente a tensão entre narrador e protagonista frente às vicissitudes do ato de contar a experiência vivida, sem falar do embate entre linguagem oral e escrita[5]. Como se verá mais adiante, o relato passa a

5. Vale lembrar que delegar autoria é uma tática comum na ficção do século XIX. São muitos os textos em que o narrador afirma ter encontrado um documento e o transmite, ou um desconhecido que em situação de passagem (no trem, por exemplo) conta o conteúdo de um suposto manuscrito, implicando sempre a relação em que o autor é um *outro* mais distante, ponto cego do leitor.

Vale lembrar, ainda, que Roland Barthes opõe, teoricamente, escrita e fala, que não lhe pareciam saídas do mesmo corpo. Achava que a fala saía do corpo em estado imediato de expressão enquanto a escrita, ao contrário, parecia-lhe isenta de qualquer imaginário, no sentido de atenção para a imagem do outro ou de si mesmo, porque submetida a uma escala de códigos que funcionariam como mediações: estilo, concisão, ambiguidade e a "paciência da mão que não

conter hesitações acumuladas aos tempos diversos de leitura, suscitando a intervenção do processo tradutório.

Inicialmente publicada em jornais[6], *Tévye, o Leiteiro* nasce com fortes características de folhetim, gênero em pauta na literatura europeia da época. O folhetim apresentava uma estrutura fixa que admitia, entretanto, interpolações e mudanças no rumo da história, levando-se em conta as reações do leitor. De 1899 a 1905, Scholem Aleikhem continuou a publicar monólogos de *Tévye* em capítulos, em jornais de diferentes locais: São Petersburgo, Varsóvia, Vilna e Nova York. A obra foi escrita para jornais e revistas, como era comum aos escritos em hebraico e ídiche na época, para atingir um maior número de pessoas. Em 1911, foi publicada a primeira edição oficial do livro, em *Obras Completas,* na cidade de Varsóvia. Naquele ano foram feitas edições em ídiche e russo. A tradução para o russo foi realizada pelo próprio autor.

Gantz Tévye, der Milkheker (a edição integral de *Tévye, o Leiteiro*) é constituída por uma carta introdutória e nove capítulos. A obra apresenta-se sob a forma de um monólogo dramático, construído a partir de uma voz incumbida de traçar a narrativa, que institui uma segunda pessoa, a quem se dirige a fala monologal. A cena é a de um "diálogo monológico" ou um "monólogo dialógico" já que o relato se constrói sobre duas personagens, mas apenas uma fala. A segunda, como se viu, é Scholem Aleikhem – a instância autoral. É ao autor do romance que Tévye atribui, por projeção, opiniões e reações. Como a segunda pessoa não reage, ele toma a rédea da situação, matizando com sensibilidade e graça um momento importante de transformação da vida judaica na diáspora.

As cenas descritas no livro não são apresentadas no momento em que ocorrem; são transmitidas numa conversa, em que o sujeito as

pode andar tão depressa quanto o pensamento". Ver Roland Barthes, *Inéditos*, v. 1, São Paulo: Martins Fontes, 2004, p. 302 (Teoria).

6. A primeira série de histórias de Tévye foi escrita em 1893 e publicada na revista *Hoiz Fraind*, 1894, v. IV, com o nome genérico *Tévye, o Leiteiro*. Essa edição incluía um monólogo conhecido posteriormente como *Kotonti*, e *Dos Groisse Gevins* (A Sorte Grande).

analisa, generaliza, corrige, pondera, para lamentar-se, colocando--se sempre o dilema de um pai que ama as filhas e os descaminhos que elas vão traçando. Além desse diálogo monologal com o autor, há uma série de diálogos entrelaçados de Tévye consigo próprio, com seu cavalo e com Deus.

No transcurso do monólogo aparecem, com frequência, citações do *Talmud*, o código das leis – referencial que norteia a vida da personagem –, seguido de um lugar de discussão, perguntas e questionamentos – à maneira de um *pilpul*[7] – fundando um espaço labiríntico de construção que amplia uma busca de saídas dentro da tradição. Por outro lado, essa voz monologal dá a medida da solidão da personagem e, soma-se a ela, a voz da tradição frente a um mundo em transformação. Tecida na oralidade, a fala de Tévye é alimentada pelo riso matizado com a melancolia e com um clima trágico. O isolamento, o preconceito, a impotência, a falta de perspectivas, a assimilação, a tragédia, dão a tonalidade ao relato à medida que as mudanças são apresentadas ao protagonista por suas filhas. Elas representam o sistema de novos valores, enquanto o pai tenta se agarrar à tradição. Sonhador, Tévye projeta um mundo melhor, mas o que o sonho constrói a realidade demole, a exemplo de *D. Quixote*, com quem esta e outras personagens de Scholem Aleikhem são comparadas pela crítica. Por outro lado, o desnorteamento, devido à perda do referencial de valores que pautou a vida dos judeus por séculos, e a dor da ferida aberta aproximam Tévye da modernidade.

A ação da obra se passa no *schtetl*. Nessa organização pré-moderna e pré-burguesa, de economia fechada, sem articulação de classes sociais, as pessoas se distinguiam pelo estudo, pela posição econômica e pelo conceito de *iches* (orgulho e *status* familiar)

A precedência, no sistema de valores, era dada aos instruídos, mas a observância aos preceitos também era considerada. À me-

7. "Debate", em hebraico. O termo significa também certo tipo de disciplina no estudo talmúdico. Essa matéria, introduzida por Jacob Pollak, foi especialmente importante na Polônia a partir do século XVI e é exemplificada nas obras dos eruditos talmúdicos desse país. Ver Cecil Roth, *Enciclopédia Judaica*, Rio de Janeiro: Tradição, 1967, v. III.

dida que essa organização se aproximava da vida moderna, mais a riqueza desafiava e usurpava o lugar da instrução. O mundo exterior significava hostilidade e força bruta em conformidade com a estrutura folhetinesca, em que o mal sempre vem de fora para desorganizar a ordem estabelecida. A sensação de precariedade aproxima os judeus do passado mítico que acalentava um futuro preenchido pela redenção do Messias. Quando o *schtetl* começa a ser destruído por pressões externas, torna-se inevitável o deslocamento em relação à fé, sendo que a história põe entre parênteses a noção de eternidade. Deslocada a fé, surgem movimentos políticos dentro da comunidade judaica, principalmente o socialismo e o sionismo. Com a Emancipação, instauram-se mudanças bruscas no modo de vida do *schtetl*, que entra na modernidade, sem apresentar condições infraestruturais para tanto, criando-se a contradição entre a necessidade de preservação da tradição e a impossibilidade de mantê-la na era moderna. É essa a moldura contextual da literatura de Scholem Aleikhem.

Sua personagem – o judeu pobre da Europa Oriental – é nacional em sua representação do povo; apesar de seguidamente maltratados pelo governo russo, os judeus desfrutavam do privilégio de serem vistos como um povo, por alimentarem uma experiência comum. Encravado no vértice entre tendências opostas, nota-se nos monólogos do autor a tensão resultante da colisão entre tradicionalismo e secularismo, entre conservadores e radicais.

O texto tem como foco principal uma família pobre, em que o casal passa por sérias dificuldades para sustentar suas sete (de fato, apenas seis são referidas no relato) filhas; Tévye, o protagonista, vive de acordo com a tradição judaica, enquanto as mudanças lhe vão sendo apresentadas, como vimos, principalmente através das filhas. A primeira, ao se casar, rompe com a tradição de ter o noivo escolhido pela família. A segunda, autônoma, casa sem a permissão do pai, informando-o *a posteriori*. A terceira apaixona-se por um não judeu. A quarta, movida por uma desilusão amorosa, suicida-se. Da quinta, nada é contado. A sexta casa-se com um judeu rico, porém absolutamente ignorante. Desapontado, Tévye vê seu mundo ruir.

Pouco instruído, o protagonista mantém conhecimentos bíblicos incertos, e seu monólogo dirigido a Deus é fundamentalmente inocente, ligeiro, ainda que sardônico. A voz de Tévye ultrapassa-o, para tornar-se também a do povo que apela a Deus por seu sofrimento, a partir de uma abundância de amor, mas também responsabilizando--o pelos descaminhos da vida judaica. A grande crise que afeta os judeus ocorre em função do progresso, e o protagonista é o último de uma dinastia de judeus crentes, enquanto sua filha Have localiza--se como sua oponente, pondo em relevo o judeu laico moderno. É curioso observar que a personagem moderna de Scholem Aleikhem é representada por uma mulher e não por um homem, dado que aponta para a enorme dimensão das mudanças ocorridas na época.

No momento em que os grandes centros da cultura asquenazita na Europa Oriental se esvaziaram de seus leitores, ou porque foram mortos pelo nazifascismo ou porque emigraram para outros países, a impressionante produção literária em língua ídiche viu-se relegada às estantes de bibliotecas de leitura cada vez mais escassa. Desaparecidos os leitores de Scholem Aleikhem, as gerações seguintes tiveram com a obra apenas contatos ocasionais em seu idioma de origem.

Aí entra em cena a tradução que tem importância imensa no estabelecimento dos cânones literários. As obras mais canônicas do mundo ocidental – a *Bíblia* e os poemas homéricos – são lidas pela maioria dos leitores em tradução. Também as obras escritas em idiomas menos conhecidos só podem chegar ao público através de traduções.

A primeira grande dificuldade que se antepõe à tradução é que, ao longo do tempo, vão se diversificando as formas de leitura, já que o texto literário nunca tem um único e constante significado. O texto não é um objeto estável com sentido único. Apesar disso, é preciso que o trabalho de tradução parta do pressuposto de que é possível reduzir o texto a uma estrutura estável, esgotar o conhecimento dessa estrutura e reconstruí-la em outro idioma. Aquele que traduz tem que agir, ainda que provisoriamente, como se tivesse acesso a um significado objetivo do texto, que não tem a ver com a ideia que o autor tem dele (ponto aliás inacessível), mas com o conjunto de leituras realizadas e possíveis que o texto de origem proporciona. O tradutor tem que fazer uma opção levando em conta as traduções já existentes, bem como sua fortuna crítica ao longo da história. Na verdade, lemos os mesmos textos, todos diferentes. Ler um livro não é só entrar em uma língua, em uma linguagem, é ler um ponto do espaço e do tempo.

Porém, como resgatar um texto e trazê-lo para outro idioma? Para Haroldo de Campos[8], quanto mais difícil e intraduzível for um texto, mais recriável será. Traduzir, para ele, é um ato de transcriação, que tem por objetivo a reconfiguração no idioma de chegada da forma significante do texto de origem e não a reconstituição do conteúdo. A tradução deve-se voltar, assim, aos aspectos sonoros e visuais da palavra em que está se incorporando o sentido, gerando um contínuo e mútuo enriquecimento entre texto original e texto traduzido.

Jacó Guinsburg procede a uma transcriação em seu trabalho, já que há uma reconstrução da sonoridade do ídiche no português, introduzindo-se um grau de estranhamento na língua de chegada, não só no tom, na grafia, como também na opção em manter certos hebraísmos e eslavismos idichizados que, através do aposto, vão sendo trazidos ao português, evitando-se, assim, o incômodo recurso às notas de rodapé. Contrário ao axioma que propõe ser necessário traduzir a obra estrangeira de modo a não se "sentir" a tradução, o autor valoriza uma ética ou uma poética que colocam o acento sobre o corpo do texto, sua materialidade viva, a letra e o ritmo. Aí, a letra não é mais independente do sentido, e procura refazer o que o texto de partida faz, produzindo o *estranhamento* na língua de chegada, porque não recobre o estrangeiro com o próprio: ao contrário, a tradução convida a língua de chegada a ser fecundada pelo texto de partida, tornando-se, assim, um processo de *alteração*. Longe de ser uma pálida cópia do original, a tradução de Guinsburg carrega um *tempo* da obra, um momento decisivo no

8. Ver *Éden: Um Tríptico Bíblico*, São Paulo: Perspectiva, 2004; e *Qohelet O-Que-Sabe*, 2ª ed., São Paulo: Perspectiva, 2004.

seu processo de sobrevivência e de transmissão; um testemunho de sua trans-historicidade, uma dicção suplementar da obra. Aquilo que no texto original poderia desaparecer com o tempo, ou no tempo, é o que pode ser preservado numa boa tradução.

A opção tradutória de Jacó Guinsburg baseia-se na ideia de que a coincidência de sentidos é impossível; se o sentido não se fixa, ele se transmite, o que o leva a trabalhar no entre-lugar, espaço em que continuidade e descontinuidade são inseparáveis.

Na última parte de *Tévye, o Leiteiro*, o protagonista narrador envelhecido e viúvo é obrigado a sair de sua aldeia natal com a família que lhe resta, expulso pelo conselho da cidade. A necessidade de se deslocar, remete à referência bíblica *Lekh-Lekho*, também título do capítulo. Trata-se de uma alusão ao pacto de Deus com o patriarca Abrão e sua descendência, que inaugura a eleição do povo de Israel. Esse pacto encontra-se em *Gênesis*, 15 e 17, e promete ao ancestral hebreu uma posteridade numerosa e a terra de Canaã para sua prole. A aspiração messiânica de voltar a Sião é transmitida de geração a geração e lembrada nas orações diárias, na leitura dos *Salmos* e nas comemorações festivas. Entretanto, no texto de Scholem Aleikhem, a referência é também irônica, pois nele não é Deus que se manifesta e sim os inimigos dos judeus que expulsam o protagonista. Se é verdade que os judeus estão sempre retornando, presos ao bordão *ha-Schaná ha-Baá be-Ieruschalaim ha--Benuiá* (O ano que vem em Jerusalém reconstruída), tentando sair de um não lugar, o exílio, para a terra da redenção coletiva de todo o povo, essa Jerusalém, entretanto, é etérea e simbólica, distinta da que hoje concentra, por exemplo, o conflito entre árabes e judeus. Se como ato de fé a Terra Prometida não deixa de existir para os judeus, para Tévye ela é uma viagem ao desconhecido.

A experiência de leitura da tradução de Jacó Guinsburg é algo como essa viagem. Depreende-se a partir dela que o texto de Scholem Aleikhem muda à medida que é traduzido e muda tornando--se ele próprio aumentado e transformado por suas traduções[9]. Ele

9. Cf. Tiphaine Samoyault, Ensinar a Tradução pelo Paradoxo, em Sandra Nitrini (org.), *Tessituras, Interações, Convergências*, São Paulo: Abralic Hucitec, 2011.

é, enfim, um objeto em constante movimento. Por isso Jorge Luis Borges, em outro contexto, pode ao mesmo tempo fazer uma fábula da impossibilidade da tradução em "A Busca de Averróis" e dizer que um texto é constituído do conjunto de suas traduções em "As Traduções de Homero". Seu paradoxo vai mais longe: segundo ele, o texto não existe a não ser na medida em que nos é dado e a impossibilidade de reencontrá-lo pela tradução não é senão uma consequência de sua ontologia.

Ler *Tévye, o Leiteiro*, de Scholem Aleikhem, pode parecer uma contradição com nosso ritmo de vida, que não conhece os tempos longos. Mas é bom lembrar, com Ítalo Calvino, que "é clássico aquilo que persiste como rumor mesmo onde predomina a atualidade mais incompatível"[10]. E estamos diante de um clássico.

Berta Waldman

Professora-titular de Língua e Literatura Hebraicas
do Departamento de Letras Orientais da Universidade de São Paulo

10. *Por que Ler os Clássicos*, São Paulo: Companhia das Letras, 2009, p. 26.

INTRODUÇÃO:

DE COMO SE TENTA TRANSFORMAR TÉVYE EM TOBIAS

O capítulo das traduções tem sido um problema em foco nas teorias literárias e na crítica moderna. A indagação sobre as suas possibilidades e a efetividade de seus resultados abarca desde êxitos poéticos tidos por exemplares, como bem sucedidas transcriações dos conteúdos, das linguagens, até a confissão da impossibilidade de qualquer restituição da fonte original em sua suposta inserção em outro meio idiomático-cultural.

Entre ambos corre solta a pena da materialização que a personalidade, o modo de expressão, a disposição sintático-vocabular, em suma, o estilo singularizado que o mediador-autor lhe dá. Assim sendo, seria necessário o exame de um vasto conjunto textual comparativo para estabelecer alguns parâmetros objetivos capazes de levar a um entendimento claro – filtrado em suas avaliações – das simples percepções impressionistas, por valiosas que sejam em cada caso particular.

Não é esse o motivo propulsor da presente nota sobre transposição para o português de uma obra cujo criador ocupa um lugar paradigmático na literatura ídiche, como um de seus clássicos, ao lado de Mêndele Mokher Sforim ("Mêndele, o Vendedor de Livros", nome literário de Scholem I. Abramovitch) e Itzkhak Leibush Peretz. Scholem Aleikhem ("A Paz Seja Convosco", pseudônimo literário de Scholem Rabinovitch) tornou-se o terceiro nome dessa tríade por uma produção cujas peculiaridades afloraram sobretudo nos seus contos, romances, peças, novelas e ciclos de relatos, um dos quais, *Tévye, der Milkhiker* (Tobias, o Leiteiro) veio a ser o mais conhecido fora de seu contexto idiomático, graças à adaptação teatral que correu o mundo sob o título de *O Violinista no Telhado*. A denominação, evidente remessa poética a uma pintura de Chagall, embora tente sintetizar com força simbólica e sugestão filosófica o caráter da personagem central dessas narrativas, tem o pecado de deixar pelo caminho um elemento capital, por enobrecimento, essencial na criação scholemaleikhiana da *persona* que carrega efetivamente o *ethos* de que Tévye se torna encarnação e herói: a oralidade coloquial e popularesca que tece a escritura narrativa da primeira à última linha dos casos que o narrador-protagonista relata ao seu ouvinte, o escritor.

As venturas e desventuras de Tévye desenvolvem-se sempre dialogicamente, pois a trama vai se urdindo pela interlocução da personagem central, não só com outras figuras e consigo mesmo, mas, desde o início, com o próprio autor e, não menos, com Deus, relações verbais que envolvem, inclusive, as passagens "monológicas" de maior extensão. Na verdade, as histórias de Tévye não são contadas, porém faladas, ou melhor, elas "se falam": são uma voz ao vivo, como que gravada na própria emissão.

Essas observações me ocorreram ao longo de uma tentativa em que me empenhei. Algum espírito endiabrado me soprou ao ouvido que, mesmo para alguém desprovido de gênio inventivo ou de loquacidade desatada para apropriar-se do idiomatismo etnográfico, da tipicidade social da galeria de locutores e da fluência linguística da voz criadora, não constituiria nenhum *lapsus linguae*, por canhestro que fosse, o atrevimento de querer reproduzir e ouvir a prolação de Tévye, guardando algumas das inusitadas inflexões sonoras da mistura hebraico, aramaico, russo, ucraniano, idichizada, para retransmiti-la em português-brasileiro-paulistano, com sotaque judaico de um Tobias vernacular, parente labial de Tévye...

Nesse sentido, os nomes próprios, os títulos dos livros sagrados, as denominações dos rituais, das festas, dos costumes e dos pratos típicos foram transliterados segundo a pronúncia ídiche, inclusive das palavras hebraicas ou aramaicas. Nas citações e nas expressões, sempre que possível, para não causar dano ao fluxo narrativo, introduziu-se uma tradução ou uma explicação quase como um aposto. A transcrição de termos, frases ou topônimos russos e ucranianos seguiu as formas registradas pelo texto. Contudo, o maior esforço foi o de conservar a organização frásica do autor, marcadamente coloquial e, por isso, carregada de repetições e cacoetes, ainda que por vezes esses elementos criem uma estranheza em português. Deliberadamente, procurou-se idichizar o ritmo e o modo da enunciação do discurso.

Sabe-se que a tentação do inatingível, ou quase, é o pecado capital da tradução e mesmo da transcriação, sem fiança possível, em qualquer das cortes gramaticais do linguismo castiço. O único *habeas-corpus* literário que o réu desta desfaçatez cometida solicita ao seu leitor é que, ao julgar os autos, considere o fato de que nesta versão o violinista não ficou em cima do telhado, mas se esforçou em pôr os pés no chão (ou na lama)... do nosso *schtetl*!

Scholem Aleikhem: A Paz Seja Convosco!

Com o desaparecimento dos grandes centros da cultura asquenazita na Europa Oriental e a progressiva aculturação aos países que receberam maciças levas de imigrantes dessa procedência, a impressionante produção literária em ídiche e, com ela, os seus "clássicos" viram-se relegados à permanência em bibliotecas especializadas e, só de vez em quando, às consultas acadêmicas.

Tampouco a obra de Scholem Aleikhem escapou a esse destino. Com os seus leitores, ela também se viu forçada a embarcar para outras terras e os portadores de sua recepção, que a levaram na bagagem, releram-na como parte de seu *ethos* cultural. Mas as gerações que os sucederam, já por força de sua nova inserção e aculturação, passaram a ter contato cada vez menos direto com esse autor e seus escritos no idioma de origem ou em traduções que os divulgaram apenas parcialmente. E isso tanto mais no que diz respeito às publicações em português e no âmbito brasileiro. Aqui, um pequeno empuxo nesse sentido resultou da encenação de *O Violinista no Telhado*. E esse *script* de uma transposição livre e substancialmente alterada da dramatização em quatro atos efetuada pelo próprio Scholem Aleikhem em 1915, faz uma leitura cativante, afeita a padrões, problemas e valores em foco na vida da América e na atualidade judaica, mas com uma relação em boa parte apenas pictórica e folclórica com o relato original. E, para dizê-lo com as palavras de Ruth R. Wisse:

> A equipe que adaptou Tévye para o palco e a tela americanos em *Fiddler on the Roof* – versos de Sheldon Harnick, música de Jerry Bock e texto de Joseph Stein – simplesmente transformou Tévye na personagem que eles queriam sem reconhecer que haviam cometido alguma violência contra ele em geral. Em duas cenas interpoladas, remodelam o ucraniano que se casa com Have como um salvador liberal dos judeus, ao passo que apresentam o desejo de Tévye permanecer judeu como uma forma de preconceito[1].

Embora com pertinência cênica e fílmica, no teatro e no cinema, trata-se, pois, de um fruto típico do musical da Broadway, e uma boa porção de seus espectadores, lá como aqui, mal sabia o nome do escritor que a compôs. Portanto, se agora, na passagem dos 150 anos do nascimento de Scholem Rabinovitch, perguntamos como fazer para preservar a memória e o legado literário desse mestre da narratividade judaica em ídiche, a resposta só pode ser uma: lendo-o. Se possível, no idioma original, mas, mesmo em tradução, quero crer, o encontro será gratificante. Pois é na relação viva com essa escritura que o leitor dificilmente poderá escapar do mágico convite para que adentre, em envolvente caminhada, o universo ficcional

1. Ruth R. Wisse, *The Modern Jewish Canon*, New York: The Free Press, 2000, p. 61.

que lhe abre o cordial Scholem Aleikhem. Hoje, como ontem, ele lhe atualizará, com seu gênio de cenógrafo literário, as mil e uma histórias da vida judaica pelo sopro pulsante que inspira às suas reencarnações como *persona* das criaturas que a viveram nas vielas lamacentas do *schtetl*, da cidadezinha judaica nos rincões estagnados do império russo, mas também sob os ventos que começavam a varrê-los e iriam, de algum modo, destruí-los. Ao toque de sua tradicional, mas indeclinável saudação, elas saltam dos caracteres que as personificam para a imaginação do receptor, com a plena tipicidade de seus gestos e expressividade de suas falas, sob as barbas que os profetas lhes legaram em testemunho de seu pacto eterno com a palavra feita criatura: Scholem Aleikhem.

Menakhem Mendel, Scheine Scheindel, Tévye, der Milkhiker (o Leiteiro), Motl Peisse dem Hazen's (Filho do chantre) e todos os *kasrílevker's* (os habitantes de Kasrílevke) inclusive Rabtchik, o cão: "*Scholem aleikhem*!" E a resposta: "*Aleikhem scholem*!" (Convosco seja a paz!) é o que se ouviu desde que essa cordial expressão soou nas colunas do *Ídicher Folksblat* (Folha Popular Ídiche), em 1883, iniciando com o seu público um colóquio que, num fluxo loquaz de contos, romances, peças, novelas, sueltos jornalísticos, preencheria cerca de setenta volumes, que atravessaria o Atlântico e que não cessaria sequer em 1916, quando Scholem Rabinovitch faleceu em Nova York. Na verdade, não só enquanto houve na Europa Oriental e nos quatro cantos do mundo grupos densos de falantes do ídiche, porém mesmo posteriormente, depois que grande parte dessa recepção dialógica foi sufocada nas câmaras de gás, o poder dessa voz, a pena encantatória de seus relatos, de suas personagens, de sua filosofia, de seu humor, se manteve como presença sensível pela arte de sua invocação ficcional, que tem se mostrado capaz de transmitir o seu Scholem Aleikhem não só em hebraico como na maioria das línguas em que foi traduzido e retransmitido. Trata-se então do legado de um autor que, no seu ambiente, graças a seu estro e ao seu *ethos*, foi capaz de fixar um afresco indelével e irrecusável de seu universo real e imaginário e, nessa medida, fixar-se como clássico de uma literatura.

El Ingenioso Judeu do Schtetl

Na literatura judaica, assim como em qualquer outra, poucos escritores conheceram a popularidade de Scholem Aleikhem, cuja voga e aceitação – no mundo judeu, desde a saída dos primeiros contos nas últimas décadas do século XIX e para além das fronteiras do ídiche, cada vez mais à medida que se difundiam seus livros – só encontram paralelo no destino literário de um Cervantes, de um Dickens, de um Mark Twain ou de um Gógol. E é com eles, aliás, que sua obra se relaciona, quer pelo poder de identificar uma coletividade que nela se reencontra e se reconhece, quer pela magia artística que universaliza, através do humor, do grotesco, do tragicômico, do psicologicamente mais sutil e típico de um grupo, expondo-o em traços incisivos e irrecusáveis. E, como eles, soube converter essa aguda observação e crítica de uma sociedade e de uma época em personagens tão definitivas e definidoras, em situações tão características, que o tempo e o lugar não conseguem mineralizá-las; mas, ao contrário, as renovam, porque se defrontam com um universo artístico inteiramente constituído, cuja validade estética assegura não só a sobrevivência de sua simbologia e de sua força comunicativa como a sua reimpregnação humana, revalorização social e reinterpretação literária.

Entretanto, e novamente como no caso daqueles gigantes da criação literária, todas as analogias terminam aí, nos limites dos aspectos mais gerais. Isso porque o seu vigor e perenidade nascem exatamente dos fatores que os distinguem da massa da produção beletrística e os transformam em momentos particulares do processo de autoconsciência histórica e cultural de um grupo. É o que sucede com Scholem Aleikhem. Sua obra apresenta-se ferreteada pela vida judaica da Europa Oriental. Não se trata de uma integração procurada, ajeitada e, no fim de contas, meramente literária, cindida por uma vala profunda entre sujeito e objeto, entre autor e tema, mas de um modo de ver, de sentir, de pensar e de relatar como se todo aquele universo falasse por uma só boca e escrevesse com uma só pena. É um impressionante fenômeno em que a criação individual se transmuta na representação coletiva, a palavra poética no *gestus* social.

Na ficção ídiche, outros o superaram talvez quanto ao apuro estilístico, ao requinte psicológico, às preocupações filosóficas, à análise das circunstâncias socioeconômicas ou à participação política. Mas ninguém como ele conseguiu captar e fixar – em flagrantes em que a comicidade das palavras é a máscara de situações e problemas aflitivos – o retrato coletivo das pequenas cidades judaicas, com a sua humanidade oprimida e sofredora, oculta nos gabardos do atraso e da resignação, refugiada na espessa escuridão da ortodoxia religiosa ou na atmosfera fantasmagórica do misticismo hassídico, com as suas maravilhas cabalísticas e rabis milagreiros, mas ao mesmo tempo pitoresca, colorida, cheia de tipos e "histórias" saborosas, em que o folclore, o provérbio e o modismo campeiam livremente. Como se acabasse de chegar da sinagoga ou do banho público, da praça ou da feira, da festa ou da estalagem, acompanhado de sua gente, o extraordinário cenógrafo do *schtetl* instala-os em seus contos e romances, em seus monólogos e comédias, e pede-lhes que continuem a desfiar seus casos. Eles próprios se inserem de corpo inteiro, como personagens, na ficção e no teatro, constituindo-se em imenso afresco de uma sociedade. Ainda hoje, depois de despovoado pela emigração, de triturado pelas máquinas, seviciado pelos *pogroms*, esmagado pelos tanques e soterrado sob as cinzas dos crematórios, esse mundo ressurge, vivo e gesticulante, a língua desatada por impressionante oralidade, com toda a galeria de homens barbudos e sonhadores, de mulheres realistas e palradoras, de crianças ávidas de infância, sob o condão do feiticeiro de sua eternização. Com seu sorriso benevolente, em que a poesia da ingenuidade se alterna com o humor da marginalidade e a filosofia da tristeza, reanima suas existências humildes nas ruelas das Kasrílevkes imaginárias, porém mais duradouras do que as pedras de seus modelos reais. Na sua imensa compreensão, consola-lhes as mágoas de humilhados e ofendidos, os faz rir de si próprios e de sua desgraçada conjuntura, estende-lhes o seu cordial, largo e humano *scholem aleikhem*, a paz seja convosco!

Essa acolhedora saudação não significa, porém, cegueira diante do espetáculo que lhe oferece o seu povo. Se o descreve com carinho e bonomia, também não lhe poupa a crítica. Embora não chegue ao sarcasmo de um Mêndele ou à ironia desdenhosa de um Peretz, que com ele formam o trio magno das letras ídiches, desnuda e aponta o caráter obsoleto das formas de vida desses guetos, seu trágico desarmamento perante as tormentas das modernas transformações sociais e políticas que lhes solapam os próprios alicerces. Em face da caudal irresistível que a economia capitalista, a estrada de ferro, o telégrafo e o jornal começam então a introduzir nos vilórios medievais, com suas comunidades esquecidas e sonolentas, o que pode oferecer o judeu de Kasrílevke senão o fatalismo forte, estoico, belo, mas indefeso de um Tévye, o Leiteiro? Ou a irrealidade econômica, a alienação social de um Menakhem Mendel, o protótipo do *luftmentsch*[2], o símbolo pungente, na sua pureza e na sua imaginação desenfreada, do *status* de uma pequena burguesia rural, sem preparo nem profissão, inopinadamente atirada ao mar bravo da cidade grande, delirando com sensacionais operações financeiras, golpes de Bolsa, sociedades anônimas, e, na verdade, vivendo a miséria de um cotidiano sem base nem perspectiva, que lhe denega tudo exceto a quimera? E se nesse processo algum *kasrílevker* enriquece, surge então o inevitável e inviável novo-rico de Iehupetz (Kiev), com suas fumaças de grande financista, com as casas coruscando de mau gosto e as filhas que só falam russo ou francês, tocam piano, senão pianola, e só se casam com um *g(u)ekontzitent*, "formado" ou doutor.

Mas considerar a obra de Scholem Aleikhem, esta crônica incomparável de *el ingenioso* judeu do *schtetl* e de suas andanças primeiras pelas terras da modernidade, tão somente sob o prisma do desmascaramento social, por mais gritante que seja, seria empobrecê-la demasiado. Na verdade, seu realismo crítico, que se vale da ironia militante, da caricatura pedagógica, para mostrar absurdos e ridículos, jamais é impiedoso, intransigente. Contém sempre certa indulgência, uma compaixão para com os disparates

2. Pessoa sem base econômica, que vive de improvisações e expedientes.

da comédia humana tomada em si, o que ameniza a causticidade de suas flechas, tornando-as portadoras não só de zombaria letal como também de humor lenitivo, de chiste cristalino, cujo efeito burlesco resulta, quando muito, na autoexposição catártica, na purgação autocrítica, conforme a conhecida receita de Scholem Aleikhem: "Rir faz bem. Os médicos mandam rir!"

Essa risonha terapêutica de males às vezes incuráveis resulta, sem dúvida, de uma identificação com o espetáculo à sua volta que dosa a razão do entendimento com a empatia do sentimento. Daí a complacência e a ternura com que o aprecia. É um apiedar-se do eu-próprio, indistinto do nós-próprios, que pode eventualmente suscitar formas de expressão ainda mais sutis. A veia humorística afila-se então em nervura poética. O processo de autocompadecimento suaviza-se ainda mais, transfere-se para um novo domínio, onde elabora um segundo elemento peculiarmente scholem-aleikhemiano: o fio "surreal" que urde, não o sardônico *rictus* do humor gogoliano, porém um lirismo chagalliano, onírico, um manso delírio de purezas e inocências, nostalgia de um "paraíso perdido".

É assim que, pelo "riso entre lágrimas", o mestre encenador vai representando as modalidades judaicas de seu tempo, primeiro em sua face estancada e, em seguida, em seu movimento de translação e radicação sob outros céus, como disse o crítico Salomão Resnick. Ele as encarna num caleidoscópio de figuras que, hoje ainda, desvanecida a realidade do mundo que as inspirou, inspiram um mundo real, imperecível, em que se inclui também o seu criador, tão personagem quanto suas personagens, autêntico "herói cultural".

CRONOLOGIA

1859 Nascimento de Scholem Aleikhem, a 2 de março, em Pereieslav (região de Poltava, Rússia).

1861 Abolição da servidão na Rússia. Derrogação dos decretos antijudaicos mais duros do regime de Nicolau I.

1866 Publicação de *Crime e Castigo*, de Dostoiévski.

1867 Emancipação dos judeus no Império Austro-Hungaro. Publicação do primeiro tomo de *O Capital*, de Karl Marx.

1869 Publicação de *Guerra e Paz*, de Lev Tolstói.

1870 Guerra Franco-Prussiana. *Pogroms* na Romênia. Emancipação dos judeus na Itália.

1871 Primeiro *pogrom* na Rússia, na cidade de Odessa. A Comuna de Paris. Instauração do II Reich. Nascimento do escritor judeu Haim Nakhman Biálik.

1873 Scholem Aleikhem passa a estudar na escola russa do distrito. Publicação de *Ana Karênina*, de Tolstói.

1874 Introdução, na Rússia, do serviço militar obrigatório, inclusive para os judeus.

1875 Nascimento de Saul Tchernikhovski, célebre poeta hebraico.

1876 Scholem termina os estudos e dá aulas particulares em sua cidade natal.

1877 Emprega-se como preceptor na casa de Elimelekh Loiev, onde ensina por três anos. Guerra Russo-Turca (1877-1878). Publicação de *L'Assommoir* (A Taberna), de Émile Zola.

1879 Scholem publica algumas correspondências no diário hebraico *Hatzefirá*.

1880 É nomeado em Lubni (região de Poltava) rabino civil (função que na Rússia tsarista consistia em manter o registro civil da população judia e representá-la em cerimônias oficiais). Fica nesse posto até 1883. Publicação de *Os Irmãos Karamazov*, de Dostoiévski. Movimento antissemita na Alemanha.

1881 Assassinato do tsar Alexandre II. Pogroms em 215 cidades e aldeias russas. Início da grande emigração dos judeus para a América. Morte de Dostoiévski.

1882 Leis antijudaicas na Rússia. Proibição aos judeus de habitar nos povoados e de comprar terras. Primeiros colonos judeus na Palestina.

1883 Os judeus são expulsos das cidades de Kiev e de São Petersburgo. Scholem Aleikhem casa-se com sua antiga aluna, Olga Loiev. Publica, no *Idische Folksblat*, contos, folhetins, poemas, e também uma novela em russo na *Ebreiskoe Obozrenie* (Revista Judaica). Morte de Turguêniev.

1885 Scholem recebe uma grande herança, em consequência da morte do sogro, e assume a condução dos negócios da família. Publicação de *Germinal*, de Zola.

1887 Fixa-se na cidade de Kiev e atua na Bolsa. Publica, no *Idische Folksblat*, peças em um ato.

1888 Morte do pai de Scholem Aleikhem, em Kiev. O escritor publica seu romance *Sender Blank*, assim como os primeiros cadernos da "Biblioteca Popular Judaica", com o romance *Stempeniu*.

1889 Primeira emigração judaica para a Argentina.

1890 Scholem edita o segundo volume da "Biblioteca Popular Judaica", onde aparece *Iossele Rouxinol.* Arruinado, parte para o estrangeiro (Áustria, França).

1891 Os judeus são expulsos de Moscou. O barão Hirsch funda a organização que trata da colonização dos judeus, a IKO. Grande emigração judia da Rússia. Scholem permanece por algum tempo em Paris, Viena e Tchernovítski (Império Austro-Hungaro), depois em Odessa.

1892 Edita a primeira *Carta de Menakhem-Mendel a sua Esposa Scheine-Scheindel.*

1893 Dedica-se ao comércio e torna-se corretor. Publica *A Estação Mazépevke.* Publicação da primeira história de *Tévye.*

1894 Coroação do tsar Nicolau II. Primeiro processo Dreyfus. Scholem Aleikhem publica sua comédia *Iakanaz,* que é confiscada pela censura. O grande poeta e escritor ídiche, I. L. Peretz, dá início à publicação dos *Iom Tov Bleter,* em Varsóvia.

1895 Aparecimento de *Hamatmid,* de Biálik.

1897 Primeiro congresso sionista na Basiléia e fundação da organização sionista. Scholem edita a brochura O *Congresso Judaico de Basileia.*

1898 Escreve duas brochuras e a novela O *Tempo do Messias.* Zola publica "J'Accuse" (Acuso).

1899 Segundo processo Dreyfus. Publicação de *Ressurreição,* de Tolstói. Scholem publica no *Der Iud,* duas novelas: *Tévye, o Leiteiro,* e *Mazel Tov* (Boa Sorte).

1900 Publica várias novelas.

1901 Publica, entre outros, *Rabtchik* (uma história de um cão), *A Cidade de Kasrílevke* e *O Alfaiate Encantado.*

1902 Publica *Dreyfus em Kasrílevke* e *Se Eu Fosse Rothschild.* Morte de Émile Zola. Aparecimento, em Nova York, do diário ídiche, *Di Idiche Velt* ("O Mundo Judeu").

1903 *Pogroms* em Kischinev e em Homel. Scholem publica seu drama *Espalhados e Dispersos;* entra em contato com Tolstói, Tchékhov e Górki a respeito de uma coletânea, "Socorro às Vítimas dos *Pogroms*". Aparecimento do primeiro diário ídiche na Rússia, *Der Fraind* (O Amigo). Publicação dos *Contos Populares* de I. L. Peretz e de *Na Cidade da Matança,* em ídiche e em hebraico, de H. N. Bialik.

1904 Guerra Russo-Japonesa (1904-1905). Scholem diligencia a fim de publicar um jornal em ídiche. Em Varsóvia, volta a encontrar-se com I. L. Peretz e Baal-Machschoves (Isidor Eliaschoff). Publica contos, monografias e a continuação de *Tévye, o Leiteiro,* bem como *Cartas de Menahem-Mêndel*; escreve uma peça para crianças *O Rabino e Sua Mulher.*

1905 Primeira revolução na Rússia. Pogroms na Rússia e organização da autodefesa judaica. Scholem Aleikhem faz uma série de conferências em, entre outras, Vilna, Kovno, Riga, Libave, Lodz. Sua peça *Espalhados e Dispersos* é representada pela primeira vez em Varsóvia, numa adaptação polonesa. Assiste ao pogrom de Kiev. Abatido moralmente, arruinado materialmente, decide partir com a família para a América. Publicação de *A Mãe,* de Górki.

1906 A primeira duma na Rússia. Reabilitação de Dreyfus. Scholem permanece por algum tempo em Genebra, Londres, e parte, no fim de outubro, para Nova York. Publica a continuação de *Tévye, o Leiteiro.*

1907 Duas de suas peças são representadas em Nova York: O *Bandalho ou Samuel Pastenak* e *Stempeniu.* Publica o romance O *Dilúvio* e a primeira parte de *Motl, Filho do Chantre,* bem como vários outros textos.

1908 Escreve a comédia O *Tesouro, Estávamos os Quatro Sentados* e a continuação de *Motl, Filho do Chantre.* Nos fins de julho, é acometido de tuberculose e passa dois meses em Baranovitch. Parte em seguida para a Itália. A 25 de outubro, festeja o jubileu de seus 25 anos de atividade literária.

1909-1911 Apesar de doente, sofrendo de contínuos acessos de febre, trabalha incansavelmente e publica: *Samuel Schmelkes e seu Aniversário, Uma Página do Cântico dos Cânticos, Os Sessenta e Seis* (jogo de cartas), *Ester, Páscoa na Aldeia, Kasrílevke em Iehupetz, Fazem-se as Bodas, Auto da fé, De*

Nalevki a Marienbad, Guitel Purichkevitch, o romance *Estrelas Errantes*, entre outras obras.

1910 Morte de Tolstói.

1912 Na Rússia, o judeu Mendel Beilis é acusado – e depois inocentado – de crime ritual. Scholem permanece algum tempo em várias cidades estrangeiras. Escreve *A Brincadeira Sangrenta*, Os *Doutores,* entre outras obras.

1913 Adoece novamente. Viaja e permanece por algum tempo em Veneza e em Berlim. Publica uma nova série de *Cartas de Menahem-Mendel à sua Esposa Scheine-Scheindel,* depois *Acerca de Um Chapéu.* Inicia, ainda, a publicação romanceada de suas memórias *Funem Iarid* (De Volta da Feira)

1914 Primeira Guerra Mundial. Os judeus são expulsos das cidades fronteiriças russas. Encontra-se em Albek, no Mar do Norte, quando rebenta a guerra; expulso, dirige-se com sua família para Berlim. Acha-se sem recursos, atacado de contínua sede, de origem nervosa. Depois de alguns meses em Copenhague, retorna a Nova York, onde publica O *Pogrom de Kasrílevke* e outras novelas do ciclo *Tévye, o Leiteiro.* Transforma em tragicomédia o romance *A Brincadeira Sangrenta* com o título de *É Difícil Ser Judeu.* Por causa de sua doença, viaja ora para a montanha, ora para o litoral, onde continua a trabalhar. Escreve uma comédia, O *Grande Lot.* Quando volta a Nova York, começam a ser publicados nessa cidade cinco diários ídiches: *Morgn-journal, Tog, Forverts, Togblat* e *Di Warhait.*

1915 Realiza a teatralização de Tevye, *Fiddler on the Roof* (O Violinista no Telhado), que é encenada em Nova York com grande sucesso. Publica também *Dos Groisse G(u)evins* (A Sorte Grande).

1916 Embora enfermo, para ganhar a vida, é obrigado a proferir conferências por todo os Estados Unidos. Sua doença se agrava e, a 13 de maio, Scholem Aleikhem morre. Imensa multidão participa de suas exéquias.

TÉVYE, O LEITEIRO,
DE SCHOLEM ALEIKHEM

KOTONTI[1] (EU NÃO MEREÇO)

Uma Cartinha de Tévye, o Leiteiro, ao Autor

[Escrito no ano de 1895]

1. Tradução livre do termo inicial do versículo do *Gênesis* 32,11, que reza: "Sinto-me pequeno para todas as misericórdias..."

Em honra ao meu caro amigo *reb* Scholem Aleikhem, que Deus lhe dê saúde e sustento junto com sua mulher e filhos, que o senhor tenha grande satisfação para onde for e para onde se voltar, amém *selá*[2].

Kotonti! – Devo dizer-lhe com a linguagem que Iaakov Avinu, Jacó nosso Pai, falou na *sedre* "Vaischlakh (E enviou...)"[3] quando se deixou ir contra Esaú, seja feita a distinção entre um e outro... Mas se não é talvez algo tão igual, peço-lhe, *pani* Scholem Aleikhem, que não se aborreça comigo, sou um sujeito tosco, o senhor certamente sabe mais do que eu – o que há aqui para se falar? Em um povoado, infelizmente, quem tem tempo para dar uma espiada em um *seifer*, um livro sagrado, ou para estudar um capítulo do *Pentateuco* com comentários de Raschi[4], para quê? Sorte ainda que

2. Palavra conclusiva em alguns salmos e na liturgia, com o significado de pausa, silêncio, interlúdio ou elevação da voz.

3. *Sedre Vaischlakh*: porção semanal da *Torá*, *Gênesis* 32,4.

4. Raschi, acronímico de rabi Schlomo Itzhak de Troyes (1040-1105), autor de um dos comentários mais populares e difundidos da *Bíblia* hebraica, comumente lidos e discutidos nas escolas e nas sinagogas.

chega o verão, os ricaços de Iehupetz vêm a Boiberik para as *datches* e a gente pode encontrar alguma vez uma pessoa educada e escutar uma boa palavra de sabedoria. Pode crer, quando me lembro daqueles dias em que o senhor ficava sentado ao meu lado na floresta ouvindo minhas tolas histórias, isso é para mim como se eu ganhasse quem sabe quanto! Não sei com o que obtive as suas boas graças a ponto de o senhor se ocupar de uma criaturinha tão pequena como eu, e me escrever até cartinhas e, mais ainda, expor meu nome em um livro, oferecer-me um banquete da terceira refeição do *Schabes*[5], do sábado, como se eu fosse aqui quem sabe quem – diante disso posso certamente dizer: *Kotonti*! (Eu não mereço!)... É verdade, sou de fato um bom amigo seu, que Deus me ajude com a centésima parte do que eu lhe desejo! O senhor viu muito bem, parece-me, como eu o servi nos bons anos, quando o senhor ainda morava na grande *datche* – lembra-se? –, eu lhe comprei uma vaca por uma nota de cinquenta, era uma grande pechincha mesmo por cinquenta e cinco; sim, de fato, ela empacotou no terceiro dia... Então não sou eu culpado: e o que dizer da outra vaca que lhe dei que também empacotou?... O senhor sabe muito bem como isso me fez sofrer; não tinha mais cabeça para nada! Sei lá? A impressão é que se trata do mais belo e do melhor, que Deus assim me ajude e ao senhor também, seja a vontade do Santo Nome, para o novo ano, como diz o senhor, "Restaure nossos dias como antes"[6]... E que Deus me ajude no meu ganha-pão, que eu tenha saúde, eu com o meu cavalinho, seja feita a distinção entre um e outro, e que minhas vacas produzam tanto leite que eu possa continuar a servi-lo com meu queijo e manteiga da melhor maneira possível, ao senhor e a todos os ricaços de Iehupetz, Deus lhes conceda prosperidade e sustento e tudo o que há de bom, com grande prazer. E ao senhor, pelo trabalho a que se deu por mim, e pela honra que me faz por meio de seu livrinho, digo-lhe mais uma vez: *Kotonti*! (Eu não mereço!) Por que mereço um gorro

5. Em ídiche, *schaleschudes*; em hebraico, *schalosch seudot*: terceira refeição sabática feita após o ofício da tarde que assinala com certa solenidade o fim do sábado.

6. *Lamentações* 5, 21.

rabínico, um *schtraimel* tal que um mundo de pessoas de repente fique sabendo que do outro lado de Boiberik, não longe de Anatevke[7], vive um judeu que se chama *Tévye, o Leiteiro*? Mas o senhor decerto sabe o que faz, não preciso ensinar-lhe como usar a inteligência, e como escrever o senhor sabe sozinho e, depois, quanto ao restante eu confio no seu fino caráter, que o senhor fará lá, em Iehupetz, tudo por mim, para que do livrinho saia algum favor para o meu sustento. Preciso realmente disso, agora, sem falta, por minha vida: pretendo, se for vontade do Santo Nome, começar em breve a pensar em casar uma filha; e se Deus me presentear, como diz o senhor, com vida, talvez sejam de fato duas de uma só vez... Por enquanto, passe bem e seja sempre feliz, como lhe deseja de todo coração o seu melhor amigo,

Tévye

Sim, esqueci do principal! Quando o livrinho ficar pronto, e o senhor estiver a ponto de me enviar algum dinheiro, queira me fazer o favor de remetê-lo para Anatevke, aos cuidados do *schoikhet*. Eu tenho lá duas vezes no inverno *iortzait*, aniversários de morte: um no outono, antes de *Pokrovo*, da "cobertura" das cabanas, e outro por volta de *Novegod*, do Ano Novo – eu sou então, quer dizer, um judeu da cidade. Além disso, em geral, cartinhas o senhor pode me enviar direto para Boiberik, com o meu nome no endereço, nos seguintes termos: *Pieriedát gospodínu Tevéliu molotchníe ievréi* – "Entregar ao senhor Tévye, o judeu do leite".

7. Foi mantida a pronúncia ídiche do original (em russo, Anatevka).

A SORTE GRANDE

Uma história maravilhosa de como Tévye, o Leiteiro, um judeu pobre, sobrecarregado de filhas, foi, de repente, premiado pela sorte, devido a um caso inusitado que vale a pena ser narrado em um livrinho. Contado pelo próprio Tévye e transmitido palavra por palavra.

[Escrito no ano de 1895]

Ele levanta da terra o desvalido,
E tira da imundície o pobre.
SALMOS 113, 7

Se alguém está destinado a ganhar a sorte grande, ouça, *pani* Scholem Aleikhem, ela vem direto em casa, como diz o senhor: *Lamenatzeakh al haguitit*[1] – quando a coisa vai, ela corre; não há para isso nenhuma inteligência, nem habilidade. Mas se, Deus nos livre, for o contrário, a pessoa pode rebentar de tanto falar, isso não lhe adiantará mais do que a neve do ano passado, como se diz: Não há sabedoria e não há conselho quando o cavalo não presta. Uma pessoa trabalha, se esfalfa, de nada adianta, ainda que se deite e, junto com todos os inimigos de Israel, morra! Mas, de repente, não se sabe do quê, de onde, a coisa cavala por todos os lados, como está escrito no versículo: "Auxílio e salvação aparecem aos judeus"[2]; não preciso interpretar para o senhor, mas o sentido disso é assim, que um judeu, enquanto nele ainda pulsa uma veia, não pode perder a fé. Isto me foi dado ver a partir de mim mesmo realmente, de como o Eterno agiu comigo, com o meu atual ganha-pão: pois

1. Ao mestre-cantor, acompanhado do *guitit*, *Salmos* 8,1 – *Guitit*, instrumento musical supostamente de cordas.

2. *Revakh vehtsoloh ia'amoid la iehudim*, livro de *Ester* 4,14.

como cheguei a vender queijo e manteiga, de repente, no meio de tudo, quando a avó de minha avó nunca negociou com qualquer coisa que cheirasse a leite? Vale a pena, na verdade, que o senhor ouça a história toda do começo ao fim. Vou me sentar por um momento aqui, perto do senhor, aqui nesta grama, que o cavalinho mastigue alguma coisa, como se diz: Tudo que é vivo tem alma – ele também é uma criatura de Deus.

Em resumo, foi por volta da época de *Schvues*, para eu não lhe dizer uma mentira, uma semana ou duas antes de *Schvues*; e talvez, hein? Um par de semanas antes de *Schvues*. Não esqueça, já faz, devagarzinho, para lhe dizer com exatidão, um ano com uma meia semana, uma quarta-feira, quer dizer, exatamente nove anos ou dez, e talvez mais. Eu não era então, como o senhor me vê aqui, em nada o mesmo que agora, quer dizer, eu era esse mesmo Tévye e, no entanto, ainda assim, não o mesmo, como se diz: A mesma Yente[3] com outro véu. E daí o quê? Eu era, Deus nos livre, um pobretão em sete farrapos, embora afinal, a bem dizer, ainda agora estou longe de ser um ricaço. O quanto me falta para ser um Brodski[4] – podemos ambos nos desejar a ventura de ganhar este verão até depois de *Sukes*; mas, em comparação com o que eu era antigamente, sou hoje, pode-se dizer, um homem rico, com cavalo e carrinho meus próprios; com, arreda mau-olhado, um par de vaquinhas que dão leite, com mais uma que está a ponto, logo, logo, de parir. Tenho, sem mentira nem pecado, queijo, manteiga e creme fresco todos os dias, uma trabalheira, todos nós trabalhamos. Minha mulher, que viva com saúde, ordenha as vacas; as filhas carregam as jarras, batem a manteiga; e eu, tal como o senhor me vê aqui, dirijo-me todas as manhãs bem cedo para a praça do mercado, percorro todas as *datches* em Boiberik, a gente se encontra com este, com aquele, todos os maiorais de Iehupetz, a gente conversa um pouco com uma pessoa, sente que também é alguém neste mundo e, como se diz, não um alfaiate manquitola; em *Schabes*

3. Nome comum feminino.

4. Nome próprio de um grande empresário e capitalista judeu na Rússia tsarista, que o autor transformou em denominação icônica de milionário.

nem se fala – aí é que eu sou um rei inteiro, dou uma olhada em um livro judaico, o capítulo da semana, um pouco de *Targum*, *Salmos*, da sabedoria do *Peirek*, mais isto, mais aquilo, mais alhos, mais bugalhos – o senhor está me olhando, *pani* Scholem Aleikhem, e, entre uma coisa e outra, deve estar decerto pensando com seus botões: "Eh, este Tévye é realmente um judeu daqueles!"

Em resumo, o que foi que eu comecei a lhe contar? Sim, quer dizer, eu era então, com a ajuda de Deus, um rematado pobretão, que morria, livre-nos o Céu, de fome, com mulher e filhos, três vezes por dia, além do jantar. Trabalhava feito um asno, puxava toras da floresta para a estação, uma carroça cheia, não fique envergonhado, por dois *guildens* por dia, e isso nem todos os dias, e com isso vá sustentar, não haja mau-olhado, uma casa toda de bocas esfomeadas, com, valha a diferença, um cavalo como pensionista, que não quer saber o que Raschi diz, mas precisa trincar todo dia, sem nenhuma desculpa. E o que faz Deus? Pois Ele é, como o senhor diz, o que dá sustento a todos – Ele conduz o mundo inteligentemente, com a razão; vendo então como eu me esfalfo aqui por um pedaço de pão, Ele me faz saber: Você pensa, Tévye, que já é depois de tudo, o fim do mundo, que o céu desabou em cima de você? Que vergonha, você é um grande tolo! Olhe, você verá como, quando Deus quer, a sorte dá uma virada em um instante, num abrir e fechar de olhos, e iluminam-se todos os cantinhos; resulta como dizemos na *Unessana Toikef* (*Unetaná Tokeif*), em *Roscheschone*: é no Céu que se determina "quem será exaltado e quem será humilhado", para quem a coisa vai de carro e para quem ela vai a pé. O principal é ter confiança, um judeu tem que ter esperança. Mas esperança em quê? E se nesse meio tempo a gente leva uma vida miserável? Para isso é que somos afinal, por alguma coisa, judeus no mundo, como se diz, "Tu nos elegestes" – não é à toa que o mundo nos inveja... Mas em relação ao que eu digo isso? Digo isso em relação ao modo como Deus agiu comigo, de fato só milagres e maravilhas, o senhor pode ouvir isso.

"E houve um dia", certa vez, um fim de tarde, no verão, estou levando a minha carroça pela floresta, já de volta para casa, sem as toras; cabeça derreada; no coração, vazio e escuridão; o cavalinho, coitado, mal vai das pernas, nem que o matem. "Anda, azarado, arrasta-te para o fundo da cova junto comigo, saiba também o que significa um jejum em um longo dia de verão, já que te alojas com Têvye na condição de cavalo!" Silêncio em todo o derredor, cada estalo do chicote ecoa na floresta; o sol se põe, o dia agoniza; as sombras das árvores estendem-se cada vez mais longas, como o *Goles*, o Exílio judaico; começa a ficar escuro e muito triste no coração; pensamentos diversos, reflexões entram na cabeça, imagens de pessoas mortas há muito vêm ao meu encontro; e eis que me lembro de casa – ai e pobre de mim! Em casa, escuro, trevas; as crianças, Deus lhes dê saúde, nuas e descalças, esperam, coitadas, pelo pai, o azarado, quem sabe se ele não traz um pãozinho fresco, e talvez uma bisnaga para casa; e ela, a minha velha, por certo uma mulher como todas as outras, resmunga: "Filhos é o que ele quis que eu tivesse, e logo sete, vá, que Deus não me castigue por estas palavras, e atire-os, vivos como estão, no rio!" Acha que é bom escutar palavras assim? A gente, afinal, não é mais do que um ser humano, como o senhor diz, "de carne e osso", não se pode entupir o estômago com palavras; a gente pega um pedaço de arenque, logo apetece um copo de chá, e para o chá é preciso açúcar, e o açúcar, como se diz, é Brodski que tem. "Pelo pedaço de pão, diz minha mulher, que tenha longa vida, o intestino, vá lá, perdoa, mas sem um copo de chá, diz ela, sou pela manhã como uma morta; a criança, diz ela, chupa durante a noite inteira o meu grude!" E enquanto isso, a gente é um judeu neste mundo e a *minkhe*, a oração da tarde, não é realmente, como se diz, uma cabra, ela não vai fugir, mas rezar é preciso. O senhor imagina a bela reza que pode aqui se dar, se exatamente no momento de postar-se para a *Schimenesre*, as Dezoito Bênçãos, desata o cavalinho, coisa de Satã, a correr adoidadamente; é preciso então correr atrás da carroça, pegar e puxar as rédeas e cantar "Deus de Abraão, Isaac e Jacó" – bela maneira de render as Dezoito Bênçãos! E bem aí, como de propósito, dá vontade nada mais do que rezar com gosto, com o coração, talvez fique mais leve na alma.

Em resumo, estou correndo assim atrás do carro e dizendo a *Schimenesre*, em voz alta e com melodia, como, valha a diferença, junto à estante do chantre na sinagoga: "Tu sustentas a vida com misericórdia" – Ele aqui alimenta todas as suas criaturas; "E confirmas a Tua fidelidade aos que dormem no pó" – e até àqueles que estão no fundo do poço e assam roscas. Ai, penso comigo mesmo, é no fundo do poço que a gente está! Ai, como a gente se rebenta! Não é como aqueles, por exemplo, os ricaços de Iehupetz, quero dizer, que ficam sentados o verão inteiro em Boiberik nas *datches*, comem e bebem e banham-se no bom e no melhor. Ai, Senhor do Universo, por que mereço isto? Eu sou, parece-me, um judeu como todos os judeus. Deus meu, acuda, "Veja-nos, ó Senhor, em nossa aflição!" – veja, digo eu, repare como nós nos estafamos, e tome a defesa da gente pobre, coitada, pois quem há de olhar por eles, quem senão Tu? "Cura-nos, Eterno, e seremos curados" – manda-nos o remédio, porque a praga nós já a temos sozinhos...; "Abençoa Eterno, nosso Deus, os frutos do ano" – abençoa-nos com um bom ano, que haja uma boa ceifa em todas as espécies de grãos, de centeio e trigo e cevada. Embora, pensando bem, o que eu, por exemplo, o azarado, vou ganhar com isso? O que, por exemplo, vai ganhar com isso o meu cavalinho, valha a diferença, se a aveia está cara ou barata?... Mas que coisa feia!, a Deus não se faz perguntas, um judeu, ainda mais, precisa por certo aceitar tudo como bom e dizer "Também isto é para o bem", provavelmente Deus assim ordena. "E que os blasfemadores" – continuo a cantar – e que os blasfemadores não tenham esperança...; e os *stikratas* que ficam dizendo por aí que não há nenhum Deus no mundo, vão ficar com uma bela cara quando chegarem *lá*; eles vão penar com juros, porque Deus é Aquele que "quebra os inimigos" – um bom pagador, com Ele não se brinca, com Ele é preciso ir por bem, pedir-lhe, gritar-lhe: "Pai Misericordioso!" – Pai compadecido, carinhoso! Ouve nossa voz, "Tem compaixão e misericórdia de nós" – tem piedade de minha mulher e de meus filhos, eles, coitados, estão com fome! "Aceita" – acolhe, digo eu, ao teu querido povo, Israel, como antigamente no Sagrado Templo, enquanto ainda os sacerdotes e os levitas... De repente – alto! O cavalinho se deteve. Eu despejo às pressas o restinho das Dezoito Bênçãos, levanto os olhos e dou uma espiada – da floresta, vêm em minha direção duas criaturas estranhas, vestidas de maneira esquisita, não como de costume. "Ladrões!" – foi o pensamento que passou voando por minha cabeça, mas logo reconsiderei: "Vergonha, Tévye, você é um estúpido! Como é possível, já faz tantos anos que você anda pela floresta, de dia e de noite, o que foi que te deu de repente, logo hoje, para pensar em ladrões? – Eia!", digo ao cavalinho e dou-lhe de leve algumas chicotadas, como se aquilo não fosse comigo.

– *Reb Id*! Ouça, senhor! – grita para mim uma das duas criaturas com voz de mulher e me acena com um lenço. – Vamos, pare um momentinho, espere um instantinho, não fuja, ninguém, por Deus, vai lhe fazer nada!

"Ahá!, um mau espírito!" – penso comigo, e de fato logo digo para mim mesmo: "Animal em forma de cavalo! Por que de repente, no meio de tudo isso, espíritos e demônios?" E detenho o cavalinho. Começo a examinar bem as duas criaturas: mulheres; uma, mais velha, com um lenço de seda sobre a cabeça, a outra, mais nova, com uma peruca; ambas vermelhas como fogo e cobertas de suor.

– Boa tarde, bem-vindas! – digo-lhes, em voz bem forte, como que de bom humor. – No que posso servi-las? Se pretendem comprar alguma coisa, comigo nada encontrarão, exceto dores de barriga, recaiam elas sobre a cabeça de meus inimigos, ou apertos de coração a semana inteira, ou um pouco de dores de cabeça, mágoas secas, sofrimentos molhados, aflições roucas, querem?...

– Calma, calma! – dizem elas para mim. – Veja só como ele se soltou! Com um judeu, é só provocar com uma palavra que não se fica segura da própria vida! Nós não precisamos, dizem elas, comprar nada, queríamos apenas perguntar-lhe, talvez o senhor saiba onde é por aqui o caminho para Boiberik?

– Para Boiberik? – digo eu, e caio como que na gargalhada. – Isto parece a mim, digo, exatamente como se, por exemplo, me perguntassem se eu sei que me chamo Tévye!

– Ah, sim? Chamam o senhor de Tévye? Uma boa tarde para o senhor, *reb* Tévye! Só não entendemos, dizem elas, o que há nisso de engraçado? Nós somos de fora, somos de Iehupetz, e estamos aqui, em Boiberik, a fim de passar o verão; saímos, pois, de casa por um minutinho para dar um passeio, e devagarzinho estamos dando voltas e voltas assim nesta floresta desde cedo, andando de um lado para outro, inteiramente perdidas, sem conseguir achar o caminho certo; nesse ínterim, dizem elas, ouvimos alguém cantar na floresta, pensamos de início, quem pode saber, não será talvez, Deus nos livre, um ladrão? Mas depois disso, dizem elas, quando vimos de perto que era o senhor, graças a Deus, um judeu, nós sentimos um pequeno alívio na alma. Agora o senhor já está entendendo?

– Ha-ha-ha, um belo ladrão!, digo eu. – Já escutaram alguma vez, digo eu, uma história com um assaltante judeu que caiu sobre um passante e pediu-lhe uma pitada de rapé? Se quiserem, posso contar-lhes a história.

– A história – dizem elas – o senhor pode deixar pra outra vez; agora, é melhor que nos mostre antes o caminho para Boiberik.

– Para Boiberik? – digo eu. – Como assim, se este é o verdadeiro caminho para Boiberik! Mesmo que vocês não queiram, digo eu, por esta trilha cairão direto em Boiberik.

– Por que então se cala? – dizem elas para mim.

– Por que, digo eu, devo gritar?

– Sendo assim, dizem elas para mim, talvez o senhor possa saber se ainda é um pouco longe até Boiberik?

– Até Boiberik, digo eu, não é longe, algumas *verstas*; isto é, digo eu, cinco, seis ou sete *verstas*, e talvez de fato oito inteiras.

– Oito *verstas*?! – gritaram as duas mulheres ao mesmo tempo, torceram as mãos e quase desataram em choro. – Como, o que o senhor está dizendo? Sabe o que está dizendo? Uma palavrinha de nada – oito *verstas*?!

– Bem, digo eu, o que posso fazer? Se dependesse de mim, eu teria feito isso um pouco mais curto; uma pessoa deve experimentar tudo neste mundo, no caminho acontece, digo eu, que ela precisa arrastar-se numa lameira, morro acima, e ainda na véspera do sábado, a chuva chicoteia no rosto, as mãos estalam de frio e o coração desfalece, e de repente – trachch! Um eixo quebra-se...

– O senhor fala como um doido, o senhor não está bom da cabeça, juro. Para que está aí a nos contar histórias, histórias da carochinha de mil e uma noites? Já não temos força para arrastar as pernas; o dia inteiro, além de um copinho de café com um pãozinho com manteiga, nada pusemos na boca, e o senhor vem com suas histórias!

– Se é assim – digo eu – então é outra coisa; como se diz, não dá para dançar antes de comer. Do gosto da fome, eu entendo muito bem, as senhoras não precisam me contar. É bem possível, digo, que eu não tenha posto os olhos em um copinho de café e em um pãozinho com manteiga há um bom ano... – E enquanto estou assim falando me surge na imaginação um copinho de café quente com leite e um pãozinho fresco com manteiga, com outras coisas boas... "Seu azarento, penso comigo mesmo, por acaso você não foi criado de outro modo, senão a café e pãozinho com manteiga? E um pedaço de pão com arenque é comida de doente?" E ele, o espírito do mal, não seja ele lembrado, insiste só por maldade: café; só por maldade: pãozinho com manteiga! Eu sinto o cheiro de café; sinto o gosto do pãozinho com manteiga – fresco, saboroso, delicioso!

– Sabe de uma coisa, *reb* Tévye? – dizem-me as duas mulheres. – Talvez não fosse má ideia, já que estamos aqui paradas, aqui, neste lugar, que a gente subisse aí, no seu carro, e o senhor mesmo, de fato, se desse ao trabalho, por favor, de nos levar de volta para casa, em Boiberik? O que diz disso?

– Faz tanto sentido, digo eu, como dizer que a vida é como uma panela quebrada: eu venho *de* Boiberik, e as senhoras precisam ir *para* Boiberik! Como é que o gato passa por cima da água? Como é isso possível?

– Bem, e daí? – dizem elas – O senhor não sabe o que se faz? Um judeu sabido dá um jeito: ele vira o carrinho e retorna. Não tenha medo, *reb* Tévye, dizem elas, esteja seguro, se Deus nos levar para casa, sãs e salvas, que nos seja dado tanto em sofrimento quanto o senhor terá em prejuízo.

"Elas estão falando comigo uma espécie de aramaico do *Targum*! – penso comigo mesmo. – Língua disfarçada, nada comum!" – E à mente me acodem: fantasmas, bruxas, maus espíritos, uma doença crônica do diabo. – "Estúpido filho de parvo – penso comigo mesmo. – Por que está aí parado como uma estaca? Salta para o carro, mostra o chicote ao cavalinho e dá o fora!" Mas, obra do demo, escapa-me da boca, sem querer:

– Subam no carro!

Ouvindo isto, as duas não se fizeram longamente de rogadas e, pumba!: sobem no carro; e eu, atrás depois, na boleia, viro o varal, fustigo o cavalinho: um, dois, três, vamos! – Quem, o quê, por quê? Em vão! Ele não quer se mexer do lugar, mesmo que você o corte em dois. "Bem, penso comigo, agora já entendo que mulheres são essas... O bom diabo me levou a parar aqui no meio de tudo e puxar uma conversa com mulheres!"... O senhor compreende – de um lado, a floresta, o silêncio com a melancolia, perto da noite, e aqui – as duas criaturas, supostamente mulheres... O poder da imaginação trabalha com gosto sobre todas as cordas do violino. Lembro-me então de uma história com um cocheiro que certa vez passava pela floresta, sozinho na sua carroça, e avistou no meio do caminho um saco de aveia. Meu cocheiro viu e não teve preguiça, desceu da carroça, pegou o saco, jogando-o sobre as costas e, a muito custo, conseguiu depositá-lo na carroça e – toca em frente, anda! Percorre quase uma *versta*, de repente, lembra-se do saco de aveia e vira-se – nem saco, nem aveia; é uma cabra que está deitada na carroça, uma cabra com uma barbicha; ele quer pôr a mão nela, ela lhe mostra uma língua de palmo e meio, solta uma estranha e doida gargalhada e desaparece...

– Por que o senhor ainda não partiu? – perguntam-me as mulheres.

– Por que não parti? Estão vendo porque, digo eu, não estão? O cavalinho não quer rezar, não está disposto.

– Meta-lhe o chicote, dizem elas, afinal o senhor tem um chicote.

– Muito obrigado, digo eu, pelo conselho, ainda bem que me lembraram. O defeito, digo eu, é que meu rapaz não se assusta com tais coisas; já está tão acostumado com o chicote como eu com a pobreza – respondo-lhes com um pretenso ditado, e fico me sacudindo como que atacado pela febre da tremedeira.

Em resumo, não vou me prolongar para tomar seu tempo – desafoguei meu amargurado coração no cavalinho, coitado; tanto e de tal modo que, com a ajuda de Deus, ele começou a se mexer do lugar, "E eles partiram de Refidim" – e nós tocamos pela floresta, direto por nosso caminho. Enquanto seguia assim, passa-me pela cabeça um novo pensamento: "*Oi*, Tévye, como você é burro! – 'Ainda serás atacado pela epilepsia', como reza a Escritura. – Você era um pobretão e continuará sendo um pobretão. Ora veja, Deus te enviou um encontro como este, uma oportunidade que acontece uma vez a cada cem anos, como é que você não acerta, antes de tudo, o preço, para que você saiba do principal – o que você terá disso? Se quisermos considerar a questão, seja do ponto de vista do direito e da consciência, seja do ponto de vista humano e da lei e da norma, e seja até do ponto de vista de sei lá do quê, não é nenhum pecado ganhar alguma coisa com isso, e por que não lamber realmente um ossinho, já que isso se deu assim?"; "Pare o cavalinho, seu animal, e diga-lhes que a coisa é assim e assim, como Jacó disse a Labão: 'Eu quero é Raquel, tua filha mais nova'"; "Se eu tiver de vocês tanto e tanto, muito bem; se não, por favor, peço-lhes, caiam fora do carro!" Mas logo penso de mim para comigo: "Você é realmente um animal, Tévye! Então não sabe que não se deve vender a pele do urso enquanto ele ainda está vivo?", como diz o camponês.

– Senhor, por que não anda um pouco mais rápido? – dizem as mulheres e me cutucam por trás.

– Por que estão, digo eu, com tanta falta de tempo assim? Da pressa, digo eu, não sai nada de bom – e dou uma espiada com o rabo dos olhos nas minhas passageiras; penso, mulheres, como de costume, mulheres: uma com um lenço de seda, a outra com um chinó; elas estão sentadas e olham uma para outra e cochicham.

– Ainda é longe? – perguntam-me.

– Mais perto, digo eu, que daqui, certamente não é; logo mais, digo eu, temos morro abaixo com morro acima; depois disso, digo eu, vai-se de novo morro abaixo e morro acima, e só depois, digo eu, temos o grande morro acima, e de lá o caminho já segue direto, direto até Boiberik...

– Um pobre azarado! – diz uma, dirigindo-se à outra.

– Uma miséria crônica que se arrasta! – diz a outra.

– Era o que faltava! – diz a primeira.

– Acho que é maluco! – diz a outra.

"Por certo que sou maluco – penso comigo mesmo – pois deixo que me levem pelo nariz!"

– Onde é que vocês querem, por exemplo, minhas queridas senhoras, que eu as despeje? – pergunto-lhes.

– O que quer dizer despejar? Que despejo é este?

– É modo de falar, digo eu, língua de cocheiro; em nossa linguagem quer dizer: para onde querem que eu as conduza, quando chegarmos, digo eu, a Boiberik, com a ajuda do Altíssimo, fortes e sãos, se Deus nos doar a vida? Como se diz: É melhor perguntar duas vezes do que errar uma.

– Ah? É isso que o senhor quer saber? O senhor, dizem elas, fará o favor de nos levar para a *datche* verde, junto ao rio, do outro lado da floresta. Sabe onde é?

– Por que eu não saberia? – digo eu. – Estou em Boiberik como em minha própria casa. Tomara que eu possuísse os milhares em dinheiro, digo eu, quantas toras eu já levei para lá. Ainda agora, no verão passado, descarreguei na *datche* verde duas braças de lenha de uma só vez; lá estava um homem rico, muito rico, de Iehupetz, um *milionartchik* de, com certeza, uns cem mil rublos, ou talvez até duzentos mil!

– Este ano ele também está lá. – dizem-me as duas mulheres e olham uma para a outra, cochicham e riem.

– Esperem um pouco, digo eu, se a preocupação de se mostrar é tão grande, pode-se imaginar que tenham com ele algum tico de relação – neste caso, seria talvez, digo eu, uma boa ideia se as senhoras se dessem ao incômodo de lhe dizer uma palavra por mim, um pequeno favor para mim, um ganha-pão, um emprego, ou sei lá o quê? Conheço, digo eu, um homem, jovem, Israel é seu nome, que vivia não longe de nossa cidadezinha, era um nada vezes nada; pois ele conseguiu chegar lá, ninguém sabe de onde nem de que maneira – em resumo, ele é hoje um sujeito que conta, ganha talvez vinte rublos por semana, ou talvez quarenta, que sei eu? – Há gente com sorte! O que, por exemplo, falta, digo eu, ao genro do nosso *schoikhet*? O que seria dele se não tivesse ido embora para Iehupetz? É verdade, nos primeiros anos comeu o pão que o diabo amassou, quase morreu de fome. Mas por isso mesmo agora – se nenhum prejuízo lhe causasse – tomara que essa sorte fosse a minha; ele já está mandando dinheiro para casa, ele já tem vontade de mandar vir a mulher e os filhos, o problema é que não o deixam ficar lá. Aí se põe a questão: como é que ele fica? De fato, ele se mata... Quieto, digo eu, estando vivo, a gente chega lá; aqui vocês têm, digo eu, o rio, e aqui vocês tem a *datche* verde, digo eu, e entro à grande, furiosamente, com o carro no jardim. Mal nos avistaram, desatou-se um grande alvoroço e alegria: "Ai, a vovó! A mamãe! A titia!... Sãs e salvas! Parabéns! Deus que nos acode, onde estiveram?... O dia inteiro, as cabeças no ar... Mandamos postilhões por todos os caminhos... Pensamos, quem sabe, talvez lobos, assaltantes, Deus nos livre! Mas qual é a história?"...

– "A história é uma bela história: perdemo-nos na floresta, perdidas fomos parar bem longe, talvez dez *verstas*. De repente, um judeu... Que judeu? Um judeu mal-aventurado com um cavalo e uma carrocinha... A muito custo, conseguimos convencê-lo"... "Todos os perversos, malditos sonhos... Sozinhas, inteiramente sem proteção?... É uma história, uma história, é preciso dar graças por termos escapado vivas"...

Em resumo, trouxeram candeias para a varanda, puseram a mesa e começaram a trazer samovares quentes, com chávenas de chá, com açúcar, com compotas, com pãezinhos e bolachas frescas, cheirosas, e depois toda a espécie de comidas, os mais caros manjares, sopinhas gordas, com assados, com muitos miúdos de ganso, com os melhores vinhos e licores. Eu só fiquei ali parado, de longe, olhando como se come e se bebe entre os ricaços de Iehupetz, que nenhum mau olhado os prejudique. "Empenha até o penhor, penso comigo mesmo, mas seja rico!" Parece-me, que sei eu? O que cai aqui no chão, seria o bastante para os meus filhos durante uma semana inteira, até *Schabes*. Acuda-me, Paizinho, Deus carinhoso e dedicado, afinal tu és um pouquinho paciente, um Grande Deus e um bondoso Deus, com benevolência e justiça, como é possível, pois, que você dê a um tudo e a outro, nada? A um, pãezinhos doces; ao outro, os golpes e a praga do Primogênito? E, de novo, penso com os meus botões: "Ora veja, você é um grande tolo, Tévye, juro, a respeito disso, você quer ensinar a Ele como conduzir o mundo? Por certo, se Ele ordena assim, assim tem de ser; um sinal disso é que se tivesse de ser diferente, seria diferente. Sim, o quê? Por que de fato não há de ser diferente? Se a desculpa for – "escravos nós fomos" – é preciso considerar que para isso é que somos, afinal, pedacinhos de judeus neste mundo. Um judeu tem de crer, primeiro, que há um Deus no mundo, e esperar, com fé naquele que vive eternamente, que, por certo, se for Sua vontade, as coisas melhorarão..."

– Quieto! Onde está aquele judeu? – ouço alguém perguntar. – O pobre azarado já foi embora?

– Não permita Deus! – respondo de longe, lá de meu canto. – Como se pode pensar que eu vá embora assim sem mais, sem um passe bem? *Scholem aleikhem*, a paz seja convosco, digo eu, boa noite para vocês, bom apetite, comam com Deus, e que lhes faça bom proveito!

– Venha cá, dizem-me eles, por que está aí parado, no escuro? Deixe-nos pelo menos olhar para o senhor, ver como é a sua cara. Talvez queira tomar um pouco de vodca?

– Um trago de vodca? Ah, digo eu, quem pode recusar um trago de vodca, muito obrigado. Como está escrito: "Aquele que deu a vida (*lehaim*) deu também o fruto da vinha"; o que Raschi interpreta: Deus é Deus e vodca é vodca. *Lehaim*, à vida! – digo eu e meto tudo goela abaixo. – Que Deus lhes dê a ventura de serem sempre ricos e de terem todas as delícias da vida; que os judeus, digo eu, sejam sempre judeus; que Deus lhes dê, digo eu, saúde e força para que possam suportar todas as pragas deste mundo!

– Como o chamam? – pergunta-me o próprio ricaço, um belo judeu com um solidéu na cabeça. – De onde é, onde mora, qual é o seu negócio? O senhor é casado? Tem filhos, quantos?

– Filhos? – digo eu. – Não dá para se queixar. Se cada filho, digo eu, vale, como minha Golde quer me convencer, um milhão, eu sou mais rico do que o maior ricaço de Iehupetz. O defeito é apenas, digo eu, que pobre não é rico, torto não é reto, e como está escrito, é preciso "Distinguir entre o sagrado e o profano" – quem tem o sonante, tem boa vida. De fato, dinheiro quem tem são os Brodskis, eu tenho filhas. E quando se diz filhas, afirma o senhor, o riso vai embora. Mas não há de ser nada, Deus é um pai. Ele faz tudo realizar-se, quer dizer, Ele fica sentado lá em cima e nós nos esfalfamos aqui embaixo. A gente se mata de trabalhar, arrasta as toras, que remédio há? Com diz o *Talmud*, lá onde não há homem, um arenque é peixe. A desgraça toda é – a comida. Como dizia minha avó, Deus a tenha em paz: "Se a bocarra estivesse enterrada no chão, a cabeça andaria toda em ouro"... Não me levem a mal, digo eu, não há coisa mais direita do que uma escada torta e não há nada mais torto do que uma palavra direita, e especialmente, digo eu, quando se faz a bênção do vinho com o estômago inteiramente vazio.

– Que se dê algo para comer a este judeu! – ordena o ricaço. E no mesmo instante aparece sobre a mesa todo gênero de coisas: peixe, e carne, e assados, e quartos de ave, e moela e fígado de galinha que nunca mais acabam.

– Vai comer algo? – dizem-me. – Se quiser, pode lavar-se.

– A um doente pergunta-se, a um sadio dá-se; mas sabem o quê, digo eu, muito obrigado. Um pouco de vodca, digo eu, tudo bem, mas sentar-me aqui e fazer todo um banquete, enquanto lá, em casa, minha mulher e meus filhos, que tenham saúde... Se for de vossa boa vontade...

Em resumo, ao que parece, entenderam logo a minha alusão, e começaram a carregar para meu carro, cada qual em separado: um, um pão branco; outro, peixe; outro ainda, o assado; o quarto, o quarto de ave; outro, chá e açúcar; outro, um vidro de gordura; outro, um pote de compota.

– Isto, falaram eles, o senhor levará para casa, de presente para sua mulher e filhos. E agora diga lá, quanto quer que lhe seja pago pelo incômodo a que o senhor se deu por nossa causa?

– Como assim, digo eu, que sentido tem eu determinar um preço para mim? Paguem-me tanto quanto for a vossa boa vontade, digo eu, nós nos entenderemos, como se diz: Um ducado a mais, um ducado a menos. "Um farrapo não pode ficar mais esfarrapado e um sapato acalcanhado não pode acalcanhar-se mais."

– Não, dizem eles, queremos ouvir do senhor mesmo, *reb* Tévye! Não tenha medo, ninguém vai, Deus nos livre, cortar sua cabeça.

"O que fazer agora? – penso comigo mesmo – Estou mal parado: se eu disser um rublo, é um pecado, se posso pegar dois; se eu disser dois, tenho medo de que me olhem como doido: por que pagar dois rublos por isso?"

– Uma notinha de três!!!... – escapou-me da boca, e o pessoal desatou em tamanha gargalhada que quase me enterrei no chão, de vergonha.

– Não me queiram mal, digo eu, se me excedi com uma palavra a mais; um cavalo, digo eu, tem quatro pernas e assim mesmo tropeça, quanto mais uma criatura humana, que só tem uma língua... – A risada tornou-se ainda maior; seguravam os quadris de tanto rir.

– Chega de tanto riso! – ordena o ricaço e puxa do bolso interno uma grande carteira e tira da carteira... – Quanto julga o senhor, por exemplo? Vamos, adivinhe! – Uma notinha de dez, vermelha como fogo, tenha eu tanta saúde juntamente com o senhor! – E me diz assim: "Isto o senhor tem de mim, e vocês, filhos, deem também de seu bolso quanto bem entenderem."

Em resumo, de que vale falar... Começaram a voar sobre a mesa notinhas de cinco e de três e de um – Mãos e pés começaram-me a tremer; pensei que já, já, eu ia desmaiar.

– Bem, por que o senhor está aí parado? – pergunta-me o ricaço. – Recolha esses poucos rublos da mesa e volte para casa em paz, para junto de sua mulher e filhas.

– Que Deus lhe dê tantas vezes mais, que o senhor possua dez, cem vezes tanto, que o senhor tenha tudo o que há de bom, com grande ventura e prazer! – e raspo com as duas mãos o dinheiro (Quem contou? Pra que contar?) e enfio tudo em todos os bolsos. – Uma boa noite, digo eu, uma boa noite sempre e com saúde para todos, e que tenham na vida muita alegria e ventura, vós e vossos filhos, e os filhos dos filhos, e toda a vossa família – digo eu, e começo a dirigir-me para o carro, quando a ricaça, aquela do lenço de seda me diz:

– Espere um momento, *reb* Tévye, de mim o senhor vai receber um presente especial; se Deus quiser, amanhã venha até aqui; eu tenho, diz ela, uma vaca castanha, era antes uma vaca valiosa, dava vinte e quatro copos de leite por dia; hoje, por algum mau olhado, a ordenha não é com ela; quer dizer, ordenhar a ordenham, mas leite ela não dá...

– Que a senhora tenha longa vida, digo eu, que jamais conheça quaisquer aflições, comigo a vaca será, sim, ordenhada e dará, sim, leite; minha velha, não haja mau olhado, é tão boa dona de casa que do nada ela faz macarrão, dos dedos ela cozinha massa pra sopa, com milagres ela provê o *Schabes* e com palmadas ela põe as crianças pra dormir... Não leve a mal, digo eu, se me excedi com uma palavra supérflua. Uma boa noite e felicidades e Deus lhe dê saúde – digo eu e vou andando. Saio no pátio onde se encontra o carro, procuro o cavalinho – Ai, meu Deus, uma desgraça, uma calamidade, uma catástrofe! Olho para todos os lados, a criança sumiu – nem sombra do cavalinho!

"Pronto, Tévye – penso – você está bem arranjado!... E me vem à lembrança uma bela história que li certa vez num livreto, de como um bando do tinhoso surpreendeu um dia, em terras estranhas, um judeu honesto, um devoto *hassid*, atraiu-o a um palácio fora da cidade, deu-lhe de comer e beber, e depois disso, de repente, sumiu, deixando-o sozinho com uma mulher da vida; a mulher se transformou logo em besta selvagem, a besta selvagem converteu-se em gato, e o gato – em víbora... "Veja, Tévye, digo eu para mim mesmo, se não estão te levando no bico!"

– Por que o senhor está aí se remexendo e resmungando sem parar? – perguntam-me.

– Por que estou me remexendo? – respondo. – Ai e pobre de mim, digo eu, que vivo neste mundo; sofri uma grande perda: o meu cavalinho...

– O seu cavalinho, dizem-me, está na estrebaria. Faça o favor de ir até lá buscá-lo.

Entro na estrebaria e dou uma olhada: Sim, é certo, como eu sou judeu! Meu rapaz lá está, com toda distinção, no meio dos cavalos da rica prosápia, profundamente absorto no trabalho de mastigar, mandando a aveia com muito gosto, a não mais poder.

– Ouve só, digo-lhe, meu sabichão, já é hora de ir pra casa; atirar-se assim ao pote, não se pode; uma mordidela a mais, digo eu, pode fazer mal...

Em resumo, mal consegui convencê-lo e, por favor, atrelá-lo ao carro, e parti para casa, animado e alegre, cantando pelo caminho *Meilekh Elion*, Deus nosso Rei, inteiramente inebriado. Também o cavalinho não era mais o mesmo que antes, parecia outro; um novo pelo nascera sobre ele; já não esperava pelo chicote, corria como a fluência de um salmo. Cheguei à casa já tarde da noite, acordei minha mulher com regozijo, alegria.

– Hoje é festa, digo-lhe, *mazeltov,* boa sorte para ti, Golde!

– Um desgraçado e negro *mazeltov* para ti, diz ela, por que você está tão festivo, meu caro pão nosso de cada dia? Você vem de algum casamento, ou de uma festa de circuncisão, meu *goldschpiner*, meu fiandeiro de ouro?

– É um casamento, digo eu, com uma circuncisão! Espera um pouco, mulher, logo verás um tesouro, digo eu; mas, antes de tudo, acorda as crianças, deixe que elas também, coitadas, se deliciem com as iguarias de Iehupetz...

– Você está louco, ou está ruim da cabeça, ou está perturbado, ou perdeu o juízo? Você está falando como um doido, diga-se isso dos inimigos de Sion! – diz minha mulher e pragueja, desfia o capítulo bíblico das repreensões, como as mulheres costumam fazer.

– Mulher permanece sempre mulher; não é à toa que o rei Salomão diz que, entre mil mulheres, ele não encontrou uma só que fosse certinha. É uma sorte, juro, que hoje ficou fora de moda ter muitas mulheres – digo eu, e vou até a minha carroça, de onde tiro todas as coisas boas que eles empacotaram, e as disponho sobre a mesa. Quando minhas bandidas avistaram os pães brancos e cheiraram a carne, assaltaram a mesa, como lobos famintos; foi um tal de agarrar, cada uma por seu lado, as mãos tremiam, os dentes trabalhavam; era como está na Escritura: "E comeram..." – que Raschi interpreta: Devoraram como gafanhotos. Lágrimas vieram-me aos olhos...

– Bem, agora diga de uma vez – faz-se ouvir a minha cara-metade. – Onde foi que houve um banquete para os pobres, ou uma refeição assim sem mais, e por que você está tão cheio de si?

– Tenha paciência, Golde, digo eu, você vai saber de tudo. Assopra apenas o fogo do samovar, depois disso vamos nos sentar todos ao redor da mesa, digo eu, beber copinhos de chá, como deve ser. Uma pessoa, digo eu, vive somente uma vez no mundo, não duas, ainda mais se já temos agora nossa própria vaca que dá vinte e quatro copos de leite por dia; amanhã, se Deus quiser, vou trazê-la para cá. E agora então, Golde – digo eu para ela e arranco do bolso o maço inteiro de notas de dinheiro. E agora, então, seja inteligente e adivinhe quanto dinheiro nós temos aqui?

Dou uma olhada para a minha mulher – ela não é mais gente, está branca como a parede, não consegue pronunciar uma palavra.

– Deus está com você, Golde querida, por que você se assustou tanto? Estará talvez com medo que eu o tenha roubado ou assaltado alguém? Coisa feia, digo eu, você devia ter vergonha! Você é mulher de Tévye já há tanto tempo e é capaz de pensar a meu respeito uma história assim? Tolinha, digo eu, isto é dinheiro legal, honestamente ganho com meu próprio juízo e com o meu próprio duro trabalho; eu salvei, digo eu, duas almas de um grande perigo e não fosse eu, só Deus sabe o que teria acontecido com elas!...

Em resumo, narrei-lhe a história toda, tintim por tintim, do *alef* até o *tav*, de como Deus me guiou ao redor e por toda a parte; e começamos os dois a contar e a recontar o dinheiro mais uma e mais uma vez – havia lá duas vezes *hai*, o dezoito de bom agouro, e um a mais, aí o senhor tem a conta exata, quer dizer, trinta e sete rublos!... Diante do que minha Golde até desatou no choro.

– Por que está chorando, digo eu, tola mulher?

– Como é que não vou chorar, diz ela, se a vontade é de chorar? Se o coração está cheio, diz ela, os olhos transbordam. Que Deus de fato me ajude tanto assim, diz ela, como o meu coração me dizia que você ia voltar com uma boa nova. Já não me lembro há quanto tempo, diz ela, que a vovó Tzeitel, permaneça ela bem separada dos vivos, não me aparecia em sonho. Eu estava deitada, dormindo, de repente sonho com um balde de ordenha, cheio, como um olho; a vovó Tzeitel, descanse ela em paz, traz o balde debaixo do avental, para que ninguém, Deus não queira, lhe ponha mau olhado, e as crianças gritam: Mamãe, olhe!...

– Apenas não avance no macarrão antes do sábado, digo eu, alma minha; deixa que a vovó Tzeitel tenha um luminoso Paraíso, digo eu, não sei ainda se teremos dela alguma coisa; mas se Deus, digo eu, pôde realizar tamanho milagre, o de que nos fosse dado uma vaca, Ele há também de cuidar, por certo, de que a vaca seja uma vaca... É melhor, Golde querida, agora, que você me dê um conselho, o que fazer com o dinheiro?

– Ao contrário, pergunta-me ela, diga você, Tévye, o que pensa fazer com tanto dinheiro, a salvo esteja ele de um mau olhado?

– Ao contrário do contrário, respondo eu, o que pensa você que podemos fazer, a salvo esteja de um mau olhado, com tamanho capital? – E começamos os dois a matutar, para cá e para lá, isto mais aquilo, quebramo-nos a cabeça, não deixamos escapar nada, onde quer que houvesse um negócio neste mundo nós comerciamos aquela noite com tudo que o senhor quiser: compramos cavalos, um par, e de fato logo os revendemos com lucro; abrimos um armazém de secos e molhados em Boiberik, revendemos a mercadoria e logo estabelecemos um armarinho; negociamos um pedaço de floresta, embolsamos alguns rublos pela cessão e demos o fora; tentamos arrendar o imposto de Anatevke, empreender o "projeto", mexer um pouco com empréstimos, dar o dinheiro a juros...

– Louco como meus inimigos! – manifesta-se minha mulher. – Você quer pôr a perder estes poucos rublos e ficar de novo no chicote?

– Então, digo eu, você acha que é mais bonito negociar com pão e depois ficar com a marca de falido? Que o mundo está hoje pouco reduzido à pobreza por causa do trigo? Vai, digo eu, e ouve o que acontece em Odessa!

– De que me serve, diz ela, Odessa? Os avós de meus avós não estiveram lá e minhas filhas também não irão lá enquanto eu viver e meus pés me carregarem.

– Então o que você quer? – digo eu.

– O que eu quero? – diz ela. – Eu quero que você não seja tolo e não fale bobagens.

– Decerto, digo eu, já que agora você é uma sábia; como se diz: "Quando vêm as notas de cem, vêm as ideias também, e quando se é talvez rico, a gente é *certamente* inteligente..." É sempre assim!

Em resumo, brigamos várias vezes e de fato logo ficamos de bem, por fim ficou o plano de comprarmos, para juntar à vaca castanha, mais uma vaca leiteira que desse leite...

Diante disso, o senhor há certamente de propor a questão: por que uma vaca e não um cavalo? A isto eu vou lhe responder: a que vem de repente fazer aqui um cavalo, por que não uma vaca? Boiberik é um lugarzinho onde se reúnem no verão todos os ricões de Iehupetz para a temporada no campo, e como o pessoal de Iehupetz, são todos gente muito fina, bem-educada, acostumada a receber tudo diretamente na boquinha – desde lenha e carne até galinhas, cebolas, pimenta e salsa –, por que, então, não poderá haver alguém que se encarregue de levar-lhes, todas as vezes, em casa, queijo e manteiga e coalhada e coisa parecida? E tendo em vista que os *iehupetzer* são devotos do bom prato e o rublo é para eles, como diz o senhor, um bastardo, pode-se apurar com eles um bom dinheiro e ganhar com isso um grosso naco. Contanto que a mercadoria seja mercadoria; e uma mercadoria assim, como a minha, o senhor não encontra, me parece, nem mesmo em Iehupetz. Tomara que eu tenha as bênçãos juntamente com o senhor, de quantas vezes, gente importante, cristãos, pedem-me que eu lhes traga mercadoria fresca: "Ouvimos dizer, Tévye, dizem eles, que você é um homem honesto, embora você seja um judeu tinhoso"... E acha que de judeus o senhor receberá um cumprimento assim? Que padeçam os meus inimigos até que isso aconteça! De nossos judeuzinhos a gente nunca ouve uma boa palavra. Eles só sabem espiar o que há na panela. Tão logo eles avistaram na casa de Tévye uma vaquinha a mais, uma *briska* nova, começaram a quebrar a cabeça: "De onde e do quê? Será que esse Tévye não está negociando com notas falsas? Ou será que ele não destila álcool sem ninguém saber, às escondidas?"... "Ha-ha-ha! Fiquem quebrando irmãozinhos, penso eu, as cabeças com bom proveito!"... Não sei se o senhor vai acreditar em mim, o senhor é quase o primeiro a quem contei a história inteira, como, quando e quem... Mas a mim parece que eu me perdi um pouco na minha fala. Não fique aborrecido, por favor. É preciso sempre ter em mente, como diz o senhor, o negócio. Ou como está na Escritura: "E todos os corvos segundo a sua espécie." A cada um o seu. O senhor aos seus livrinhos, eu aos meus vasilhames e aos meus jarrinhos... Uma coisa eu vou lhe pedir, *pani*: por favor, não me inscreva em um livrinho; e caso o senhor me inscreva, por favor, não exponha o meu nome... Saúde para o senhor e passe bem.

DEU EM NADA

{Escrito no ano de 1899}

"Muitos pensamentos há no coração do homem" – não é assim, parece-me, que está escrito na sagrada *Toire*? Não preciso interpretar-lhe o versículo, *reb* Scholem Aleikhem; mas falado na língua de Aschkenaz, quer dizer, em ídiche comum, há um dito: "Até o melhor cavalo precisa de um chicote, e o homem mais inteligente – de um conselho." Em relação ao que digo isso? Em relação a mim mesmo, de fato, porque se tenho juízo e vou procurar um bom amigo e conto-lhe isto e aquilo, assim e assim, eu não teria tido com certeza um castigo tão feio. Mas o que, então? "A vida e a morte dependem de saber calar e saber falar" – quando Deus quer castigar uma pessoa, Ele lhe tira o juízo. Penso comigo mesmo muitas vezes: Calcula, Tévye, seu cavalo, você não é, dizem, nada bobo, como foi que você se deixou levar assim pelo nariz para ser tapeado, e de uma maneira tão tola? O que te faltaria em teu pedaço de ganha-pão agora, por exemplo, Deus o livre de um mau olhado, com teus poucos laticínios, que têm tanto renome no mundo, pode crer, por minha vida, em toda parte, em Boiberik, em Iehupetz e onde não? Como seria bom e doce agora, se as moedas sonantes, por exemplo, estivessem silenciosamente recolhidas no baú, enterradas bem longe no fundo, sem que nenhum ser vivo saiba disso, pois a quem importa, pergunto-lhe, por favor, se Tévye tem dinheiro ou não? É o que penso de verdade. O mundo se interessou muito por ele, quando ele, que isto não se aplique ao dia de hoje, nem a nenhum judeu, vivia afundado nove palmos no poço da miséria, morria de fome três vezes por dia, com mulher e filhos? Só depois que Deus lançou seu olhar sobre Tévye, o afortunou com uma refeição, e ele a muito custo conseguiu chegar a algo palpável e começou a pôr de lado alguns rublos, o mundo se inteirou de sua presença e Tévye tornou-se até *reb* Tévye – um gracejo, quase. Já apareceram bons amigos como reza o versículo: "Todos são amados, todos são eleitos" – quando Deus dá com a colher, as pessoas dão com o balde. Todos vêm, cada um em separado com o seu: um diz loja de armarinhos; outro, mercearia; este diz, uma casa, um terreno, um bem eterno – este outro vem com... trigo; aquele com... floresta; um terceiro, leilões... Irmãozinhos, digo eu, desgrudem! Vocês estão, digo eu, completamente enganados; vocês acham, parece-me, que eu sou Brodski? Tomara que todos nós, digo eu, tenhamos o quanto me falta para trezentos rublos, e até para duzentos, e mesmo para cem! Avaliar a fortuna do outro, digo eu, é sempre fácil; a cada um de nós parece que a do alheio é ouro que brilha, quando se chega mais perto é um botão de cobre.

Em resumo, não sejam eles mencionados, os nossos judeuzinhos, quero dizer, mas o fato é que fui abençoado com um bom olhado! Deus me enviou um parente, um parente afastado, que sei eu: o cabo do chicote de meu cavalo, como se diz. Menakhem-Mendel é o seu nome, um cabeça de vento, um enrolador, um mandrião, um nada, que ele não encontre lugar em nenhum cemitério judeu! Ele me catou e virou minha cabeça com sonhos, sem pé nem cabeça; diante do que, o senhor perguntará: *Ma neschtane*? Como é que eu, Tévye, fui ter com Menakhem-Mendel? A isso eu lhe responderei com uma justificativa: "Escravos nós fomos" – estava assim escrito pelo destino. Ouça só a história:

Certo dia, começo do inverno, chego a Iehupetz com um pouco de meus laticínios no carro: umas vinte libras de manteiga fresca da terra da manteiga, com umas belas formas de queijo, ouro e prata, que nós dois nos desejemos um ano assim. Como já se vê, e isto o senhor por certo compreende sozinho, vendi a minha mercadoria como açúcar, não sobrou uma lambida, mesmo que o senhor diga para um remédio, não tive tempo sequer para estar com todos os meus fregueses de verão, os veranistas de Boiberik, que esperam por mim como pelo Messias, porque são por tanto tempo fustigados, refiro-me aos seus comerciantes de Iehupetz, como é que eles podem oferecer um pedaço de mercadoria como Tévye oferece; ao senhor, eu não preciso contar nada, pois como diz o profeta: "Faz com que os outros te louvem" – boa mercadoria se louva sozinha...

Em resumo, tendo vendido até os miúdos, jogado um pouco de feno ao meu cavalinho, saio para dar uma volta na cidade. "O homem é feito de pó" – e a gente não é mais que um ser humano, dá, pois, vontade de olhar o mundo, pegar um pouco de ar, ver os artigos que Iehupetz mostra nas vitrines, como quem diz: Tudo com os olhos, veja, olhe, quanto você quiser, mas com as mãos – nem pensar!... Parado assim diante de uma grande vitrine com moedas de meio *prial* e muitos rublos de prata com cédulas bancárias e simples papel-moeda sem limite, penso comigo mesmo entre uma coisa e outra: Senhor do universo! Se eu possuísse pelo menos uma décima parte do que tudo isso aí soma, o que teria eu então a reclamar de Deus e quem poderia se comparar a mim? Primeiro de tudo na ordem da sabedoria, arrumaria um casamento para a minha filha mais velha, dava-lhe quinhentos rublos de dote, além das prendas da noiva, do enxoval e das despesas da festa de casamento; o cavalo, a carrocinha com minhas vaquinhas eu venderia, partiria logo para morar na cidade; compraria um lugar na Parede Oriental da sinagoga, um punhado de pérolas para minha mulher, que Deus lhe dê saúde, e faria a distribuição de caridade, como convém ao mais belo homem de posses; cuidaria para que a casa de estudos fosse coberta de ferro e que não permanecesse, como agora, sem teto, pronta a ruir a todo instante; introduziria uma *Talmetoire* na cidade, uma escola e também um hospital, como em toda cidade decente, sem que a gente pobre fique jogada no chão da casa de estudos; Iankel Scheiguetz, o velhaco, comigo deixaria logo de ser o *gabe*, o curador na irmandade do cemitério, chega de beber vodca e comer moela com fígado por conta da irmandade!...

– *Scholem aleikhem*, a paz seja convosco, *reb* Tévye! – ouço alguém me dizer por trás. – Como está o senhor? – Viro-me e dou uma espiada, podia jurar, um conhecido! "*Aleikhem scholem*, Convosco seja a paz, digo eu, de onde é o senhor?" – De onde? De Kasrílevke, diz ele para mim, de fato sou um amigo seu, quer dizer, eu sou aparentado com o senhor, diz ele, na forma "segundo com o terceiro", sua mulher Golde, diz ele, é minha prima do segundo para o terceiro grau. "Espere um pouco, digo eu, o senhor não será talvez genro de Burech-Hersch de Lea-Dvossie?" – Quase adivinhou, diz ele para mim: Eu sou o genro de Burech-Hersch de Lea-Dvossie, e minha mulher chama-se Scheine-Scheindel Burech-Hersch de Lea-Dvossie, agora já está sabendo? – "Espere um pouco, digo eu, a avó de sua sogra, Sure-Iente, e a tia de minha mulher, Frume-Zlate, são, parece-me, primas em primeiro grau, se não estou enganado, e o senhor é o genro do meio de Burech-Hersch de Lea-Dvossie, mas o caso é que esqueci como o chamam, seu nome, digo eu, escapuliu de minha cabeça, como é que o chamam? Como é o seu verdadeiro nome?" – Chamam-me Menakhem-Mendel Burech-Hersch de Lea-Dvossie, é como me chamam em casa, em Kasrílevke. "Se é assim, meu caro Menakhem-Mendel, digo-lhe, você merece de fato um *scholem-aleikhem* de maneira bem diferente. Diga-me, meu caro Menakhem-Mendel, o que você está fazendo aqui, como vai tua sogra e o teu sogro, que Deus os conserve? Como vão as coisas pra você, em saúde, e como correm os teus negócios?" – Oh, diz ele, quanto à saúde, graças a Deus, vive-se; mas os negócios, diz ele, não andam agora tão esplêndidos. "Deus há de ajudar, digo eu, e dou uma olhada para suas roupas, coitado: puídas em muitos lugares e as botas, por favor, acalcanhadas a ponto de causar perigo de vida... Não faz mal, Deus, digo eu, há de ajudar, as coisas vão decerto melhorar, como consta da Escritura: 'Tudo é vaidade', o dinheiro, digo eu, é redondo; hoje assim, amanhã de outro jeito, contanto que se esteja vivo; o principal, digo eu, é fé, um judeu deve ter esperança; sim, digo eu, a gente não se acaba com isso? Daí por que nós somos judeus neste mundo, como se diz: Você é soldado, então cheira a pólvora. A parábola da panela quebrada – o mundo todo, digo eu, é um sonho... Diga-me antes, Menakhem-Mendel querido, como veio parar aqui, em Iehupetz, assim de repente no meio de tudo?" – Como assim, diz ele, como vim parar aqui? Eu já estou aqui, diz ele, devagar, tanto quanto um ano e meio. "Não diga, quer dizer que você é da casa, digo eu, realmente um morador daqui, em Iehupetz?" – Psch!, diz ele para mim e olha para todos os lados. – Não fale tão alto, *reb* Tévye; de fato, diz ele, moro aqui, mas isso deve ficar, diz ele, entre nós... Fico ali parado, olhando-o, realmente como a um doido... "Tu és um fugitivo, digo eu, te escondes em Iehupetz no meio da praça do mercado?" – Nem pergunte, *reb* Tévye, diz ele, está certo; o senhor, ao que parece, não está nada familiarizado com as leis e os costumes de Iehupetz ... Venha, diz ele, vou lhe contar e o senhor entenderá o que significa ser de casa e não ser de casa... E ele começou a me desfiar uma história, um rolo inteiro, de como se fica aqui um pouco estafado... "Ouça, obedeça-me, Menakhem--Mendel, venha comigo passar um dia no povoado, você descansará um pouco os ossos, pelo menos; você será, digo eu, hóspede em minha casa, além disso, bem-vindo, minha velha ficará deliciada com sua presença."

Em resumo, consegui convencê-lo: fomos juntos. Chegamos. Em casa – um alvoroço de alegria! Um hóspede! Um parente de carne e osso! Um primo do segundo para o terceiro grau! Isso não é uma bagatela, como se diz: O que é da gente não é estranho. Começou uma verdadeira festa de perguntas: O que há de novo em Kasrílevke? Como vai o tio Burech-Hersch? O que está fazendo a tia Lea-Dvossi? O tio Iossel-Menasche? A tia Dobrisch? E os filhos como estão? Quem morreu? Quem se casou? Quem se divorciou? Quem deu à luz e quem ficou grávida? "De que te servem, minha mulher, digo eu, esses casamentos e circuncisões de pessoas que você nem conhece? É melhor você arrumar alguma coisa pra gente pôr na boca. 'Que todos os esfomeados venham e comam' – Antes da comida, digo eu, não se dança. Se for um *borscht*, digo eu, ótimo, se não – não faz mal, traga *knijes*, ou *kreplach*, *monschkes*, *tzores-kneidlach*, ou talvez até panquecas, *blintzes*, omeletes. Pode ser, digo eu, com um prato a mais, porém bem depressa."

Em resumo, lavamos as mãos e lanchamos, aliás, muito bem, como se diz: "E eles comeram" – e Raschi explica: "como Deus ordenou". "Come, Menakhem-Mendel, não se faça de rogado, digo-lhe eu, é de fato como o rei Davi diz: 'Névoa de nada', um mundo estúpido e falso, e saúde, dizia minha avó Nekhame, abençoada seja sua memória – era uma mulher sagaz, uma sábia maravilhosa –, saúde e prazer a gente procura numa tigela..." Meu hóspede, coitado, até as mãos lhe tremiam, não se cansava de elogiar a arte de minha mulher, jurou por tudo o que é bom que não se lembrava de outra ocasião em que tivesse comido coisas de leite, *knijes* tão perfeitos e omeletes tão saborosas. "Isso não é nada, digo eu, você precisa experimentar, Menakhem-Mendel, as massas, digo eu, ou o empadão que ela faz, só então você saberá o que vem a ser o gosto do Paraíso no mundo!"

Em resumo, comemos e demos as graças, isso terminado, a conversa começou a rolar, cada um falando do seu, como de costume; eu – de meus negócios; ele – dos dele; eu – disto, daquilo, macarrão, cebola e assim por diante; ele – de seus negócios, histórias de Odessa e de Iehupetz, de como já estivera dez vezes, como se diz, "em cima da mó ou debaixo dela", hoje nadando em dinheiro, amanhã sem ter onde cair morto, e mais uma vez muito rico e de novo na penúria; negociava com coisas tão estranhas das quais eu nunca ouvira falar em minha vida, esquisitas, estrambóticas, sem pé nem cabeça: "*boss*" e "*bass*", alta e baixa de *aktzies-schmaktzies*, de *Potivilov*, de *maltzev-schmaltzev*, só o diabo sabe delas lá no inferno, e contas malucas, dez mil, vinte mil – dinheiro a rodo! "Vou te dizer a verdade, Menakhem-Mendel, digo-lhe eu, o que você me conta de teus negócios, isto é sem dúvida uma habilidade, é preciso ser capaz; mas uma coisa eu não entendo: pelo que sei de tua mulher admira-me muito, digo eu, que ela te deixe voar assim e não venha ter contigo, digo eu, montada em uma vassoura." – Eh! – responde-me ele suspirando. – Disso, o senhor não precisa me lembrar, *reb* Tévye, porque, também assim, ela me faz passar frio e calor, diz ele; se o senhor ouvisse o que ela me escreve, o senhor sozinho diria que eu sou um *tzadik*, um santo. Mas isso, diz ele, é das coisas menores, por isso ela é mulher, é para acabar comigo. Há, diz ele, muita coisa muito pior: tenho, o senhor me compreende, um tesouro próprio, uma sogra! Não preciso contar-lhe, diz ele, o senhor a conhece!... "Parece-me que acontece com você como está escrito: [carneiros de Labão] malhados, salpicados, multicores: quer dizer, uma chaga sobre uma chaga e sobre a chaga uma pústula?" – Sim, diz ele, *reb* Tévye, o senhor vai direto ao ponto, a chaga é de fato uma chaga, mas a pústula, diz ele, ai meu Deus, é pior do que uma chaga!...

Em resumo, assim devagarzinho papeando até tarde da noite; minha cabeça até entrou em parafuso com histórias dele e de seus fantásticos negócios com os milhares de rublos que voam para cima e para baixo, com a fortuna que Brodski possui... Depois disso a noite inteira emaranharam-se na minha cabeça: Iehupetz... moedas de meio *prial* ... Brodski... Menakhem-Mendel e a sogra... Só na manhã seguinte ele se explicou: O que é? Visto que, diz ele, já há algum tempo, entre nós, em Iehupetz, o dinheiro anda curto, e a mercadoria está com o preço no fundo do poço, por isso, diz ele para mim, agora o senhor tem uma oportunidade, *reb* Tévye, de empalmar alguns bons rublos, e quanto a mim, se o fizer, o senhor me manterá realmente vivo, simplesmente me fará ressuscitar, da morte para a vida. "Você fala como uma criança, digo-lhe, você pensa, parece, que possuo as fortunas de Iehupetz, moedas de meio *prial*? Seu tolo, digo eu, tomara que nós dois pudéssemos ganhar até *Peissekh* tanto quanto me falta para ser Brodski." – Sim, diz ele, disso eu sei sozinho; mas o senhor acha que para isso é preciso grandes somas? Se me der agora, diz ele, uma de cem, eu a faço virar, em dois ou três dias, uma de duzentos, trezentos, seiscentos, setecentos e, por que não, realmente uma de mil, inteirinha. "É bem possível, digo eu, que seja como está no versículo: 'Perto da recompensa e longe do bolso'. Mas quando se diz isso? Quando se tem o que arriscar; mas quando não se tem a nota de cem, o resultado vai ser, reza a Escritura, 'Ele veio sem mulher e saiu sem mulher', que Raschi explica: 'Quando se põe uma nica, tira-se uma trica'". – Ora veja, diz ele para mim, uma de cem sempre há de se encontrar com o senhor, *reb* Tévye; com o seu negócio, com seu bom nome, que não haja mau olhado... "O que resulta, digo eu, do bom nome? Um bom nome é certamente uma coisa muito boa; mas o que então? Eu fico no bom nome, e dinheiro quem continua tendo é Brodski... Se você quiser, digo eu, saber exatamente, possuo, de meu próprio, no todo, mal e mal cem rublos e para eles tenho oitenta buracos: primeiro, casar uma filha..." – Ouça, argumenta ele, é precisamente isso que a Escritura quer dizer! Pois quando, *reb* Tévye, diz ele, o senhor poderá ter tal oportunidade de entrar com cem e sair, se o Santo Nome quiser, com tanto que lhe dê, diz ele, seja para fazer o casório de filhas, seja para algo mais? – E então um novo salmo se desenrola por três horas no relógio, a fim de me dar a compreender como ele, Menakhem-Mendel, faz de um rublo três e de três, dez. – A gente pega, diz ele, e esta é a primeira sabedoria, e entra com uma nota de cem, e manda comprar, diz ele, dez pedaços, já esqueci como isso se chama, e espera-se alguns dias até que o preço aumenta. Aí, bate-se um telegrama para algum lugar lá, mandando que sejam vendidos e com o dinheiro sejam comprados duas vezes tanto; depois disso, a coisa começa a subir de novo, bate-se mais uma vez um telegrama; assim, por tanto tempo, até que uma nota de cem, diz ele, vire duas; as duas, quatro; as quatro, oito; as oito, dezesseis, de fato, realmente, milagres e maravilhas! Há, em Iehupetz, uma gente que não faz muito tempo andava sem botinas, corretores, ajudantes de mestre-escola, criados, pois bem, hoje eles possuem casa própria, terrenos, suas mulheres têm problemas com o estômago: viajam para as termas no estrangeiro... E eles sozinhos voam de um lado para outro sobre Iehupetz em rodinhas de borracha, *fu-fu*, já não conhecem pessoa alguma!...

Em resumo, pois para que lhe prolongar a história? Deu-me vontade de levar isso a sério. Sabe-se lá, pensei comigo mesmo, será que ele não é o meu bom mensageiro? Afinal, ouço sempre falar de pessoas que ficam ricas em Iehupetz com cinco dedos: por que sou pior do que elas? Mentiroso, ao que me parece, ele não é, para inventar, de sua cabeça, histórias assim. E se de fato, considero eu, algo realmente está dando uma virada, como dizem, para o lado direito, e Tévye, embora na velhice, está se tornando alguém, um pedaço de gente? De fato, até onde se pode continuar se esfalfando, se matando de trabalhar, por minha vida, pergunto? Dia e noite de novo cavalo-e-carrocinha e mais uma vez queijo e manteiga. Já é tempo, digo eu, Tévye, de você descansar e se tornar um respeitável homem de bens entre homens de bens, de frequentar uma casa de estudos, de dar uma espiada em um *seifer* judaico. Mas o que então? E se, não queira Deus, a coisa não vai e não vem, e me deixa feito bobo, quer dizer, com a manteiga para baixo? Por que não seria melhor eu pensar o mesmo ao contrário? "Hein? O que diz você?, dirijo-me à minha velha. – Como lhe parece, por exemplo, Golde, este plano dele?" – O que posso dizer sobre isso? Sei que Menakhem-Mendel não é, de modo algum, um sujeito qualquer, que deseje te enganar; ele não é, Deus me livre, de nenhuma família de alfaiates ou de sapateiros! Ele tem, diz ela, um pai muito decente, e tinha um avô, diz ela, que era uma joia inteira. Sentado, dia noite, embora cego, estudava a *Toire*, e a avó Tzeitel, esteja ela bem distante e em paz repouse, também não era, diz ela, uma mulher qualquer... "É uma história para as velas de *Hanuque*, digo eu, está-se falando de negócios e você vem com a avó Tzeitel, que assava o bolo de mel, e com o seu avô que entregou a alma com um copinho na mão... Mulher é sempre mulher. Não é à toa, digo eu, que o rei Salomão percorreu o mundo todo e não encontrou uma só mulher com uma aduela na cabeça"...

Em resumo, decidiu-se fechar sociedade; eu ponho o dinheiro e Menakhem-Mendel, a cabeça, e o que Deus der, será meio a meio. – Creia, diz ele, vou fazer com o senhor, *reb* Tévye, se Deus quiser, belos negócios, e põe negócios nisso, e hei de lhe dar, com a ajuda de Deus, dinheiro e mais dinheiro e mais dinheiro! "Amém, o mesmo para ti, digo eu, da tua boca para os ouvidos de Deus. Mas o que então? Uma coisa eu não entendo nisso tudo: como é que o gato passa por cima da água? Eu estou aqui e você está lá; dinheiro, digo eu, é uma matéria delicada, você me compreende. Perdoe-me, não se ofenda, digo eu, não me referi aqui de modo algum a quaisquer trapaças. Simplesmente, é como está escrito lá, em Abraão nosso pai: 'Semearam lágrimas e colheram alegrias' – É melhor prevenir antes do que chorar depois"... – Ah! – diz ele para mim. Não estará pensando talvez em escriturar-se no papel? Com o maior prazer! – "Calma! Se a gente quiser repensar a coisa, é também a mesma história: de um ou outro modo, se você tiver a intenção de me matar, no que me ajudará o papel? 'O rato não é ladrão, mas sim a toca', diz o *Talmud*, não é a promissória, é o homem que paga, e se já estou pendurado por um pé, digo, é melhor que eu fique pelos dois." – O senhor pode crer em mim, *reb* Tévye, juro-lhe por minha santa fé, assim Deus me ajude como é verdade que não cogito aqui de nenhuma esperteza, subtrair-lhe o que é seu, Deus o proíbe; mas dividir decente e honestamente, se Deus quiser, pela metade, em duas partes iguais, meio a meio, metade para mim e metade para ti, cem para mim, cem para o senhor, duzentos para mim, duzentos para o senhor, trezentos para mim, trezentos para o senhor, quatrocentos para mim, quatrocentos para o senhor, mil para mim, mil para o senhor...

Em resumo, tirei os meus poucos rublos, contei-os três vezes, minhas mãos, enquanto isso, bem que tremiam, chamei minha velha como testemunha, tornei a deixar claro a ele, mais uma vez, quanto suor e sangue me custara aquele dinheiro, e o entreguei a Menakhem-Mendel, costurei-o no forro de seu casaco para que no caminho não o roubassem, e combinei com ele que, sendo vontade de Deus, no mais tardar uma semana após o sábado, ele deveria me enviar sem falta uma cartinha a respeito de tudo em detalhe, despedi-me dele bem e belamente, beijamo-nos da maneira mais amigável, como é de costume com um parente. Quando fiquei sozinho depois que ele partiu, começaram a me assaltar toda espécie

de pensamentos e sonhos acordados, e eram sonhos tão doces que senti vontade que durassem eternamente, que nunca acabassem. Vejo diante de mim, na imaginação, no meio da cidade, uma casa grande, com cobertura revestida de estanho, com cocheiras, com quartos, quartinhos e despensas com tudo o que é bom, e uma dona de casa, com um molho de chaves, rodando pela mansão, é minha mulher Golde: não dá para reconhecê-la, por minha vida, ela está com outra cara, uma cara de ricaça, com uma papeira e pérolas no pescoço; ela se põe ares e esbraveja contra as criadas com todas as pragas. As minhas filhas rodam por ali, todas com vestidos sabáticos e não põem a mão em água fria. O quintal está repleto de galinhas, gansos e patos. Dentro de casa tudo brilha, na lareira arde um foguinho, no fogão cozinha-se o jantar; e o samovar ferve como um bandido! À mesa, na cabeceira, está sentado o próprio senhor da casa, quer dizer, Tévye, em um robe de cetim com um solidéu na cabeça, à sua volta os mais importantes senhorios da cidade o bajulam: – Queira me perdoar, *reb* Tévye... Não fique zangado, *reb* Tévye... "Ai, fico a pensar enquanto isso, o diabo que carregue o pai do pai do dinheiro!"... – A quem você está amaldiçoando até o pai do pai? – pergunta minha Golde. "A ninguém, eu estava divagando um pouco, pensamentos, sonhos, ilusões... Diga-me, Golde querida, você sabe com o que negocia o teu parente, Menkhem-Mendel, quero dizer?" – Tudo o que sonhei aquela noite e a noite de hoje e o ano todo, diz ela, caia sobre a cabeça de meus inimigos! Que coisa!, diz ela, você fica sentado com uma pessoa as vinte quatro horas de um dia inteiro, e fala e fala e fala, e no fim vem e pergunta a mim com o que ele negocia?! Parece-me, afinal, que vocês fizeram juntos, diz ela, um negócio, com que raios de fim? "Sim, digo eu, fizemos, mas *o que* nós fizemos, isto eu não sei, mesmo que você me corte a cabeça. Não há, você me entende, no que se pegar; mas, não obstante, digo eu, uma coisa não tem a ver com outra, não se preocupe, mulher, o coração me diz que tudo correrá bem, nós haveremos, se Deus quiser, assim me parece, de ganhar dinheiro, e muito: diga pois amém e cozinhe o jantar!"

Em resumo, passa-se uma semana, passam-se duas, três semanas – nenhuma carta de meu sócio! Não sou mais gente, fico andando de um lado para o outro, não tenho mais cabeça, não sei o que pensar. Não pode ser, penso de mim para comigo, que ele se tenha esquecido, assim sem mais, de me escrever pelo menos uma cartinha; ele sabe muito bem como nós estamos aqui à espera de notícias. Porém, mais uma vez, perpassa-me um pensamento: "O que hei de lhe fazer, por exemplo, se lá ele tira de cima toda a nata para si e me diz que ainda não se ganhou nada?" E vá chamá-lo do que você quiser! Não pode ser, digo para mim mesmo, como é possível?... Eu trato uma pessoa realmente como alguém de casa, que seja dado a mim o que desejo a ele, então é de se crer que ele vá me pregar uma peça dessas?! E de novo me perpassa outro pensamento: "Bem, eu lhe perdoo o lucro, 'Auxílio e salvação receberão os judeus', como consta do livro de *Ester*, contanto que Deus ajude para que o principal pelo menos esteja inteiro! E fico gelado em todos os membros de meu corpo! 'Velho bobo! Digo para mim mesmo. Você quis costurar um pé de meia, seu tolo, animal em forma de burro! Melhor seria comprar com os cem um par de cavalinhos, e trocar a carriola por um carro melhor, com molas'"... – Tévye, por que você não está pensando em nada? – pergunta-me minha cara-metade. "Que quer dizer isso, que eu não estou pensando? Minha cabeça está justo agora se desfazendo em pedaços de tanto pensar, como dizer então que eu não penso!" – Não pode ser outra coisa, diz ela, algo aconteceu com ele no caminho: ou bandidos o assaltaram e o limparam da cabeça aos pés, ou, não queira Deus, ele ficou doente, ou, que não haja lugar para isso, ele morreu. "O que mais, digo eu, você vai inventar, coração meu? Veja só, bandidos de repente, no meio de tudo!" E eu sozinho, penso comigo mesmo: Sabe-se lá o que pode acontecer de repente com uma pessoa no caminho? "E você, minha mulher, digo-lhe eu, precisa sempre interpretar pelo pior!" – Ele é, diz ela, de uma família assim; a mãe dele, seja ela minha intercessora no Céu, não faz muito tempo morreu ainda bem jovem, e das três irmãs que ele tinha, estejam elas bem afastadas de mim, uma morreu ainda na virgindade; a outra justamente casou-se, mas pegou um resfriado no banho e morreu; e a terceira, diz ela, logo após o primeiro parto, endoidou, ficou padecendo, padecendo até que morreu... "Morreu para que viva, digo eu, Golde, todos nós vamos morrer; uma pessoa é como um carpinteiro: um carpinteiro vive, vive e morre, e uma pessoa vive e morre."

Em resumo, ficou resolvido entre nós que eu daria uma chegada a Iehupetz. Por enquanto, nesse meio tempo, um pouco de mercadoria foi se acumulando, era uma considerável lojinha de queijo, manteiga e creme de leite, mercadoria de primeira; atrelo meu cavalo no carrinho e, "enfrentaram os perigos", interpreta Raschi: toca para Iehupetz. Sigo assim, sombrio naturalmente, com amargura no coração, como o senhor pode bem imaginar, eu só na floresta, minha força de ânimo se vai e me vem à cabeça toda sorte de pensamentos e ideias. "Bonito seria, penso comigo mesmo, se chego lá, começo a perguntar por meu parceiro e me dizem: Menakhem-Mendel? Te-te-te! Está numa boa, ficou rico, tem casa própria, anda de coches, não dá pra reconhecer!" Eu me tomo de coragem e vou direto à casa dele. – Parado! – dizem para mim, ainda junto à porta e me dão uma cotovelada no coração. – Devagar, tio, não vá se enfiando assim, aqui ninguém se enfia. "Sou de casa, digo eu, parente, realmente ele é primo de segundo para terceiro grau de minha mulher!" – *Mazeltov*, parabéns para o senhor, dizem-me, muito prazer; ainda assim, dizem eles, faça o favor, se não se importa, de esperar um momento, ali, ali, junto à porta, não lhe fará, queira Deus, mal nenhum... – Nisto, lembro-me que é preciso dar alguma coisa, como diz o senhor, "e eles subiam, e eles desciam", quando se engraxa, a gente roda, e logo enveredo direto para o quarto dele. "Bom dia, digo eu, – *reb* Menakhem-Mendel! Quem? O quê? Nenhuma fala, nenhuma palavra – Ele não me reconhece, não sabe de quem se trata. – O que o senhor deseja? – diz ele para mim. Quase desmaio. – "Como assim, digo eu, *pani*, o senhor já não reconhece um parente? Eu me chamo Tévye." – Ah?, diz ele, Tévye? O nome me parece algo familiar... "Familiar?, digo-lhe. Talvez lhe sejam familiares as *blintzes* de minha mulher, lembre-se agora dela, com suas *knijes*, aqueles enrolados de batata, seus *tzores-kneidlach* e suas fritadas de queijo?"... E logo passa voando por minha cabeça um pensamento exatamente contrário: entro em casa de Menakhem-Mendel. Ele vem ao meu encontro e me traz um largo bem-vindo seja! – Uma visita! Uma visita! Sente-se, *reb* Tévye, como tem passado, como vai sua mulher? Eu já estava à sua espera, quero fazer as contas com o senhor. – E ele me despeja um chapéu cheio de moedas de meio *prial*. – Isto, diz ele, é o lucro, e o principal permanece aplicado; tudo o que ganharmos, nós dividiremos em duas partes iguais, uma para mim e outra para o senhor, meio a meio, cem para mim, cem para o senhor, duzentos para mim, duzentos para o senhor, trezentos para mim, trezentos para o senhor, para mim quatrocentos, para o senhor quatrocentos... Pensando, dou uma cochilada, e não vejo como o meu rapaz entrementes se desvia da trilha e sai para um lado, enrosca o carrinho numa árvore, e algo me desfecha tamanha pancada por trás que voam faíscas de meus olhos, "Também isto é para o bem, digo para mim mesmo, graças a Deus que nenhum eixo se quebrou..."

Em resumo, chego a Iehupetz e, antes de tudo, liquido o pouco de laticínios rapidamente e logo, como seria de esperar, saio à procura da minha criatura. Fico rodando uma hora, duas e três, e nada – não vejo sinal do homem! Começo a parar as pessoas para perguntar: "Será que o senhor não ouviu... será que o senhor não viu um judeu, que tem como ilustre nome o de Menakhem-Mendel?" – Se, dizem eles, o homem se chama Menakhem-Mendel, pode-se comer de seu pote, mas só isto é muito pouco, dizem eles, Menakhem-Mendels há muitos no mundo. – "Vocês se referem, digo eu, ao apelido dele? Que eu saiba assim de coisa ruim, junto com vocês, digo eu, se no todo sei mais do que isso, se querem saber, chamam-no em casa, isto é, em Kasrílevke, pelo nome de sua sogra, Menakhem-Mendel de Lea-Dvossie; mas do que mais precisam vocês, digo eu, seu sogro que já é um judeu bem conhecido, também é chamado pelo nome dela, Burech-Hersch de Lea-Dvossie, e até ela mesma, Lea-Dvossie quero dizer, também se chama

Lea-Dvossie Burech-Hersch de Lea-Dvossie. Agora estão entendendo?" – Entender, entendemos, dizem eles, mas isto ainda não é suficiente; qual é o seu negócio, perguntam eles, com o quê se ocupa ele, este seu Menekhem-Mendel? – "Com o quê se ocupa?, digo eu. Negocia com meios *prialen*, com umas *bess-mess*, *Potivilov*. Bate, digo eu, telegramas para algum lugar lá, para Petersburgo, para Varsóvia"... – Ah?! – dizem eles e rolam de tanto rir. – O senhor não está pensando naquele Menakhem-Mendel que negocia com *Iak-n-ha'z*, que vende vinho e velas para o sábado e os dias de festa? Atravesse, por favor, para lá, para o outro lado; ali, correm para cá e para lá muitas lebres e a sua, entre elas... "Quanto mais se vive, mais se come, penso comigo mesmo. Ai você tem, de repente, lebres? *Iak-n-ha'z*?" Atravesso a rua, para a outra calçada: judeus em penca, que não haja mau-olhado, como numa feira, é um aperto só, mal consigo abrir passagem; correm, como doidos, um para lá, um para cá, um em cima do outro, é um caos, falam, gritam, gesticulam: *Potivilov*... Firme, firme!... Pego pela palavra... Embolsou o sinal... Vai se coçar... E a minha comissão?... Você é um grande salafrário... Olha, vão te rachar a cabeça... Cuspa na cara dele... Veja só, degolaram o *kapote*... Que belo *schpeguelant*, que belo especulador... Bancarroteiro!... Lacaio!... Pro diabo, com o pai e o pai do pai!... Já estão nos sopapos. "E Jacó fugiu, digo de mim para mim, foge, Tévye, já, já, senão você leva um murro! Bem, bem, penso, Deus é pai, Schmuel-Schmelki é seu servo, Iehupetz é uma cidade e Menakhem-Mendel um ganhador. Não é aqui, bem aqui, penso, que se empalmam fortunas, meios *prialen*? Não é isto, bem isto que eles chamam 'fazer negócios'? Ai, e pobre de ti, Tévye, com teus negócios!"

Em resumo, detenho-me diante de uma grande vitrine com uma porção de calças expostas e avisto pelo reflexo da vidraça a imagem de meu próspero sócio. Meu coração se partiu quando o avistei. Fugiu-me a alma! Onde quer que eu tenha um inimigo e onde quer que o senhor tenha um inimigo, tomara que os vejamos lá no estado em que Menakhem-Mendel apareceu: isso era um *kapote*? Aquilo eram botas? E que cara! – Ó paizinho meu, bem mais bonita é a de enterro. "Bem, Tévye – e 'se eu pereço, eu pereço' – você está enterrado, penso com os meus botões, você pode dar adeus ao teu rico dinheirinho. É como o senhor diz: 'Nem urso, nem bosque' – nem mercadoria, nem dinheiro, mas apenas dores de cabeça."

Ele, por seu lado, também se sentiu, segundo parece, extremamente embaraçado, porque nós dois ficamos parados como que colados um no outro, sem pronunciar uma palavra sequer, e só olhando, olhando, como galos, direto nos olhos, como quem diz: Arruinados e desgraçados ficamos os dois, é melhor botarmos a sacola nas costas e sairmos os dois a pedir esmola de casa em casa!... – *Reb* Tévye – diz ele para mim, em voz sumida, de quem mal pode falar, e as lágrimas o sufocam. – *Reb* Tévye! Assim, sem sorte, está ouvindo, diz ele, era melhor não ter vindo ao mundo, do que uma vida assim... Enforcar-se, diz ele, açoitar-se!... – E ele não consegue mais proferir palavra. "Certamente, digo-lhe, você merece, Menakhem-Mendel, por uma história como essa, que te deitem aqui, aqui mesmo, digo eu, no meio de Iehupetz, e com todo gosto te malhem tanto que você se veja com a vovó Tzeitel no outro mundo. Calcula, digo eu, você sozinho, o que você fez. Você pegou uma casa inteira de almas vivas, de pobres criaturas coitadas, inocentes, e você lhes cortou a garganta sem uma faca! Céus, digo eu, com o que voltarei agora para casa, para junto de minha mulher e filhas? Afinal, diga você mesmo, assassino, bandido, carniceiro!" – É verdade – diz ele para mim, encostando-se na parede –, é verdade, *reb* Tévye, que Deus assim me ajude... "O inferno, digo, seu imbecil, o inferno é no fim de contas muito pouco para você!" – É verdade, *reb* Tévye, diz ele; Deus que me ajude assim, do que uma vida destas, diz ele, do que uma vida destas, *reb* Tévye... – E deixa cair a cabeça. Fico ali observando aquele azarado, parado adiante, cabisbaixo, encostado na parede, com o boné para o lado, e cada suspiro e cada gemido: isso arranca um pedaço do coração. "Tá, digo eu, se a gente quer voltar a discutir o mesmo, de novo, compreende-se muito bem que também nisso você deve a alma a Deus; pois vamos considerar a coisa por todos os lados com a possibilidade de ser uma das duas: se eu pensar, digo eu, que a tua maldade fez isso, seria uma tolice, pois você era um sócio igual a mim, meio a meio no lucro. Eu entrei com dinheiro, você com o cérebro, ai e pobre de mim! A tua intenção era certamente, como diz o outro, para vida e não para a morte, e por que isso resultou em nada? Era decreto do destino, como o senhor diz: 'Não te gabes pelo dia de amanhã', o homem pensa e Deus ri. Veja só, digo eu, tolinho, aí você tem o meu negócio, ele é, parece-me, um negócio garantido. No entanto, como já estava escrito, digo eu, Deus nos livre disso, aconteceu-me que, ano passado, no outono, uma de minhas vacas morreu, era uma pechincha para carne *treif*, impura, por uma nota de cinquenta, e de fato, logo depois dela, uma vitela vermelha que por ela eu não teria recebido nem vinte rublos, – bem, adiantou nisso tudo muita esperteza? Quando a coisa não vai, digo eu, faça o que for – é sempre mé! Não quero nem te perguntar, digo eu, onde está o meu dinheiro; entendo sozinho onde meu dinheiro ficou enfiado, meu rico dinheirinho, que ganhei com meu suor e meu sangue, ai e pobre de mim! Entrou em um lugar sagrado, digo eu, em algum *Iakna*'zinho, no nada vezes nada; e quem é culpado, senão eu próprio que me deixei iludir por castelos construídos no ar, por disparates e tocos de ilusão? Dinheiro, irmão, só vem com trabalho duro, sofrido e suado! Bofetadas, digo eu, é o que você merece, Tévye, você merece bofetadas em penca!! Mas o que adianta agora a minha gritaria? É como está escrito no versículo: 'E a mocinha riu', grita até rebentar! Juízo e arrependimento, estas duas coisas sempre chegam tarde. Não era do destino que Tévye fosse um homem rico, como diz Ivã, o russo: 'Mekita nunca teve um tostão e nunca terá'. Decerto, digo eu, Deus assim quer. 'Deus deu, Deus tirou', diz Raschi – Vem, irmão, vamos tomar, digo eu, uns traguinhos aos poucos!"...

* * *

Foi assim, *pani* Scholem Aleikhem, que todos os meus sonhos deram em nada! E o senhor pensa, talvez, que isso me confrangeu o coração, o fato de eu ter perdido o meu dinheiro? Tomara esteja eu tão purificado do mal! Pois nós sabemos o que reza o versículo: "Minha é a prata e meu é o ouro", dinheiro é como lama! O principal é o homem, quer dizer, quando o homem é um homem. Mas o que então me magoou? O sonho que se foi. Eu tinha desejo, ai que desejo, de ser rico, pelo menos por um tempinho. Mas o que adianta nisso espertezas? Como diz o versículo: "Queiras ou não, tens de viver!", à força você vive, à força você rasga um par de botas. "Você, Tévye, diz Deus, deve ter em mente queijo e manteiga, e não sonhos." E como fica? A fé? A esperança? É bem ao contrário, quanto mais aborrecimentos, maior a fé, quanto mais pobretão maior a esperança. E a prova?... Mas me parece que eu hoje falei demais; é hora de ir embora, de pensar em negócios, como diz o senhor: "Todo homem é mentiroso", cada qual tem o seu fardo. Até logo e passe bem!

FILHOS DE HOJE

[Escrito no ano de 1899]

– Em relação ao que o senhor diz: Filhos de hoje. "Filhos eu criei e eduquei", a gente os tem, estafa-se, sacrifica-se por eles, trabalha duro dia e noite, para quê? A pessoa pensa: possivelmente assim e talvez assim, cada qual segundo o seu modo de ver e conforme sua fortuna. A Brodski, naturalmente, não vou me comparar, mas tampouco sou obrigado a me rebaixar de todo, pois eu mesmo também não sou um qualquer, pode crer, e descender nós descendemos, como diz minha mulher, viva ela, não de alfaiates ou de sapateiros, por isso julguei que com minhas filhas, com certeza, eu acertaria na sorte. Por quê? Primeiro, porque Deus me abençoou com filhas bonitas, e uma carinha bonita, o senhor mesmo diz, é meio dote. E segundo, porque eu já sou hoje, com a ajuda de Deus, não o Tévye de antigamente, de modo que posso chegar ao mais belo partido até em Iehupetz – hein, não acha? Mas o caso é que há um Deus no mundo, um Deus misericordioso e clemente, que mostra suas grandes maravilhas e faz comigo o que quer, verão e inverno, para cima e para baixo, e Ele me diz: "Tévye, não encha a cabeça de bobagens, e deixa o mundo conduzir-se como ele se conduz!"... Ouça o que pode se passar nesse vasto mundo, e em casa de quem acontecem todas as venturas? Na de Tévye, o azarado.

Em resumo, para que prolongar a coisa? O senhor se lembra por certo o que me aconteceu, Deus me guarde disso hoje, com o meu parente Menakhem-Mendel, apagado seja seu nome e sua lembrança, quão belamente encerramos nosso negócio em Iehupetz, com as moedas de meio *prial* e as ações de Potivilov, tomara que meus inimigos tenham um ano assim! Pareceu-me então que o mundo viera abaixo, ai de mim! Pensei que era o fim, liquidado estava Tévye e liquidado estava o seu negócio com laticínios! "Seu tolo!, diz certa vez minha velha. Chega de andar aborrecido, com isso você não vai conseguir nada! Você vai apenas consumir o coração, e basta! Faça de conta que bandidos nos assaltaram e nos tiraram tudo... É melhor você dar um passeio até Anatevke, procura Leizer-Volf, o açougueiro, ele precisa, diz ela, falar com você sem falta." – O que houve lá? Para que necessita ele falar comigo sem falta? Se ele está pensando, digo eu, na nossa vaca castanha, pode pegar um pedaço de pau e expulsar isso da cabeça. – "O que tem isso demais? – diz Golde para mim. O leite em quantidade que ela dá, com o queijo e a manteiga?" – Não é por isso, digo eu, não há motivo; em primeiro lugar, é pura e simplesmente um pecado entregar uma vaca destas para o abate, tenha pena dos animais, é o que está escrito em nossa sagrada *Toire*... – "Mas já chega disso, Tévye! O mundo inteiro, diz ela, sabe que você é um judeu da *Toire*, siga o meu conselho, um conselho de mulher, e vá visitar Leizer-Volf. Todas as quintas-feiras, diz ela, quando nossa Tzeitel entra no açougue para comprar carne, ele não lhe dá sossego: diga ao seu pai, insiste, para que venha me ver, preciso falar com ele sem falta"...

Em resumo, é preciso às vezes também, como diz o senhor, seguir o conselho da mulher. Considerei, pois, o caso e deixei me convencer, e fui procurar Leizer-Volf em Anatevke, umas três verstas de nosso povoado, e por certo não o encontrei em casa. – Onde será que ele está? – pergunto a uma judia de nariz arrebitado que anda pela casa. "No matadouro, diz a arrebitada, estão matando um boi desde hoje de manhã bem cedo, ele deve chegar logo"... Fico a rodar sozinho pela casa e começo a observar aquele interior em estilo Leizer-Volf e seus objetos, que ninguém ponha um mau olhado, seja dado este bem a todos os meus queridos: um armário com peças de cobre, não se poderá comprá-lo nem com cento e cinquenta rublos, um samovar e mais um samovar, uma bandeja de latão e mais uma de Varsóvia, e castiçais de prata, um par, e cálices com calicezinhos dourados, um candelabro de *Hanuque* em ferro fundido, e mais coisas, e outras miuçalhas, Senhor do Universo! – penso de mim para comigo. – Quem me dera viver para ver uma riqueza destas em casa de minhas filhas, que tenham saúde!... Que sujeito de sorte é esse açougueiro! Se não lhe basta ser tão rico, precisa ter dele próprio ao todo dois filhos, já crescidos, e por cima ainda ficar viúvo!...

Em resumo, Deus ajudou, a porta se abre e entra Leizer-Volf enfurecido, louco de raiva com o *schoikhet*, o magarefe ritual. Ele o desgraçou completamente, estragou no corte um boi inteiro, grande como um carvalho, raios que o partam, por causa de uma ninharia ele o tornou impuro, *treif*, ele encontrou uma aderência no pulmão, do tamanho de uma cabeça de alfinete, enterrado seja ele! "Deus o abençoe, *reb* Tévye, diz ele para mim, que história é essa, que o senhor não aparece quando é chamado? O que tem feito?" – O que se há de fazer, digo eu; a gente faz e faz e continua sempre em frente, como está escrito: "Não quero o teu ferrão e não quero o teu mel" – nem dinheiro, nem saúde, nem corpo e nem vida. – "O senhor está pecando, *reb* Tévye, diz ele para mim, em relação ao que o senhor era antigamente, que não se repita hoje, o senhor é agora, que não haja mau olhado, um homem rico." – Tomara que nós dois tivéssemos o que me falta, digo eu, para ter aquilo que o senhor imagina, tomara que nós dois tivéssemos... Mas não há de ser nada, graças a Deus por isso, há uma *guemore* no *Talmud*: *Askakurdi dimaskanto dikarnosso difarsmackhto*[1]... e no fundo de meu coração eu penso: que você esteja assim com seu

1. Trata-se de uma frase sem nenhum sentido, cujos vocábulos com prefixos e sufixos aramaicos soam como palavras talmúdicas.

nariz metido em tudo, seu carniceiro, como há uma tal *guemore* assim no mundo... "O senhor esta sempre aí com a *guemore*; feliz é o senhor, *reb* Tévye, que conhece as letrinhas do *Talmud*, mas para que serve, diz ele, toda essa sapiência, essa talmudice, é melhor conversarmos sobre o nosso negócio. Sente-se, *reb* Tévye", diz ele para mim e dá um berro: "Que venha o chá!", e surge, como se brotasse da terra, a mulher de nariz arrebitado, agarra o samovar, como o diabo pega o *melamed*, e some na cozinha. "Agora, diz ele para mim, que estamos a sós, entre quatro olhos, podemos falar do que importa. A história, diz ele, é assim: faz muito tempo que eu queria falar com o senhor, *reb* Tévye, eu lhe mandei recado por sua filha, pedi muitas vezes, que o senhor se desse ao trabalho; o senhor me entende, eu lancei um olho..." – Sei que o senhor lançou um olho, digo eu, mas inútil é seu incômodo, isso não vai adiante, *reb* Leizer-Volf, isso não vai adiante. "Por que isso?", diz ele para mim e me olha como que assustado. – Para prover o sábado, digo eu, posso ainda esperar que isso demore um pouco, o rio não está pegando fogo. – "Por que, diz ele, o senhor há de esperar, se pode conseguir a coisa logo?" – Isso, digo eu, primeiro não é possível; e segundo é simplesmente uma pena, pena de uma criatura viva! – "Veja só o homem, como ele faz poses, diz Leizer-Volf, com uma risadinha, se alguém mais estivesse vendo, poderia jurar que ela é a única que o senhor tem em casa. A mim parece que o senhor conta com um número suficiente, que ninguém ponha um mau olhado, *reb* Tévye!" – Elas que se conservem, digo eu, quem tem inveja de mim, que não tenha ele próprio nenhuma... – "Inveja? Quem está falando de inveja? Ao contrário, diz ele, por serem as suas criações bem-sucedidas, justamente por isso é que eu quero, o senhor entendeu ou não? Não esqueça apenas, *reb* Tévye, o favor que disso pode resultar para o senhor!" – Com certeza, com certeza, digo eu, de seus favores, *reb* Leizer-Volf, a cabeça pode realmente ficar dura de tanto esperar; no inverno um pedaço de gelo, isso nós já sabemos faz tempo, digo eu, de há muito... – "Eh!, diz ele para mim todo açucarado. Como o senhor pode comparar, *reb* Tévye, o que era antigamente com aquilo que é hoje? *Antigamente* era uma outra coisa e *hoje* é de novo uma outra coisa; afinal de contas nós vamos ser *makhtunem*, parentes, hein?" – Que parentesco é este?, digo eu. – "Sem dúvida, diz ele, o de *makhtunem*!" – O que pretende dizer, *reb* Leizer-Volf, pergunto-lhe, do que estamos falando? – "Ao contrário, respondeu ele, diga o senhor, *reb* Tévye, do que estamos falando?" – Como assim, digo eu, nós estamos falando de minha vaca castanha que o senhor quer comprar de mim! – "Ha-ha-ha! – diz ele, desfazendo-se em gargalhada. É uma vaca formidável e ainda por cima castanha, ha-ha-ha!" – O que então o senhor estava pensando, *reb* Leizer-Volf? Senão, ao contrário, diga, por favor, que eu também rirei. – "É de sua filha, diz ele para mim, de sua filha Tzeitel é que estamos falando o tempo todo! O senhor sabe, *reb* Tévye, que eu fiquei, não aconteça isso ao senhor, viúvo, de modo que pensei com os meus botões: para que devo procurar a felicidade em terra estranha e ter ainda que lidar com casamenteiros, demônios e maus espíritos, quando estamos ambos aqui em nosso lugar, eu conheço o *senhor* e o senhor conhece *a mim*, a própria moça também me agradou, eu a vejo todas as quintas-feiras no meu açougue, falei um par de vezes com ela, parece bem ajeitada e tranquila, e eu mesmo sou, que não haja mau olhado, tal como o senhor me vê, homem de algumas posses, há uma casa que é própria, um par de lojinhas e dentro de casa, como o senhor pode ver, não dá para se queixar, e tenho um pouco de peles no sótão, e também algum dinheiro no baú; para que precisamos nós, *reb* Tévye, manhas de ciganos, ficar jogando com espertezas, com gracejos? É melhor a gente pegar e bater um aperto de mão, um-dois-três, o senhor entende ou não?"

Em resumo, depois que ele me declarou isso aí, fiquei sem fala, como uma pessoa quando lhe trazem de repente uma notícia inesperada; de início até me passou voando um pensamento: Leizer-Volf... Tzeitel... Ele já tem filhos grandes como ela... Mas logo mudei de ideia: como é possível, tamanha sorte! Tamanha sorte! Ela vai ficar bem, como o mundo inteiro! E se ele não for um sujeito tão desprendido? Isto é nos dias de hoje, ao contrário, a maior qualidade, pois como se diz: "Cada homem deve estar mais próximo de si mesmo" – quando alguém é bom para o outro, é mau para si; ele tem um defeito apenas, é um tanto grosso demais... Bem, de qualquer modo, pode todo mundo ser versado nos livros? Por acaso, há poucos ricos, gente fina, em Anatevke, em Mazepevke e até em Iehupetz, que não sabem distinguir uma cruz de um *alef*; no entanto, quando é do destino, tenha eu um ano assim, é só ver que honras eles recebem neste mundo, como está escrito: "Se não há farinha, não há *Toire*", quer dizer, a *Toire* está no baú e o saber, no bolso... "Então, *reb* Tévye, diz ele para mim, por que está calado?" – Por que vou gritar?, respondo-lhe para fazer de conta, enquanto não consigo me decidir. – Este é um assunto, o senhor me compreende, *reb* Leizer-Volf, que é preciso examinar bem, em tudo e no todo; não é alguma brincadeirinha, digo eu, é minha primeira filha! – "Pelo contrário, diz ele, é justamente por ser sua primeira filha; depois disso, diz ele, o senhor poderá, se Deus quiser, casar a outra filha também, e mais tarde, com o tempo, a terceira, o senhor compreende ou não?" – Amém, que assim seja também para elas!, digo eu. Casar alguém não é nenhuma arte, basta que o Altíssimo envie, digo eu, a cada um em separado o seu par destinado... "Não, diz ele, não é isso que penso, *reb* Tévye, estou pensando uma coisa bem diferente, porque o dote, graças a Deus, para a sua Tzeitel, o senhor já não precisa arrumar, e vesti-la para o casamento, com tudo o que uma moça necessita, isso fica por minha conta, e para o senhor, diz ele, disso também cairá, decerto, algum dentro de sua bolsa..." – Irra, que feio!, digo-lhe eu. O senhor está falando, me desculpe, realmente como no açougue! Como assim na minha bolsa? Irra, que feio! Minha Tzeitel não é, Deus me livre, coisa que eu venda por dinheiro, irra, que feio! – "Se é irra é irra, diz ele para mim, eu pensei ao contrário, muito pelo contrário; mas se o senhor quer irra, que seja irra! Se para o senhor agrada, para mim é agradável! O principal, diz ele, é que seja o mais depressa possível. Quero dizer, realmente logo, como diz o senhor, que haja uma dona de casa dentro de minha casa, o senhor compreendeu ou não?"... – Muito bem, digo eu, não tenho nada contra; mas devo, primeiro, conversar com minha cara metade, digo eu, em tais coisas é ela quem dá a última palavra; não é uma bagatela, como diz Raschi: "E Raquel chorou por seus filhos", uma mãe é como uma tampa de panela. Além disso, ela mesma, digo eu, Tzeitel quero dizer, a ela também é preciso dar uma perguntada, como se diz: "Levaram todos os parentes ao casamento, mas deixaram o noivo em casa"... – "Bobagem, diz ele, onde se viu ainda ter que perguntar? Contar é o que o senhor deve fazer, *reb* Tévye; chegar em casa e contar é assim e assim, e armar o dossel, uma palavra e duas e um trago para fechar o trato." – Não diga isso, digo eu, não diga isso, *reb* Leizer-Volf, uma moça não é uma viúva, Deus não queira. – "Por certo, diz ele, uma moça é uma moça, não é uma viúva. Justamente por isso é preciso falar disso com ela, do enxoval, está compreendendo, disto e daquilo e mais isto e mais aquilo. E por enquanto, *reb* Tévye, que tal tomarmos uns traguinhos à saúde, hã, ou não?" – Com prazer, digo eu, por que não? O que tem a ver paz com disputas de opinião? Como diz ele: Adão é um homem e vodca é vodca. Há em nosso *Talmud* uma *guemore*..., digo eu. E lasco-lhe uma *guemore*, uma e mais outra, uma baralhada, do *Cântico dos Cânticos* e do Um Cabritinho[2]...

Em resumo, nós mandamos goela abaixo o "trago amargo", como está escrito – "assim como Deus manda!" Nesse entretempo, a arrebitada trouxe o samovar e nós nos servimos de alguns copinhos de ponche, nos entretivemos de forma bem amistosa, congratulamo-nos, conversamos, papeamos a respeito de tudo que se referia ao casamento, falamos disto e daquilo e de novo do casamento. – O senhor sabe então, *reb* Leizer-Volf, digo eu, que joia ela é? – "Eu sei, se não soubesse, diz ele, não tinha falado nada." E ficamos assim proseando juntos. Eu grito: – Uma joia, um diamante! Se apenas souber como respeitá-la e não lhe mostrar o açougueiro que você é... – E ele: "Não tenha medo, *reb* Tévye; o que ela vai comer aqui, comigo, nos dias de semana, ela não comeu

2. *Had Gadiá* (Um Cabritinho), título de um canto em aramaico, recitado no fim do Seder da Páscoa judaica e destinado a divertir as crianças, para mantê-las acordadas até o fim do repasto.

na sua casa em dia de festa"... – Eh, digo eu, comer também é coisa importante? O rico, digo eu, não come ducados. O pobre não come pedras; o senhor é um homem tosco, digo eu, de modo que não sabe avaliar como ela é prendada, a *hale* que ela coze, o peixe, *rabi* Leizer-Volf, o peixe que ela prepara! É preciso ter, digo eu, o privilégio... – E ele de novo: "*Reb* Tévye, diz ele, queira me perdoar, mas o senhor está caducando, não conhece as pessoas, *reb* Tévye, o senhor não me conhece!"... E eu de novo: – Em um prato um punhado de ouro e no outro minha Tzeitel, está me ouvindo, *reb* Leizer-Volf, mesmo que possuísse seus duzentos mil rublos, o senhor não vale o calcanhar de minha Tzeitel!... – E ele de novo: "Acredite, pois, em mim, *reb* Tévye, o senhor é um grande tolo, embora seja mais velho do que eu!"

Em resumo, ao que parece, continuamos a berrar assim, bem assim, um bocado de tempo e ficamos de fato bêbados, pois quando voltei para casa já era um tanto tarde da noite e meus pés pareciam acorrentados... Minha mulher, porém, que Deus lhe dê saúde, logo notou em mim que eu estava pilecado e me deu a esfrega que eu merecia. – Calma, Golde, não esquenta!, digo-lhe bem alegre, e sinto até vontade de dançar. Para de gritar, coração meu, devemos receber, isto sim, *mazeltov*! – "*Mazeltov*? Um negro *mazeltov*, diz ela, você já perdeu no pecado a vaca castanha, vendeu a Leizer-Volf?" – Pior ainda! – digo eu. "Trocou, diz ela, por outra? Enganou Leizer-Volf, dá pena, coitado?" – Pior ainda! – "Então, diz ela, fala de uma vez, veja só como ele se faz de difícil, é um custo arrancar dele uma palavra!" – *Mazeltov* para você, Golde, digo eu mais uma vez, *mazeltov* para nós dois, nossa Tzeitel ficou noiva! – "Se assim é, então você está realmente bem mamado, não é de brincadeira, está falando bobagem! Você tomou, ao que parece, um bom gole?" – Um gole, digo eu, nós tomamos com Leizer-Volf, e copinhos de ponche nós com Leizer-Volf bebemos, mas no meu juízo, digo, eu ainda estou. Donde, fique sabendo, Golde, minha mulher, que nossa Tzeitel em boa e feliz hora ficou noiva dele mesmo, Leizer-Volf! E eu lhe transmiti toda a história do começo ao fim, e o quê e quando e de tudo o que nós falamos, não deixei passar sequer um fio de cabelo. – "Está ouvindo, Tévye, diz para mim a minha mulher, Deus assim me ajude aonde eu for e me dirigir, como o meu coração já me dizia que o fato de Leizer-Volf te chamar não podia ser à toa. Mas o quê então? Eu tinha medo de pensar nisso, podia ser, não queira Deus, que tudo desse em nada. Eu te agradeço, diz ela, Deus meu, eu te agradeço, querido Paizinho do coração, que seja realmente só em boa hora, de muita felicidade, que ela envelheça ao lado dele, em riqueza e em honras, porque Frume-Sure, apartada esteja de mim, não teve com ele uma vida muito boa; Frume-Sure era, ela que me perdoe, e sem levar em conta que estou me lembrando disso perto da noite, ela era uma mulher embirrada, que não conseguia se entender com ninguém, nada do que é nossa Tzeitel, sejam dela os longos anos que a outra não viveu. Eu te agradeço, te agradeço, Deus meu! Então, Tévye, diz ela, o que foi que eu te disse, meu bobo alegre? Precisa uma pessoa ficar preocupada? Quando é do destino, diz ela, a coisa entra sozinha em casa"... – Isso por certo, digo eu, é um *pussek* taxativo, um versículo da Escritura... – "Pra que me serve teu *pussek*, diz ela, é preciso preparar-se para o casamento; antes de tudo, apresentar a Leizer-Volf uma lista do que Tzeitel necessita ter para o casamento; bem, do enxoval, diz ela, não há o que falar, ela não tem ainda pronto nem um fio, mesmo que você diga um par de meias até, quanto aos vestidos, diz ela, um, de seda, para a *hupe* e dois de lãzinha, um para o verão, o outro para o inverno, roupas de casa, algumas, e roupa de baixo, e mantôs, diz ela; eu quero que ela tenha dois casacos: um com pele de gato para a semana, e um dos bons com laços para o *Schabes*; além disso, algumas botinhas com borlas, uma cinta, luvas, lenços de nariz, uma sombrinha e as outras coisas que uma moça precisa ter nos dias de hoje"... – Desde quando você sabe, digo eu, Golde querida, dessas tranqueiras? – "Por que não? – diz ela. Eu também estive no meio de gente. Por acaso não vi entre nós, lá em Kasrilevke, como a gente fina se veste? Deixa isso comigo, eu sozinha vou tratar de tudo com ele; Leizer-Volf, diz ela, é, a bem dizer, um judeu rico, ele mesmo não vai querer decerto ficar na boca de todo o mundo; quando se come carne de porco, pelo menos que fique escorrendo sobre a barba"...

Em resumo, ficamos assim conversando noite adentro até o branco dia entrar. Junta, digo eu, minha mulher, o pouco de queijo e manteiga que temos e deixe-me ir por enquanto para Boiberik; tudo está de fato muito bem e bonito em toda a parte, mas o negócio, a gente não pode dobrar e pôr de lado, como está escrito lá: "A alma é tua", o mundo é também um mundo. – E de manhãzinha, bem cedo, quando o boi vai ao pasto, ainda estava escuro, atrelei o cavalo na carrocinha e parti para Boiberik. Mal entro em Boiberik, no mercado: ahá! (Há segredo entre judeus?) Já se sabe de tudo e me estendem *mazeltov*, parabéns, de todos os lados: "*Mazeltov*, *reb* Tévye, quando teremos, se Deus quiser, um casamento?" – Com sorte, digo eu, vivam vocês, o que acontece é como se diz: O pai ainda não nasceu e filho já cresceu sobre o telhado... – "Bobeira, dizem eles, Não vai lhe adiantar nada, *reb* Tévye, uma bebida o senhor tem de oferecer; que não haja mau olhado, tamanha sorte, uma mina de ouro!" – O ouro se escoa, digo eu, fica o buraco da mina. Mas, ainda assim, não se pode ser um porco e desconsiderar o pessoal. Vou logo terminar com todos os meus fregueses de Iehupetz, digo eu, então haverá um copinho de licor e alguma coisa para beliscar, só se vive uma vez e acabou, quer dizer, "regozija-te e alegra-te" – festeja pobretão!...

Em resumo, depois de dar conta do meu comércio, o que fiz logo e bem depressa, como de costume, comecei a tomar aos poucos, com meus bons amigos, uns golinhos à saúde, desejamo-nos uns aos outros a melhor sorte, como deve ser, e me sentei na boleia da carroça e parti de volta para casa, alegre e animado. Vou assim pela floresta, um belo dia de verão, o sol queima, mas de ambos os lados do bosque vem a sombra das árvores, o aroma dos pinheiros, um refresco para a alma. Estico-me, pois, como um conde, no meu carrinho, afrouxo as rédeas de meu patife: – Vê se anda, digo-lhe, sozinho, o caminho já lhe deve ser conhecido – e eu mesmo solto a voz e me ponho a cantar para mim mesmo uma melodiazinha. No coração, certo sentimento festivo; ele entoa partes das louvações dos

Iomim Noiroim: "E todos virão...", "E todos creem que Ele é..." e do *Halel*, os salmos de louvor. Eu olho, lá para cima, para o céu, e os pensamentos das ideias embaralham-se aqui, na terra. Os céus, os céus são Céus para Deus, e a terra, penso de mim para comigo, Ele a doou aos filhos do homem, para que batam a cabeça na parede, briguem como gatos pela maior "pompa", lutem pela honra de ser o *gabe*, o fiel zelador da congregação, de ser o "sexto"[3] homem a ser chamado para a leitura da *Toire* ou o *maftir* para recitar a lição dos Profetas no *Schabes*. "Não são os mortos que louvam a Deus", pois não entendem como se deve louvar a Deus pelas graças que Ele lhes faz, mas "nós", os pobres, um dia bom, quando o temos, agradecemos e louvamos a Deus, e dizemos: "eu Te amo", eu amo a Ele, Deus, porque Ele ouve minha voz e minha prece, Ele inclina para mim seu ouvido, enquanto "as aflições da morte me envolvem", cercam-me, por todos os lados, pobreza, miséria, golpes de desgraça: ora morre uma rês em plena luz do dia, ora o diabo traz a você um parente, um azarado, um tipo Menakhem--Mendel de Iehupetz, que lhe tira o último alento de vida, e eu penso "na minha pressa": acabou-se, a terra já veio abaixo, "todo homem é mentiroso": não há verdade no mundo. O que faz Deus? Ele põe na cabeça de Leizer-Volf um pensamento, que ele tome minha Tzeitel como esposa do jeito que ela é, parada e andando, por isso digo duas vezes: "agradeço-Te", eu te louvarei, meu bom Deus, porque olhaste para Tévye e vieste em meu auxílio, para que

3. Na sinagoga, por ocasião das leituras da *Torá*, são chamados à frente da comunidade de fiéis seus representantes, dos quais um deve ser cohanita, um levita e outro israelita, isto é, respectivamente, descendentes da classe sacerdotal e do povo comum. O quarto convocado há de ser um rabino ou alguém de grande respeito. O quinto, assim como o terceiro e o quarto, provirá da grei popular. No mundo asquenazita e na Europa oriental, em particular, surgiu o hábito de chamar-se em sexto lugar o mais proeminente dos membros da congregação para a leitura. Essa prática provém do testemunho deste costume registrado por Isaac Luria (Jerusalém, 1534 – Safed, 1572), fundador de um dos ramos mais influentes da Cabala. O sétimo a ser destacado nesta ordem é um dos membros que deve pronunciar o *Kadisch*, a oração dos mortos, cabendo depois, ao oitavo, chamado *maftir*, fechar a leitura.

minha filha me dê pelo menos um pouco de alegria e quando eu for visitá-la, se Deus quiser, encontrá-la como uma dona de casa com todos os preparos e serventias, armários cheios de roupa lavada, despensas repletas de banha de galinha para a Páscoa e com conservas e geleias, viveiros cheios de galinhas, gansos e patos... De repente, meu cavalinho desembesta ladeira abaixo, e antes que eu levante a cabeça para dar uma espiada e ver em que lugar do mundo me encontro, já estou estatelado no chão com todas as panelas e jarros vazios e a carrocinha em cima de mim! Com muito esforço e todo dolorido, mal consigo sair de baixo e levanto-me quebrado, liquidado, e descarrego meu coração amargurado no cavalinho. – Que você seja engolido pela terra! Quem te pediu, seu azarado, para mostrar tua habilidade, que você sabe correr ladeira abaixo? Pois você quase me desgraçou, digo eu. Seu Asmodai, rei dos demônios! – E lhe meti o chicote tanto quanto ele podia aguentar. Meu rapaz, ao que parece, entendeu sozinho que havia cometido uma coisa muito feia e ficou ali parado com o focinho caído, como uma vaca na ordenha. – Que o diabo te carregue, digo-lhe eu e endireito a carrocinha, junto as vasilhas e as panelas – e toca em frente. Não é um bom sinal, digo para mim mesmo; será que não aconteceu em casa alguma nova desgraça?...

Assim foi. Percorro umas duas verstas, já não muito longe de casa avisto no meio do caminho uma pessoa com figura de mulher que vem diretamente ao meu encontro. Chego mais perto, olho com atenção: Tzeitel!... Não sei por que, mas meu coração se partiu. Salto da carroça: –Tzeitel, é você? O que está fazendo aqui? – Ela se atira ao meu pescoço chorando: – Deus está com você, filha minha, digo eu, por que está chorando? – "Ai, diz ela, pai, meu pai!"... E se banha em lágrimas. Tudo escureceu aos meus olhos e o coração me aperta. – O que você tem, filha, diga-me, o que te aconteceu? – Digo-lhe, envolvendo-a nos meus braços, acaricio-a, abraço-a, beijo-a, mas ela só tem uma voz: "Pai, paizinho querido, do coração, diz ela, tem piedade de meus jovens anos!"... E se desfaz em choro, não consegue mais proferir palavra. Ai de mim, penso, já imagino o que vem! O diabo me carregou para Boiberik! –

Por que é preciso chorar, digo-lhe e afago-lhe a cabeça, querida bobinha, para que é preciso chorar? Não é não, em nenhum caso, digo eu, ninguém vai te pendurar à força, Deus nos livre, uma língua e um fígado no nariz. Pensamos, digo eu, realmente no teu bem, queríamos o melhor para você. Mas se isso não é teu desejo, o que se há de fazer? Decerto, digo eu, não é do destino... – "Obrigada, meu pai, diz ela, que tenhas longa vida!" E atira-se de novo ao meu pescoço e começa de novo a me beijar e chorar, a derramar lágrimas. – Mas já chega de chorar, digo eu, "tudo é vaidade" – comer pastéis também enjoa; suba no carro, digo eu, e vamos pra casa, mamãe vai ficar preocupada pensando Deus sabe o quê!

Em resumo, nós dois nos aboletamos no carro, e eu comecei a acalmá-la com palavras, pra lá, pra cá, a história disso, digo eu, é na verdade assim; nós não tivemos no caso, Deus nos guarde, nenhum pensamento mau, digo eu; Deus conhece a verdade; nós queríamos, como diz ele, "evitar a miséria", garantir o futuro de uma filha; mas se a coisa não rola, decerto, digo eu, é porque Deus assim ordena. – Não é destino seu, minha filha, digo eu, sentar-se à mesa feita, tornar-se uma dona de casa com tudo que há de bom, e não é o nosso de alcançar um pouco de prazer na velhice, por todos esses anos de trabalho tão duro, digo eu, dia e noite, atrelados à carrocinha, sem um bom minuto, só pobreza, só necessidade, má sorte, só má sorte por todo lado!... – "Oh, meu pai, diz ela para mim, desfazendo-se de novo em choro, eu vou me empregar como criada, vou carregar barro, vou cavar a terra!" – Você, tonta menina, por que chora, digo-lhe eu, por acaso estou te censurando, tolinha? Apenas, digo eu, tudo é amargo e escuro, por isso desabafo o que trago no coração, converso com Ele, com o Senhor do Universo, sobre o modo como Ele se conduz comigo; Ele é um Pai Misericordioso, digo eu, tem piedade de mim; no entanto, esmera-se contra mim, que não me castigue por essas palavras, digo eu, acerta as contas, como se acerta com um pai, e vá protestar! Mas, decerto, deve ser assim; Ele está lá em cima, no alto, digo eu, e nós estamos aqui, na terra, fundo, bem fundo na terra, por isso temos de dizer que Ele tem razão e seu julgamento é justo. Pois, se quisermos realmente falar de novo sobre o assunto, não sou na verdade um grande tolo? Por que estou gritando? Por que faço todo esse barulho? Que sentido tem, digo eu, que eu, vermezinho insignificante, que me arrasto aqui pela terra de um lado para outro, que o menor sopro de vento, quando Deus quer, faz de mim uma ruína absoluta em um instante, que eu saia a campo com meu tolo entendimento e queira dar-lhe opiniões sobre o modo como Ele deve conduzir este seu mundinho? Decerto, se Ele manda que seja assim, assim deve ser, o que adianta aqui fazer reclamações? Quarenta dias, digo eu, assim está escrito em nossos livros sagrados, quarenta dias antes que a criança seja formada no ventre da mãe, vem um anjo e proclama: "A filha de fulano para sicrano", deixa que a filha de Tévye tome Guetzl *ben* Zerach por marido e que Leizer-Volf, o carniceiro, vá procurar em alguma outra parte o seu par, o que é dele não lhe escapará, e tu, minha filha, digo eu, deixa que Deus te envie teu destinado, mas que seja uma coisa direita, e o mais depressa possível. Amém, seja feita Sua vontade, digo eu, desde que mamãe não berre daquele jeito, de todo modo vou ter de ouvir dela um bom versículo!

Em resumo, chegamos em casa, desatrelo o cavalinho e sento-me na relva ao lado da casa para pensar em alguma saída, inventar para a minha mulher uma história de mil e uma noites, contanto que consiga sair do apuro. Entardece, o sol se põe; é verão, as rãs coaxam ao longe; o cavalinho, preso pelas duas patas, mordisca capim; as vaquinhas, que acabam de vir do curral, estão diante das tinas e esperam ser ordenhadas; em redor, por todos os lados, a relva espalha seu aroma: um completo paraíso! Fico ali sentado, observo tudo isso e, nesse meio tempo, penso com os meus botões como foi inteligente o modo pelo qual o Senhor do Universo criou este seu mundinho, de tal forma que toda criatura sua, do homem até um animal, distinção seja feita entre um e outro, precise ganhar seu pão: de graça não há nada! Você, vaca, quer se fartar? Vá ser ordenhada, dê leite, sustente um judeu com mulher e filhinhos! E você, cavalinho, queres mastigar alguma coisa: então corre toda vez com as vasilhas até Boiberik! E do mesmo modo, você, homem, faça-se a distinção, você quer um pedaço de pão, vai pegar no pesado, ordenha as vacas, carrega as vasilhas, bate a manteiga, faz o queijo, atrela o cavalinho e arrasta-te todas as manhãs até Boiberik para as *datches*, inclina-te e curva-te diante dos ricaços de Iehupetz, sorri para eles, adula-os, insinua-te na alma de cada um em separado, cuida para que fiquem satisfeitos, para, Deus o livre, não arranhá-los na sua honra!... Mas, ainda assim, resta uma pergunta: "*Ma neschtane,* no que é diferente?" Onde está escrito que Tévye deva trabalhar tanto para o proveito deles, levantar-se bem cedinho, quando Deus mesmo ainda dorme, para quê? Para que eles tenham exatamente na hora do café um pedaço de queijo e manteiga frescos? Onde está, pois, escrito que eu deva me esfalfar por causa de uma rala sopa de cevadinha, um mingau de semolina, e eles, os ricaços de Iehupetz, devem descansar os ossos nas *datches*, não meter a mão em água fria e, no entanto, comer patinhos assados, boas *knisches*, *blintzes* com queijo frito? Não sou por acaso um judeu como eles? Não seria justo, por minha vida, que Tévye descansasse pelos menos um verão numa *datche*? Mas, pergunta-se, onde irão pegar queijo e manteiga? Quem vai ordenhar as vacas? Refiro-me realmente a eles, aos "stikratas" de Iehupetz... Eu mesmo caio na risada ante um pensamento tão louco, como diz o ditado: Se Deus desse ouvido aos tolos, o mundo teria outra cara... – "Boa noite, *reb* Tévye!", ouço de repente alguém me chamar pelo nome. Viro-me e dou uma olhada, um conhecido: Motl Kamzoil, o Colete, um oficial de alfaiate de Anatevke. – Bem vindo! Veja quem está aí, bem vindo, é para a gente se lembrar do Messias. Sente-se, Motl, na terra do Senhor, digo eu, como é que você veio ter de repente aqui? – "Como vim? Com minhas pernas", diz ele para mim e senta-se ao meu lado na relva e fica olhando para lá onde minhas meninas circulam de um canto para o outro com as vasilhas e jarras. "De há muito que pretendo visitá-lo, *reb* Tévye, diz ele para mim, mas nunca tenho tempo; uma peça de trabalho entregue, entra outra. Hoje sou um alfaiate por conta própria. Trabalho tem, graças a Deus, o suficiente, todos os alfaiates estão abarrotados de serviço. Entre nós, este é um verão de casamentos: Berl Fonfatch, o Fanhoso, faz um casamento; Iossl Scheiguetz, o Velhaco, faz um casamento; Mendl Zaiake, o Gago, faz um casamento; Iankl Pizkatch, o Boca Larga, faz um casamento; Moische Gorgl, o Goela, faz um casamento; Méier Kropeve, o Urtiga, faz um casamento; Haim Loschek, o Potro, faz um casamento; e até Trihubeke, a Viúva, também faz um casamento!" – O mundo inteiro, digo eu, faz casamentos, mas somente eu ainda não cheguei a esse ponto; decerto não sou digno disso para Deus... – "Não, diz ele para mim e olha para lá onde estão as moças, o senhor está enganado, *reb* Tévye; se o senhor quiser, o senhor também estaria a ponto de fazer um casamento, depende apenas do senhor"... – Por exemplo, digo eu, como assim? Por acaso você está pensando em um partido para a minha Tzeitel? – "Um, sob medida!", diz ele para mim. – Pelo menos é um bom partido?, digo eu e penso entrementes: Bonito será se ele está pensando em Leizer-Volf, o açougueiro!... "Talhado e estalando!", responde-me ele na linguagem dos alfaiates e continua olhando para lá, onde estão as moças. – De onde é, por exemplo, este seu partido, pergunto-lhe, de que beira vem? Se ele cheira a açougue, digo eu, não quero ouvir nem ver nada! – "Deus me livre, ele nem começa a ter cheiro de açougue, diz ele; o senhor o conhece muito bem, *reb* Tévye!"... – Será pelo menos, digo eu, alguma coisa direita? – "É uma outra espécie de direito, diz ele, direito muito direito não é direito; é, como se diz, para 'eu me alegrar e ficar contente': bem cortado e costurado!" – Quem é então este partido, digo eu, ouçamos? – "Quem é o partido?, diz ele para mim e olha para lá, o partido, o senhor me compreende, *reb* Tévye, de fato, sou eu mesmo"... Ao ouvi-lo dizer isto, saltei em pé, como que escaldado pela terra, e ele depois de mim, e ficamos os dois assim parados um frente ao outro, enfunados, como galos de briga. – Será que você ficou louco, digo-lhe, ou perdeu simplesmente o juízo? Você sozinho é o casamenteiro, o pai do noivo e o noivo, quer dizer, um casamento em casa com músicos de casa! Eu nunca ouvi falar, digo eu, de algo semelhante em parte alguma, que um rapaz venha propor um casamento como casamenteiro de si próprio! –

"Isso que o senhor falou, *reb* Tévye, diz ele para mim, que eu estou louco, deixemos que nossos inimigos enlouqueçam; ainda estou, pode crer, em meu juízo; não é preciso, diz ele, ser nada louco para querer a sua filha Tzeitel; um sinal disso o senhor tem no fato de que Leizer-Volf, que é o homem mais rico em nossa cidade, queria tê-la tal como ela é e sem mais... O senhor pensa que é segredo? A cidade inteira já sabe!... E isso que o senhor diz, sozinho e sem casamenteiro, me admira que o senhor o diga; pois o senhor é, sim, *reb* Tévye, um judeu em quem não é preciso enfiar um dedo na boca para o senhor morder... Mas para que serve muita conversa? A história da história é assim: eu e sua filha Tzeitel nos demos a palavra faz tempo, há mais de um ano, de que nos comprometemos um com o outro"... – Uma faca no coração, se alguém a cravasse, seria para mim muito mais agradável do que essas palavras: primeiro, como se atreve ele, Motl, o alfaiate, a querer ser genro de Tévye? E segundo, que falas são essas: deram-se a palavra de que se comprometiam um com o outro? Bem, e onde fico eu?, digo-lhe. Acho que também tenho algo a dizer sobre minha filha, se é que a mim não se pergunta mais nada? – "Deus me livre, é por isso realmente que vim aqui tratar do assunto com senhor, tão logo ouvi falar que Leizer-Volf está se propondo a casar-se com sua filha, de quem eu gosto já faz mais de um ano..." – Não é história, é fato que Tévye tem uma filha, digo, Tzeitel, e você se chama Motl Kamzoil e é alfaiate, porém o que você pode ter contra ela para não gostar dela?... – "Não, diz ele, não é isso que eu quero dizer, quero dizer uma coisa bem diferente, eu queria lhe contar que gosto de sua filha e sua filha gosta de mim, já faz mais de um ano que nós nos demos a palavra, comprometendo-nos um com o outro, por isso, diz ele, diversas vezes eu quis vir aqui para tratar do assunto, mas sempre adiei para mais tarde, até que eu juntasse alguns rublos para uma máquina de costura e depois arrumar a devida roupa, pois qualquer rapazinho hoje em dia tem dois ternos com vários coletes"... – Vão pro diabo, digo-lhe eu, com vosso juízo infantil! E o que vocês farão depois do casamento: atirar os dentes pelas ventanas ou você vai alimentar tua mulher com teus coletes?... – "Eh, diz ele para mim, admira-me que o senhor, *reb* Tévye, me diga uma coisa assim! Penso que o senhor, quando se casou, ainda não tinha, parece-me, seu próprio muro, no entanto o senhor vê que apesar de tudo... Seja como for, em um ou outro caso, o que acontecer com o povo Israel acontecerá com o senhor Israel... Hoje, eu já sou também um bom mestre no meu ofício"...

Em resumo, para que tomar o seu tempo e prolongar o assunto? Ele me convenceu, pois, não vamos nos enganar, como é que todos os filhos de Israel se casam? Se quisermos olhar bem para as coisas, gente da nossa classe nunca poderia casar-se... Uma coisa, porém, me aborreceu e eu não consegui entendê-la de jeito algum: o que quer dizer essa história de que eles sozinhos se deram a palavra? Em que mundo nós estamos? Um rapaz encontra-se com uma moça e lhe diz: Vamos nos dar a palavra que estamos comprometidos um com o outro... Assim simplesmente sem mais nada no vale tudo com cebolinhas!... Mas quando dei uma olhada para o meu Motl e vi como ele estava ali, assim, parado, cabisbaixo, feito um pecador, percebi que suas intenções eram sérias, para valer, sem quaisquer segundas intenções, refleti: vamos de fato reconsiderar de novo o mesmo, por que reluto tanto e por que tomo aqui esses ares? O grande aristocrata que sou, neto de *rav* Tzotzele, ou o fabuloso dote que dou à minha filha, ou seus vestidos, ai de mim?... Motl Komzoil é realmente um alfaiate, mas é um bom rapaz, um trabalhador, pode sustentar uma mulher e, além disso, um moço honrado, o que posso ter contra ele? – Tévye, digo para mim mesmo, não se dê falsos ares e diga sim, como está escrito: "Eu perdoei conforme tua palavra", que seja com felicidade! – Sim, mas o que fazer com minha velha? Ela vai cair em cima de mim, como diz ele, "com cavalos e camelos", com tigelas e pratos! Sabe de uma coisa, Motl? – digo ao noivo de minha filha. – Você, vai para casa, enquanto isso eu vou me acertar aqui com tudo que é preciso, conversar com este, com aquele, como consta do livro de *Ester*: "E a bebida foi segundo o costume", tudo deve ser bem ponderado. E, com a graça de Deus, amanhã, se você não tiver se arrependido, nós por certo nos veremos... – "Arrependido?, diz ele para mim. Eu vou me arrepender? Que eu não saia vivo deste lugar, que de mim, diz ele, seja feito uma pedra, um osso!"... Para que te serve, digo-lhe eu, toda essa jura, se eu acredito em você sem um juramento? Vai com Deus, digo eu, e boa noite, que você sonhe bons sonhos... – E eu, por minha vez, também me deito para dormir, mas o sono não me pega; minha cabeça quase se parte em pedaços, pensando num plano assim e noutro assado, até que dei com o devido plano. E qual é esse plano? Espere só que o senhor vai ouvir como Tévye encontrou uma saída.

Em resumo, cerca da meia-noite, a casa toda dorme que dá gosto, um ronca, outro assobia, e eu começo a gritar com uma voz que não é minha: Socorro! Socorro! Socorro!... Compreende-se que ao meu grito de socorro a casa inteira acordou, e antes de todos, a minha Golde. "Deus está com você, Tévye, diz ela, sacudindo--me, acorda, o que há com você, por que está berrando?"... Abro os olhos, dou uma espiada ao meu redor, supostamente para todos os lados e pergunto com um tremor de voz: – Onde está ela? – "Ela, quem? Quem você está procurando?" – Frume-Sure, digo eu, Frume-Sure, mulher de Leizer-Volf, aqui estava agora mesmo... – "Você está delirando de febre, diz minha mulher, Deus está com você, Tévye! Frume-Sure de Leizer-Volf, que apartada esteja de nós, há muito tempo que está no verdadeiro mundo." – Eu sei, digo, que ela morreu, mas ainda assim ela esteve aqui agora mesmo, bem aqui junto de minha cama falou comigo, ela me pegou pela garganta, digo eu, quis me esganar!... – "Deus está com você, Tévye, o que você está grasnando aí?, diz minha mulher para mim. Você deve ter sonhado um sonho; cospe três vezes e conta-me o que você sonhou, que vou interpretar isso para o bem." – Que você viva longa vida, Golde, digo-lhe eu, porque você me ressuscitou, se não de susto eu teria morrido no lugar. Me dá, digo, um gole de água, e eu te contarei o sonho, o que eu sonhei. Mas eu te peço, Golde, que você não se assuste e não vá pensar Deus sabe o quê, pois em nossos livros sagrados está escrito que somente três partes de um sonho podem ser alguma vez realizadas, e o restante é pura lama, absolutamente falso, não tem

pé nem cabeça... Primeiro de tudo, digo eu, sonhei que havia em casa uma festa; não sei se um noivado, ou um casamento. Muita gente, homens e mulheres, o rabino e o *schoikhet*, e músicos, nem se fala... enquanto isso, abre-se a porta e entra a vovó Tzeitel, Deus a tenha em paz... – Minha mulher, quando ouviu que era a vovó Tzeitel, ficou branca como a parede e diz para mim: "Como é o rosto dela e como estava vestida?" – "Ela tem um rosto, digo eu, que não desejo ao pior de nossos inimigos, amarelo como cera, e estava vestida, naturalmente, de branco, numa mortalha... – "*Mazeltov*!, diz a vovó Tzeitel para mim. Me dá uma grande satisfação que vocês tenham escolhido para vossa Tzeitel, que traz meu nome, um noivo tão simpático, tão decente; ele se chama Motl Kamzoil, como o meu tio Mordekhai, e apesar de ser um alfaiate, ainda assim é um rapaz muito honesto..." – "E de onde, pergunta Golde, veio ter conosco um alfaiate? Em nossa família, diz ela, há mestres-escolas, cantores e bedéis de sinagoga, coveiros e gente pobre em geral, mas não, Deus nos livre, alfaiates nem sapateiros"... – Então não me interrompas, Golde, digo-lhe eu, decerto tua vovó Tzeitel sabe melhor do que você... Quando ouvi da vovó Tzeitel um *mazeltov* desse tipo, perguntei-lhe: Por que está dizendo, vovozinha, que o noivo de Tzeitel se chama Motl e é alfaiate, quando, em tudo e por todos, ele se chama Leizer-Volf e é açougueiro?... "Não, diz vovó Tzeitel mais uma vez, não, Tévye, o noivo de tua Tzeitel chama-se realmente Motl, ele é um alfaiate e, ao seu lado, ela envelhecerá, se Deus quiser, em riqueza e honra"... Está bem, vovozinha, digo-lhe outra vez, mas o que fazer com Leizer-Volf? Veja, ainda ontem eu lhe dei a minha palavra!... Mal acabo de falar isso, dou uma olhada: a vovó Tzeitel sumiu! No lugar dela surgiu Frume-Sure de Leizer-Volf que me fala com estas palavras: "*Reb* Tévye! Eu sempre o considerei um homem honrado, um judeu conhecedor da *Toire*, como é possível que o senhor faça uma coisa assim, que o senhor queira que sua filha seja minha herdeira, que se abolete em minha casa, segure minhas chaves, vista o meu casaco, use as minhas joias, as minhas pérolas?"... Que culpa tenho eu, digo-lhe, o seu Leizer-Volf quis assim... "Leizer-Volf? Leizer-Volf?, diz ela para mim, Leizer-Volf vai ter um triste fim, e vossa Tzeitel... é uma pena, coitada de vossa filha, *reb* Tévye: mais do que três semanas ela não vai viver com ele; e quando acabarem as três semanas, vou aparecer de noite à sua filha e pegá-la pelo pescoço assim, desse jeito..." E com estas palavras, digo eu, Frume-Sure me agarrou pelo garganta e começou a me esganar, tanto que se você não tivesse me acordado, eu já estaria encostado longe, muito longe!... – "Tfu-tfu-tfu!, diz para mim minha mulher e cospe três vezes. Que isso caia no rio, que afunde na terra, que suba nos telhados, que descanse na floresta, mas que não faça mal a nós e às nossas filhas! Um sonho ruim, sombrio, medonho; que ele caia sobre a cabeça do açougueiro e de suas mãos e pés! Que ele seja castigado pela menor unha de Motl Komzoil, embora Motl seja alfaiate, porque se ele leva o nome de meu tio Mordekhai, ele não é decerto um alfaiate de nascimento, e decerto se a vovó, paz à sua memória, se deu o trabalho de vir do outro mundo para cá a fim de nos dar *mazeltov*, nós devemos dizer que seja em boa hora, bem afortunada, amém *selá*!"

....

Em resumo, não vou me prolongar para tomar o seu tempo. Fui mais forte do que ferro se naquela noite, deitado debaixo do cobertor, agüentei e não estourei e não rebentei de gargalhada... Louvado seja Ele por não me ter feito mulher – mulher é sempre mulher... Compreende-se que no dia seguinte houve em nossa casa o noivado, e de fato pouco depois o casamento. Em linguagem da *Guemore*: "A cada homem sua mercadoria", e o casal, com a graça de Deus, vive inteiramente satisfeito: ele é alfaiate, anda por Boiberik, de casa em casa, para arranjar encomendas, e ela, dia e noite na lida, cozinha e assa e lava e lustra e carrega água, mal e mal há um pedaço de pão em casa; se eu não lhe trouxesse às vezes um pouco de queijo e leite, às vezes alguns vinténs, não seria nada bom, e se você fala com ela a esse respeito, Tzeitel diz que, não haja mau olhado, a vida é boa para ela como o mundo, contanto, diz ela, que seu querido Motl tenha saúde. Então, vá argumentar com os filhos de hoje! Resulta como eu disse no começo: "Filhos eu criei e eduquei", você se mata de trabalhar pelos filhos, bate a cabeça na parede, e "eles se rebelaram contra mim"; dizem eles que entendem melhor as coisas. Não, diga o senhor o que quiser, os filhos de hoje são inteligentes demais! Mas a mim parece que hoje eu já enchi sua cabeça mais do que todas as outras vezes. Não me leve a mal, tenha saúde e passe sempre muito bem!

HODEL

[Escrito no ano de 1904]

– O senhor se admira, *pani* Scholem Aleikhem, com Tévye, porque ele não é visto ultimamente? Ele sofreu, diz o senhor, uma forte mudança, de repente ele ficou grisalho? Ekh-ekh-ekh! Se o senhor soubesse que aborrecimentos, que sofrimentos o Tévye vem carregando! Assim como está escrito lá em nossos livros: "O homem é apenas pó e é pó tudo que dele resta", o ser humano é mais fraco que a mosca e mais forte do que o ferro... De fato essa é a descrição do *que* acontece comigo! Onde quer que haja uma desgraça, uma aflição, uma amolação – ela não pode me deixar de lado. De onde vem isso, o senhor não sabe? Talvez devido ao fato de eu ser por natureza um tonto completo, que acredita em todo mundo sob palavra. Tévye esquece o que nossos sábios recomendaram mil vezes: "Honra-o e desconfia dele"; na língua de Aschkenaz isso quer dizer em russo: *Ne vir sabaki*, tem cara de cachorro... Mas o que posso fazer, pergunto ao senhor, se no fim de contas minha natureza é assim? Eu sou, como o senhor bem sabe, uma pessoa que confia muito em Deus e não tenho para com Aquele que vive eternamente nenhuma queixa. Tudo que Ele faz é bem feito. Pois, experimente, pelo contrário, o inverso, isto é, tenha, sim, queixas, isto lhe adiantará alguma coisa? Se é como nós dizemos nas *Slikhes*, nas preces de penitência do Ano Novo: "A alma é Tua e o corpo é Teu", então o que sabe o ser humano e que valor tem ele? Eu sempre argumento, porém, com ela, com minha velha, quero dizer: "Golde, digo eu, você está pecando! Nós temos, digo eu, um *medresch*..." "E eu com o *medresch*, diz ela, nós temos, diz ela, é uma filha pra casar, e depois dela, não haja mau olhado, mais duas; e depois dessas duas, mais três, que nenhum olho ruim faça mal!"... "Oh, e daí?, digo eu. Isto é lama, Golde! Os nossos sábios, digo eu, também previram isso; há também pra isso um *medresch*..." Mas ela não se deixa conversar: "Filhas, diz ela, crescidas, já são por si um bom *medresch*"... E vá discutir com uma mulher.

Em resumo, daí o senhor pode ver que há, que tenho em casa, não haja mau olhado, mercadoria que dá para escolher, e realmente fina, não posso me queixar, uma mais bonita do que a outra. Não tem cabimento que eu próprio louve minhas filhas, mas ouço o que todo mundo diz: *Krassavitzes*, formosuras! E mais do que todas, a mais velha, Hodel, a outra depois de Tzeitel, aquela que se apaixonou, se o senhor se lembra, por um alfaiate; ela é tão bonita, digo-lhe eu, minha outra filha, Hodel, quero dizer, o que hei de lhe contar? De fato como está escrito na sagrada *Meguile*, no livro de *Ester*: "Porque formosa de se ver ela é", bela como um pedaço de ouro! E, como se não bastasse, ela tem também cabeça, escreve e lê ídiche e russo, e livros, livros ela engole como bolinhos. O senhor há de me fazer uma pergunta, então: Que parentesco pode ter a filha de Tévye com livros, se o seu pai negocia com queijo e manteiga? Está ouvindo, é isto que eu pergunto a eles, aos distintos rapazes, quero dizer, que não têm, com o vosso perdão, calças para vestir, mas estudar lhes apetece, como dizemos na *Meguile*, no livro de *Ester*: "Somos todos sábios", todos querem saber."Somos todos inteligentes", todos querem estudar. Pergunte-lhes: Estudar o quê? Estudar pra quê? Que as cabras saibam assim saltar em jardins estranhos! Porque, no fim de contas, nem sequer os deixam entrar lá, como diz o outro: "Não ponha a tua mão nisso", é afastar o gato da manteiga. O senhor devia ver, no entanto, como estudam! E quem? Filhos de artesãos, de alfaiates, de sapateiros, Deus que assim me ajude "em tudo o que estiver à tua frente!" Eles se mandam para Iehupetz ou para Odessa, ficam rolando por todos os sótãos, comer eles comem a décima praga do Egito, e rematar eles rematam com nada de nada, meses a fio não sabem o que é ver um pedaço de carne diante dos olhos, juntam-se seis sujeitinhos para um pão branco com um arenque e "alegra-te na tua festa" – e festeja pobretão!...

Em resumo, um dos rapazes dessa "irmandade" empacou em nosso canto, um azarado, veio de não longe daqui, eu conhecia o pai dele, era um cigarreiro e um pobretão, ele que me perdoe, que não tinha onde cair morto. Bem, não importa, não é a isso que me refiro, pois se o tanaíta rabi Iokhanan ha-Sandler (o Sapateiro) julgava digno de sua pessoa remendar botas, o rapaz pode afinal, me parece, considerar digno da sua pessoa ter um pai que enrola cigarros. Aborrecer aborrece-me apenas uma coisa: por que um pobretão há de desejar aprender, estudar? Verdade, o mau espírito não o pegou, ele tem uma boa cabecinha, até que muito boa. Pertschik é como ele se chama, o azarado, nós o traduzimos em ídiche: *feferl*, pimentinha. Ele se parece de fato a uma pimentinha. Se o senhor o olhasse: um serelepe, pequeno, preto, uma aberração, mas repleto, cheio até as bordas de saber, e uma boca – "flamas resplandecentes", fósforo e piche.

"E houve um dia", aconteceu uma história, eu voltava para casa, vinha de Boiberik onde vendera um pouco de minha mercadoria, um carregamento inteiro, queijo e manteiga e creme de leite e "outras verduras". Ia sentado, pensando, como é meu costume, em coisas do Céu, mais isto, mais aquilo, e sobre os ricaços de Iehupetz, para quem tudo corre, não haja mau olhado, tão bem, tão bem, e sobre Tévye, o azarado, com seu cavalinho, que se matam de trabalhar todos os dias, e outros assuntos que tais. Verão, o sol queima, as moscas picam, e o mundo em redor e derredor é uma delícia, grande, aberto, um convite: ao menos, levante-se e voe; ao menos, estique-se e nade!

Entrementes, dou uma espiada: um rapazote caminha com pernadas firmes pela areia, traz um embrulho debaixo do braço e transpira. Está botando a alma pela boca. "Levante-se o noivo *reb* Iokel *ben* Flekel, senhor Simplório filho de Simplício!, digo-lhe eu. Sente-se aqui em cima, senhor pacóvio, que eu vou te levar um pouco, de carona, já que, de todo modo, estou com o carro vazio. Pois, como está, digo eu, entre nós escrito: 'O asno de teu amigo, se o encontrares, ajuda a descarregá-lo', não deves abandoná-lo, quanto mais a um homem"... Ele ri, o azarado, e de fato não se faz de rogado, e se enfia na carrocinha. "De onde, digo eu, vem, por exemplo, este rapazinho?" "De Iehupetz." "O que tem a fazer, digo eu, um rapazinho como você em Iehupetz?" "Um rapazinho como eu, presta *akzament*, exames." "Para o que, digo eu, estuda um rapazinho como você?" "Um rapazinho como eu, diz ele, não sabe ainda para o que estuda." "Se é assim, digo eu, por que um rapazinho como você rala à toa a cabeça?" "Não se preocupe, *reb* Tévye, um rapazinho como eu, diz ele, já sabe o que tem a fazer." "Diga-me apenas, digo eu, já que você, sim, me conhece, então quem é você, por exemplo?" "Quem sou eu? Eu sou, diz ele, um homem." "Bem vejo, digo eu, que não é um cavalo; quero dizer, de quem você é filho?" "De quem, diz ele, hei de ser? Sou filho de Deus." "Eu sei que você é filho de Deus; está escrito, digo eu, em nossos livros: 'Todas as criaturas e todos os animais' Quero dizer, digo eu, de onde você provém, se você é dos nossos ou se talvez da Lituânia?" "Provir, diz ele, provenho de Adão, o primeiro homem, e eu mesmo, de minha parte, sou daqui, o senhor me conhece." "Quem então, digo eu, é teu pai? Vamos, diga logo!" "Meu pai, diz ele, chamava-se Pertschik." "Arre! Que o diabo te carregue, você precisava, digo eu, ficar tanto tempo me atormentando? Você é, quer dizer, um filhote de Pertschik, o cigarreiro? E estuda, digo eu, nas 'classes'?" "E estudo, diz ele, nas classes." "Bem, bem, pois não, com prazer, digo eu, *Adão* é homem, pássaro é ave, pato patinha, diga-me, digo eu, joia minha, do que, por exemplo, você vive?" "Do que eu como", diz ele. "Ah, sim, muito bem, digo eu; mas então, digo eu, o que é que você come?" "Tudo, diz ele, que me dão." "Entendo, digo eu, que você não é enjoado na escolha: se há o que comer, você come, e se não há, você morde os lábios e vai dormir em jejum. Mas, pelo visto, tudo vale a pena, digo eu, contanto que seja para estudar nas classes, digo eu; compara-se, digo eu, aos ricaços de Iehupetz, como está escrito: 'Todos são amados, todos são eleitos'"... Assim, digo-lhe com um versículo e um *medresch*, como Tévye sabe fazer. Pensa o senhor que ele, Pertschik quero dizer, deixa de me responder? "Não hão de ver o dia, os ricaços, diz ele, que eu me compare a eles! Quero que essa gente vá pro fundo do inferno!" "Você está, me parece, um tanto fortemente, digo eu, irritado com esses ricaços, ou não? Tenho medo, digo eu, será que eles não dividiram entre si a herança de teu pai." "Saiba realmente, diz ele, que eu e o senhor e todos nós temos, é possível, uma grande parte nessa herança..." "Sabe de uma coisa, digo eu, deixa que teus inimigos falem por ti. Vejo, digo eu, que você é um moço que não se dá por perdido e possui uma língua que não é preciso espicaçar; se você tiver tempo, digo eu, você pode dar uma entrada lá em casa, nós vamos então conversar um pouco, e de passagem você fila um jantar conosco."

É claro que o meu rapaz não me deixou repetir essas palavras e apareceu como visita, acertando com exatidão a corda do violino, enquanto o *borscht* se achava sobre a mesa e os *knijes* de queijo eram assados no forno. "Você tem, digo-lhe, uma sogra muito viva; você pode, digo eu, lavar as mãos, se quiser, e se não, comer sem lavá-las, eu não sou guarda de Deus, digo eu, não vou ser chicoteado por você no outro mundo." Fico assim conversando com ele e sinto que algo me atrai naquele rapazola. O quê eu sozinho não sei, mas me atrai; eu gosto, o senhor compreende, de uma pessoa com quem se pode trocar uma palavra; às vezes sobre um versículo da Escritura, um *medresch*, às vezes uma indagação sobre coisas do Céu, mais isto, aquilo, macarrão, sótão, cebola. Uma pessoa assim é Tévye. Daquele dia em diante o meu jovem começou a entrar em minha casa quase todos os dias. Terminadas as "horas" de aula que dava, vinha descansar e distrair-se um pouco. Imagine o senhor que, pobre e coitado dele, junto com suas aulas, que, no todo, como o senhor deve saber, o maior ricaço está acostumado, entre nós, a pagar não mais de dezoito *guildoinem*, e isto para que o professor lhe ajude também a ler telegramas, escrever endereços e de fato até levar um recado, por que não? O versículo é explícito: "Com todo o teu coração e com toda a tua alma", se você come pão, você precisa saber por quê. Um pouco de sorte pelo menos é que ele comia, a bem dizer, em minha casa e por isso dava aulas para minhas filhas, como diz o outro: "olho por olho", tabefe por tabefe; e assim ele se tornou em nossa casa como que um filho, as meninas lhe ofereciam leite, e minha velha cuidava para que ele tivesse uma camisa sobre o corpo e um par de meias, inteiras, e foi de fato então que nós o coroamos com o apelido de Feferl, Pimentinha, transpusemos, quer dizer, para o ídiche, o Pertschik, o Pimentinha russo, e pode-se dizer que todos nós passamos a gostar dele como de um membro da família, mesmo porque ele é, por natureza, o senhor deve saber, um sujeitinho bem aceitável, simples, uma criatura sem complicações, quer dizer, o que é meu é teu, o que é teu é meu, e isto significa, tudo vale, à vontade...

Por uma coisa, porém, ele me desagradava: seus sumiços. De repente, sem mais nem menos, erguia-se, ia embora, e cadê a criança? O Pimentinha não está! "Onde é que você esteve meu caro passarinho canoro?" Ele se cala como um peixe... Eu não sei como o senhor é, mas eu detesto pessoas cheias de segredos; gosto de gente, como diz o outro: falou e disse. Mas por isso mesmo ele possui uma qualidade: se desata a falar, ninguém segura, é como fogo e água, fala pelos cotovelos. Uma boca, benza Deus! Fala contra Deus e contra seus enviados e contra sua "doutrina" – e no essencial de fato – contra sua "doutrina"... com planos tão disparatados, tortos, adoidados, umas ideias tão esquisitas, enviesadas, de pernas para o ar. Por exemplo, um rico, no seu amalucado, invertido pensar, não vale um caracol, enquanto um pé-rapado é, ao contrário, uma grande coisa, e quando se trata de um trabalhador então, nem se fala, é o maior de todos, mais precioso que especiarias, pois, diz ele, o trabalho das próprias mãos é o essencial. "No entanto, digo eu, isso dinheiro não dá." Aí, ele fica cheio de raiva e quer me convencer que o dinheiro é uma desgraça mortal para o mundo; do dinheiro, diz ele, se originam todas as falsidades do mundo; por causa do dinheiro, diz ele, não é com justiça que acontece tudo que acontece no mundo. Ele me apresenta dez mil provas e exemplos que, para mim, colam um no outro como uma melancia na parede... "Resulta, segundo teu louco raciocínio, digo eu, que o fato de minha vaca dar leite, que o fato de meu cavalinho puxar a carroça, também não é de justiça?"... E como essas, faço-lhe mais algumas perguntas tolas de amargar e o detenho, como diz o outro, em "todas as palavras poéticas e de louvor", a cada passo, como Tévye sabe. O meu Pimentinha, porém, também sabe, e como! Oxalá não soubesse tanto quanto sabe! E se algo lhe vai pelo coração, ele o diz com todas as letras! Certa vez estávamos sentados à noitinha no banco de terra batida em volta da casa e discutindo sempre a respeito desses assuntos, ou seja, filosofando. A certa altura, ele, isto é, o Pimentinha, volta-se para mim e me diz à queima-roupa: "O senhor sabe, *reb* Tévye? O senhor tem filhas, *reb* Tévye, muito prendadas." "É mesmo, de verdade?, digo eu. Obrigado pela boa nova; elas têm, digo eu, a quem puxar." "Uma, diz ele continuando, a mais velha, é uma moça muito inteligente, é gente na plena acepção da palavra." "Sei disso sem você, digo eu, a maçãzinha não cai longe da árvore." Respondo-lhe assim, e meu coração, naturalmente, se enche de prazer, pois qual é o pai, pergunto ao senhor, que não gosta de ouvir quando lhe elogiam seus filhos? E vá ser profeta e adivinhar que de tais elogios irá saltar um cozido dos diabos, que Deus nos guarde e salve! Vale a pena o senhor ouvir.

Em resumo, "era noite e era manhã" – foi entre o dia e a noite, justamente em Boiberik, ia eu em meu carrinho pelas *datches*, quando alguém me para. Dou uma olhada – é Efroim, o *schadkhen*. Efroim, o casamenteiro, o senhor deve saber, é um judeu casamenteiro, como todos os casamenteiros, quer dizer, ocupa-se de agenciar casamentos. Vendo-me em Boiberik, ele, quer dizer, Efroim, me detém: "Queira perdoar-me, *reb* Tévye, preciso lhe dizer algo." "Com prazer, desde que seja coisa boa", digo eu e detenho o cavalinho. "O senhor tem, *reb* Tévye, uma filha!" "Eu tenho, digo eu, sete, Deus lhes dê saúde." "Eu sei, diz ele, que o senhor tem sete, eu também tenho sete." "Temos então juntos, digo eu, um total de quatorze." "Em resumo, gracejos à parte, diz ele; a história, *reb* Tévye, diz ele, é assim: eu sou, como bem sabe, um *schadkhen* e tenho, diz ele, um noivo para a sua filha. Mas um noivo, da noivolândia, realmente de primeiríssima ordem!" "Ou seja, digo eu, o que é que o senhor chama de noivo da noivolândia, de primeiríssima ordem? Se é, digo eu, um alfaiate, um sapateiro ou um *melamed*, isto é, um mestre-escola, ele pode, digo eu, ficar lá onde está, e eu vou ficar onde estou – 'Ampliação e libertação surgirão para os judeus...', gente da minha igualha sempre hei de encontrar, '... de outro lugar', como diz o *medresch*, digo eu..." "Eh, *reb* Tévye, diz ele, o senhor já está começando com seus *medroschim*, com suas parábolas? Para falar com o senhor, diz ele, é preciso vir bem armado, com o cinto apertado! O senhor enche o mundo de *medroschim*, é melhor o senhor ouvir, diz ele, que espécie de partido Efroim, o casamenteiro, é capaz de lhe propor; o senhor só deve escutar e ficar calado." É assim que ele, quer dizer, Efroim, se dirige a mim, e põe-se a desfiar uma lista, o que hei de lhe contar? Realmente algo a capricho. Primeiro, o lugar é muito bonito, e o moço é de família, e não um qualquer, e isto, como o senhor deve saber, é para mim o principal. Porque eu também não sou um qualquer; em minha família há gente de toda espécie, como diz o outro sobre os carneiros de Labão: "manchados, pintalgados, malhados"; há gente simples, há artífices e há *balebatim*, proprietários, burgueses. Além disso, o rapaz é instruído, entendido nas letrinhas miúdas. E isto não é evidentemente para mim das coisas menos importantes, pois não tolero o grosseirão, como não tolero porco! O ignorante é para mim mil vezes pior do que o devasso; o senhor pode andar sem chapéu, como um incréu, e até com a cabeça para baixo e as pernas para cima, contanto que saiba o que Raschi comenta, se souber, o senhor é um dos meus. Um judeu assim é Tévye... Mais ainda, diz ele, o moço é rico, estufado de dinheiro, anda num coche próprio, com uma parelha de cavalos fogosos, sai até fumaça!... Bem, se é assim, penso com os meus botões, isso também não é um grande defeito. Antes um rico do que um pobretão, como diz o senhor: "Convém a Israel ser modesto" – Deus mesmo não gosta de pé-rapado. Sinal disso é que se Deus gostasse do pobretão, o pobretão não seria um pobretão. "Muito bem, ouçamos o que segue", digo eu. "Segue, diz ele, que o pretendente quer acertar com o senhor o casamento, ele está se acabando, morrendo de paixão, diz Efroim, não pelo senhor, é claro – está morrendo de paixão por sua filha, ele quer uma moça bonita..." "É assim?, digo eu. Então que morra por ela. Quem é ele, digo eu, esta sua peça rara. Um solteiro? Um viúvo? Um divorciado? Um diabo que seja?" "É um homem solteiro, um solteiro um tanto entrado nos anos, mas solteiro." "E qual é então, digo eu, seu sagrado nome?" Isto ele não quer me dizer, nem que o assem em fogo lento. "Traga a sua filha para Boiberik, diz ele, que depois eu lhe direi." "O que vem a ser essa história, digo eu, de 'traga sua filha para Boiberik'. Trazer, digo eu, a gente traz um cavalo para a feira, ou uma vaca para vender..."

Em resumo, os casamenteiros, o senhor bem sabe, são capazes de convencer uma pedra. Ficou, pois, combinado que depois do sábado, com a graça de Deus, devo trazê-la para Boiberik. E toda espécie de bons e doces pensamentos me vêm à cabeça, e já vejo minha Hodel num coche puxado por uma parelha de fogosos cavalos, e o mundo todo sente inveja de mim, não tanto pelo coche e pelos cavalos, como pelos favores que eu presto ao mundo através de minha filha, a ricaça: ajudo os necessitados com empréstimos, dou vinte a um, cinquenta a outro e até cem a um terceiro, pois, como diz o senhor, o próximo também tem alma... Vou assim pensando, à tardinha, de volta para casa, em minha carrocinha, enquanto fustigo o cavalinho e converso com ele em linguagem cavalar: "Upa, cavalinho, digo-lhe, toca! Vê se mexe um pouco mais as canelas, para receber logo a sua ração de aveia, pois está escrito: *Ein kemakh, ein toire*, se não há farinha, não há sabedoria – se não se engraxa, o carro não vai."

E enquanto vou conversando assim com o meu cavalinho, vejo saindo da floresta um parzinho, duas pessoas, sem dúvida um homem e uma mulher. Caminhar eles caminham, juntinho um do outro, e falam de algo com muito gosto. Quem há de ser assim de repente, no meio de tudo? – penso com meus botões e tento distinguir através dos raios ofuscantes do sol. Podia jurar que um deles é o Pimentinha! Mas então com quem estará andando, o azarado, tão tarde? Protejo-me do sol com a mão e firmo ainda mais a vista: quem será a mulherzinha? Ai, meu Deus! Não é Hodel? Sim, é ela, tão certo como eu sou judeu, é ela!... É assim? Ah, é por isso que estudavam gramáticas e liam livros com tanto gosto?! Ai, Tévye, que besta você é! – E assim pensando, detenho o cavalinho e grito para os dois: "Boa noite, algo de novo sobre a guerra do Japão?

Como vieram de repente parar aqui? Quem é que vocês estão esperando? O dia de ontem?"... Ao ouvir semelhante saudação de boas-vindas, o parzinho ficou parado, como diz o outro, "nem no céu nem na terra", isto é, nem para cá nem para lá, ambos embaraçados e com um ligeiro rubor no rosto... Permanecem assim alguns minutos sem palavra, então baixam os olhos, depois começam a olhar para mim, eu para eles, os dois, um para o outro.

"Então? – digo eu –Vocês estão me olhando como se não me vissem há muito tempo. Eu sou, parece-me, o mesmo Tévye, digo eu, que eu era, sem um só cabelo a menos." Falo-lhes assim, meio zangado, meio de brincadeira. Responde minha filha, quer dizer, Hodel, e fica ainda mais ruborizada do que antes: "Papai, o senhor pode nos dar os parabéns"... "Parabéns para vocês, digo eu, que vocês vivam com felicidade. Mas qual é o caso? Vocês descobriram, digo eu, um tesouro na floresta? Ou acabam de escapar neste instante de um grande perigo?" "Nós merecemos os parabéns, diz o Pimentinha, porque ficamos noivos." "Como assim, digo eu, 'ficamos noivos'?" "O senhor não sabe, diz ele, o que significa 'ficamos noivos'? 'Ficamos noivos' significa, diz ele, que eu sou o noivo dela, e ela é minha noiva." É o que ele, isto é, Pimentinha, me declara, e me olha direto nos olhos. Mas eu também olho direto nos olhos dele e replico: "Quando foi que vocês realizaram o banquete de noivado? E por que não me convidaram para a festa?

Eu também tenho, parece-me, algum parentesco com a noiva, ou não?..." O senhor entende, eu rio, mas os vermes me devoram, roem meu corpo. Mas, não há de ser nada, Tévye não é mulher, Tévye gosta de ouvir até o fim... Digo-lhes, pois: "Não entendo, um casamento sem casamenteiro, sem esponsais." "Para que precisamos nós de casamenteiro?, diz ele, isto é, o Pimentinha. Nós já somos noivos há muito tempo." "Ah, sim? Milagres de Deus! Por que então, digo eu, vocês se calaram até agora?" "Por que deveríamos gritar? Também hoje não teríamos contado nada, mas como precisamos logo mais nos separar por algum tempo, ficou entre nós resolvido que vamos nos casar antes"... Isto já me irritou, pois, como diz o senhor: "Águas inundaram minha alma" – foi uma cacetada no osso! Vá lá que ele diga: noivos – isto ainda dá para aguentar, afinal está escrito lá: *ahavti*, "eu amo [minha dona, minha mulher]" – ele quer ela e ela quer ele. Mas armar um dossel de casamento...? Que palavras são essas? Linguagem do *Targum*! Parece que o meu rapaz, o noivo, entendeu que a história me havia deixado um tanto desconcertado; e ele me diz: "O senhor compreende, *reb* Tévye, o caso é assim: estou para partir daqui." "Quando você parte?" "Em breve." "Para onde, por exemplo?" "Isso, diz ele, eu não posso lhe contar, é um segredo"... O senhor está ouvindo? É um segredo! Que tal lhe parece isso, por exemplo? Chega um Pimentinha, um tampinha, moreninho, um monstrinho, fantasia-se de noivo, quer celebrar um casamento, está preste a partir e não diz para onde! Não é de estourar a bílis? "Bem, digo-lhe eu, segredo é segredo; com você tudo é segredo... mas faça-me entender, irmãozinho, o seguinte: você é uma pessoa, digo eu, para quem a justiça é tudo e está embebido de humanidade de alto a baixo, como é que se explica, digo eu, que de repente, sem mais nem menos, queira tirar uma filha de Tévye e torná-la, uma *agune*, uma esposa abandonada? É isto que você chama de justiça? De sentimentos humanos? Ainda é um pouco de sorte minha que você não tenha me assaltado ou incendiado..." "Papai!, diz ela para mim, isto é, Hodel. O senhor nem sabe como nós somos felizes, eu e ele, por lhe termos revelado o segredo. Uma pedra, diz ela, nos caiu do coração. Vem cá, papai, vamos nos beijar." E sem pensar muito, os dois me agarram, ela de um lado e ele do outro, e começam a me beijar e abraçar, eles a mim, eu a eles, e com tal ímpeto, parece, que os dois passam, entrementes, a beijar-se entre si! Uma descrição disso, asseguro-lhe, é a de um verdadeiro teatro com eles! "Você não acham, digo eu, que chega de tanto beijocar? Já é tempo de falar de coisas práticas." "De que coisas práticas?", dizem eles. "Do dote, digo eu, do enxoval, das despesas de casamento, disto, daquilo, daquiloutro, macarrão, sótão, cebola"... "Nós não precisamos, dizem eles, de nada, nem disto, nem daquilo, nem daquiloutro, nem de macarrão, nem de sótão, nem de cebola." "Do que então, digo eu, vocês precisam, sim?" "Precisamos apenas da *hupe*, do dossel, e da bênção nupcial." O senhor está ouvindo o que é falar?

Em resumo, não vou prendê-lo por muito tempo, de nada adiantou, não teve jeito, como a neve do ano passado – armou-se o dossel. Tudo pode ser chamado de *hupe*. É claro, nem há o que pensar, não uma *hupe* digna de Tévye. Isso lá também é uma *hupe*! Um casamento silencioso... De fazer dó... E ainda por cima, há minha mulher, como diz o senhor: uma bolha sobre a ferida. E ela quer a todo custo que eu lhe explique por que esse corre-corre, tanta pressa? Agora, vá explicar a uma mulher que o negócio está pegando fogo! De que lhe adianta muita história, por amor à boa paz tive que inventar uma grande, imensa e rematada mentira, uma história com uma herança, uma tia rica de Iehupetz, uma história sem pé nem cabeça, só para ela me dar sossego. E de fato, no mesmo dia, isto é, algumas horas após a bela cerimônia da *hupe*, eu atrelo o cavalo ao meu carrinho, e aboletamo-nos todos três, quer dizer, eu e ela e ele, meu genro predestinado, e toca direto para a estação de Boiberik. Estando assim sentado com o meu casal na boleia do carrinho, arrisco de vez em quando uma olhadela de esguelha sobre esse parzinho e penso com meus botões: Como é grande o Deus que nós temos e como é estranhamente belo o seu modo de conduzir o mundo! E que almas estranhas, criaturas selvagens, há em seu universo! Eis aí um casalzinho novo em folha.

Acaba de sair do forno: ele vai partir, só o bom Deus sabe para onde, e ela fica aqui... e ninguém derrama sequer uma lágrima, nem para fazer de conta! Mas não há de ser nada, Tévye não é mulher. Tévye tem tempo, olha e cala-se, espera para ver no que vai dar... E vejo um par de jovens rapazotes, bem kasrilevkenses, de botas cambadas, que vieram à estação despedir-se de meu pássaro canoro. Um deles andava feito um *scheiguetz*, a camisa caia-lhe, queira perdoar-me, por cima das calças, e cochichava alguma coisa com o meu Pimentinha. "Veja só, Tévye, penso comigo mesmo, se você não se meteu no meio de um bando de ladrões de cavalos, de batedores de carteira, arrombadores ou moedeiros falsos?"

No caminho de volta com minha Hodel, não consigo me conter e exponho-lhe com toda franqueza este pensamento. Ela desata a rir e tenta me convencer de que é tudo gente fina, muito humana, honesta, honestíssima, cuja vida é dedicada ao próximo, que não pensa em si própria, nem mesmo no calcanhar esquerdo. "Veja, aquele ali, diz ela, com a camisa, é na realidade um filhinho de papai; ele abandonou, diz ela, pais ricos em Iehupetz, não quer receber deles nenhum tostão furado." "Ah, sim? Milagre de Deus!, digo eu. De fato, um rapazinho muito fino, juro! Para acompanhar a camisa sobre as calças e os cabelos compridos, se Deus o ajudasse com uma harmônica, ou se um cão corresse atrás de seus calcanhares, já seria então, sem dúvida alguma, a sétima graça!" É assim que ajusto contas com ela também pelo Pimentinha, e derramo todo o meu amargo coração sobre ela, coitada... E ela? Nada! "E Ester não falou"; faz-se de boba. E eu para ela: "E Pimentinha?" E ela para mim: "O bem geral, os trabalhadores, e sei lá o quê"... "De que me serve, digo eu, esse bem geral e esse trabalho de vocês, se tudo com vocês é feito em segredo? Há, digo eu, um provérbio: onde há segredo, há roubo... É bom que me diga francamente aonde foi o Pimentinha e por quê?"... "Tudo menos isso, diz ela. É melhor não se pôr a perguntar. Pode crer, diz ela, que com o tempo ficará sabendo de tudo. Se Deus quiser, e talvez em breve, há de ouvir muita novidade, muita coisa boa!"... "Amém, tomara, digo eu, que isso vá de tua boca aos ouvidos de Deus. Mas que nossos inimigos, digo eu, saibam tanto a respeito de sua saúde quanto eu compreendo o que se passa entre vocês e o que significa esse jogo!"... "Oh, esta é realmente a desgraça, o fato de que você nunca há de compreender isso." "Como assim? É tão profundo? Parece-me, digo eu, que compreendo, com a ajuda de Deus, coisas bem maiores"... "Isso não se dá a compreender com a razão sozinha, isso, diz ela, é preciso sentir, sentir com o coração"... É assim que ela fala comigo, Hodel quero dizer, e seu rosto enquanto isso flameja e seus olhos ardem como brasas. Deus as preserve, mas são assim as minhas filhas. Se estão envolvidas em alguma coisa, é com todo o coração, com toda força, de corpo e alma!

Em resumo, para lhe contar em poucas palavras, passa uma semana, passam duas, três, quatro, cinco, seis, sete – "nem voz nem dinheiro", não há carta nem notícia. "Era uma vez um Pimentinha" – e dou uma olhada para a minha Hodel. Coitada, não há um pingo de sangue em seu rosto, procura toda hora algum outro trabalho em casa, querendo, parece, esquecer por esse meio seu grande aborrecimento, mas não o menciona em nada, ainda que o senhor dissesse, uma só vez. Quieta, calada, como se jamais houvesse existido um Pimentinha no mundo! Mas certo dia acontece uma história. Volto para casa e vejo – minha Hodel vermelha de choro, com olhos inchados. Começo a perguntar e fico sabendo que, não faz muito, apareceu aqui um diabo qualquer de cabelos compridos e ficou cochichando com ela, isto é, com Hodel. "É isso então!, penso comigo mesmo. É aquele camarada que abandonou pais ricos e soltou a camisa sobre as calças"... E sem pensar muito, chamo minha Hodel para o pátio, fora de casa, e começo logo a puxar o anzol: "Diga-me, filha, já recebeu alguma notícia dele?" "Sim." "Onde está o teu eleito?" "Ele está, diz ela, longe." "O que ele está fazendo?" "Ele está preso." "Ele está preso?" "Ele está preso." "Onde ele está preso? Por que está preso?" – Ela se cala. Fita-me diretamente nos olhos e permanece calada. "Diga-me só uma coisa, digo eu, minha filha, pelo que compreendo, ele não está preso por roubo; mas não consigo atinar com a razão, uma vez que não é ladrão e não é trapaceiro, então por que está preso, por

quais atos meritórios?" Ela continua muda – "e Ester não falou"... Aí resolvo comigo mesmo: se você não diz, não é preciso; ele é o teu azarão e não o meu, o diabo que o carregue! Mas dentro, no coração, carrego uma dor, afinal, apesar de tudo, sou pai, como se diz na reza da manhã: "Assim como um pai tem pena dos filhos", pai é sempre pai.

Em resumo, foi na Grande Hosana à noite. Nos dias consagrados, tenho por costume descansar e também, comigo, o cavalinho repousa, como está escrito na *Toire*: "Não deves encarregar-te de nenhum trabalho, nem tu, nem o teu criado, nem tua mulher, nem teu gado, nem teu cavalinho..." Além do mais, em Boiberik, a esta altura, já não há mais quase o que fazer: ao primeiro toque do *schoifer* no mês de Elul, todos os *datchinkes*, os veranistas das *datches*, saem correndo como ratos em época de fome, e Boiberik fica deserta. Então gosto de ficar em casa, sentado no banco de meu pátio. Para mim é o melhor pedaço de tempo. Os dias então são um presente de Deus. O sol não queima, como um forno de cal, mas acaricia com uma suavidade que delicia o coração. A floresta ainda se reveste de seu verdor, os pinheiros não param de trescalar sua resina e parece-me que a floresta está em festa, como um tabernáculo divino, uma *suke* de Deus. Aqui, penso comigo mesmo, Deus guarda a festa de *Sukes*; aqui, e não na cidade, onde é só lufa-lufa, onde as pessoas correm para cá e para lá, com os bofes de fora, à caça de um pedaço de pão, e onde só se ouve falar de dinheiro, dinheiro e mais dinheiro!... E não há o que dizer quando se trata da noite da Grande Hosana, por exemplo, aí é o paraíso mesmo!: então o céu é azul, as estrelas cintilam, brilham, movem-se e piscam, como, valha a diferença, os olhos de uma pessoa; e, às vezes, acontece que uma estrela passa voando, seta disparada do arco, deixando em seu rastro por um instantezinho uma fita verde de luz – é uma estrelinha que despencou, caiu o destino de alguém. Pois tantas estrelas, tantos destinos... Destinos judaicos... "Contanto que não seja meu tenebroso destino", digo de mim para mim e Hodel me vem à mente. Já faz alguns dias que ela parece mais desperta, animada, mudou inteiramente de cara. Alguém lhe trouxe um bilhete, dele realmente, ao que tudo indica, de seu azarão. Vontade eu tenho, e muita, de saber o que ele escreve, mas não quero perguntar; ela se cala, eu também me calo! Tévye não é mulher: Tévye tem tempo...

Entrementes, enquanto estou pensando assim de Hodel, ela aparece, isto é, Hodel, senta-se pertinho de mim no banco, olha para todos os lados e diz para mim baixinho: "Está ouvindo, papai? Preciso lhe dizer uma coisa: hoje, me despeço do senhor... para sempre"...

Fala-me em voz tão sumida que mal se ouve, e me olha com um olhar muito estranho, com um jeito de olhar que nunca hei de esquecer. E nisto, voa-me um pensamento pela cabeça: "Ela quer se afogar." Por que justamente afogar-se? Porque aconteceu aqui, Deus nos livre, uma história: uma moça, que morava não longe de nós, apaixonou-se por um *scheiguetz* da aldeia, e por causa desse rapaz... o senhor já sabe o quê. A mãe dela adoeceu de desgosto e morreu, o pai gastou tudo o que possuía e ficou na miséria, e o *scheiguetz* da aldeia mudou de ideia e casou-se com outra, ela então, isto é, a moça, foi até o rio, atirou-se na água e morreu afogada...

"O que quer dizer: você se despende de mim para sempre?", digo-lhe e olho para baixo, para que ela não veja como estou acabado. "Isso quer dizer, responde ela, que vou embora amanhã cedo e nunca mais nos veremos... nunca mais"...

Ao ouvir tais palavras, sinto o coração um pouco mais aliviado. Graças a Deus, digo eu a mim mesmo, porque pelo menos, como diz o senhor: "também isto é para o bem", podia ser pior, uma vez que o melhor não tem limite... "Para onde, por exemplo, você vai, digo eu, se é que posso ter a honra de saber?" "Para junto dele", diz ela. "Para junto dele? – digo eu – E onde ele se encontra agora?" "Por enquanto, ele continua preso, diz ela, mas em breve será mandado para longe." "Quer dizer então que você vai se despedir dele?", digo-lhe, fazendo-me de ingênuo. "Não, diz ela, vou acompanhá-lo direto para lá." "Para lá? Que lá é este? Como se chama o lugar?" "Não se sabe ainda ao certo, diz ela, como o lugar se chama, mas é muito longe, diz ela, mas tão longe que é um perigo de vida"...

É o que ela, isto é, Hodel, me diz, e me dá impressão de que fala com um sentimento de orgulho, de grandeza, como se o Pimentinha houvesse praticado algo tão extraordinário que merecesse uma medalha de uma tonelada de ferro!... O que se pode responder-lhe, por exemplo, em um caso assim? Em um caso assim um pai se enfurece com um filho, dá-lhe algumas palmadas, ou despeja sobre ele todas as negras maldições. Tévye, porém, não é mulher. Tenho por princípio que a ira é coisa de pagão. Respondo-lhe, pois, com um versículo, como de costume: "Vejo, minha filha, digo eu, que você cumpre o preceito, como está escrito na sagrada *Toire*: 'Por isso o homem deve deixar...'; você abandona, por um Pimentinha, pai e mãe, digo eu, e parte para um lugar que não se sabe onde fica, algures nos desertos, ao que parece, no mar congelado, lá onde Alexandre Magno viajou no navio e se perdeu em uma ilha distante, digo eu, entre selvagens, como li certa vez em um livrinho de histórias"...

É assim que lhe falo, meio na brincadeira, meio zangado, mas, nesse meio tempo, com o coração partido. Mas Tévye não é mulher. Tévye se contém. E ela, isto é, Hodel, tampouco se desconcerta; responde-me palavra por palavra, e com toda calma, sem precipitação, e ponderadamente. As filhas de Tévye sabem falar...

E, embora eu mantenha a cabeça baixa e os olhos fechados, no entanto tenho a impressão de estar vendo Hodel, isto é, eu a vejo – seu rosto é como a lua, pálido e baço, e sua voz soa-me como que abafada, trêmula... Devo, por exemplo, atirar-me ao seu pescoço, pedir, desmaiar diante dela, rogar de pés juntos para que ela não vá embora? Mas eu sabia que era perda de tempo. Seja o nome delas apagado, de fato delas, minhas filhas – se elas se envolvem com alguém, é com todo o corpo e alma, de todo coração!

Em resumo, ficamos os dois assim sentados no banco um bocado de tempo, imagine o senhor, quase a noite inteira. Mais calados do que conversando, e aquilo que falamos era quase como se não fosse falado, meias palavras... Ela falou e eu falei. Eu pergunto a ela somente uma coisa: onde já se viu que uma moça se case com um rapaz apenas para poder segui-lo até o diabo sabe onde? Ela, então, me responde: "Com ele, tanto faz, até no quinto dos infernos"... Tento explicar-lhe com a razão como isso é tolo. E ela tenta explicar-me com *sua* razão que eu jamais poderei compreender isso. Conto-lhe então uma fábula com uma galinha, uma chocadeira, que chocou uns patinhos. Estes, tão logo se firmaram nas perninhas, correram para a água e a galinha, coitada, ficou cacarejando. "O que diz você, digo eu, disso, filha de meu coração?" "O que, diz ela, posso dizer disso? É claro que dá pena, diz ela, da pobre chocadeira; mas só pelo fato de que, diz ela, a chocadeira cacareja os patinhos não devem nadar?"... O senhor ouviu o que é falar? Uma filha de Tévye não fala à toa...

Entrementes, o tempo não para. Já começa a clarear o dia. A velha, dentro de casa, resmunga. Já havia mandado dizer várias vezes que estava na hora de deitar-se. E ao ver que não adiantava, enfiou a cabeça pela janela e me dá uma bela bênção, naturalmente: "Tévye! O que você está pensando?" "Que haja silêncio, Golde, digo eu, como está no versículo: 'Por que tumultuam!' Você esqueceu, parece, que hoje é *Heschaine Rabe*. Na Grande Hosana, digo eu, nos é assinado o bilhete de nossa sorte no ano entrante, na Grande Hosana é preciso estar desperto. Faça o que lhe peço, Golde, dê uma assoprada no samovar, por favor, e apronte o chá, digo eu, e enquanto isso, vou atrelar o cavalo ao carrinho. Nós vamos levar Hodel à estação." E como é de praxe, prego-lhe uma mentira novinha em folha, de que Hodel vai para Iehupetz, e de lá para mais longe, tudo por causa daquele negócio, por causa da herança, quer dizer, e pode acontecer, digo eu, que ela fique por lá o inverno todo e talvez o inverno mais o verão e mais o inverno seguinte; por isso é preciso, digo eu, um farnel para a viagem, um pouco de roupa, um vestido, uns travesseiros, fronhas, mais isto, mais aquilo e "outras verduras".

Vou assim comandando e advirto-as para que não haja choro, hoje é a Grande Hosana no mundo. "E na Grande Hosana, digo eu, não se pode chorar, é uma lei expressa!" Evidentemente, elas dão ouvido a mim e à lei como ao gato e, apesar de tudo, choram, sim, e quando chega o momento da despedida a choradeira é geral, todos choram – a mãe, as filhas e ela mesma, quer dizer, Hodel, e quando chega a vez de minha filha mais velha, refiro-me a Tzeitel (para os dias de festa, ela vem à minha casa, com o seu predestinado, Motl Kamzoil, o alfaiate), as duas irmãs atiram-se uma nos braços da outra, mal se conseguiu separá-las.

Só eu, sozinho, me mantive firme como aço e ferro; quer dizer, é um modo de falar; por dentro, a gente ferve como um samovar, porém mostrar ao outro – isto, não. Tévye não é mulher... Durante o caminho todo, até Boiberik, ninguém abre a boca, e quando já estamos não longe da estação de trens, pergunto-lhe, pela última vez, o que, afinal, de especial ele fez, quero dizer, o Pimentinha?... "Toda e qualquer coisa, digo eu, deve ter uma razão"... Hodel se inflama e jura com todos os juramentos que ele é inocente, puro como o mais fino ouro. "Ele é uma pessoa, diz ela, que não se preocupa o mínimo consigo próprio, tudo o que ele faz é unicamente em favor do outro, em favor do mundo – e principalmente dos que vivem do trabalho de suas mãos, dos operários" – E vá ser um sabido e adivinhe o que isso significa! "Então ele se preocupa, digo-lhe eu, com o mundo? Por que então, digo eu, o mundo não se preocupa com ele, já que ele é, sim, um bom rapaz? Leve pelo menos os meus cumprimentos, digo eu, ao teu Alexandre Magno, diga-lhe, digo eu, que confio na sua justiça, pois ele é um homem da absoluta justiça, digo eu, de modo que por certo não desencaminhará minha filha e não a impedirá de escrever de vez em quando, digo eu, uma cartinha ao velho pai"...

Tão logo pronuncio essas palavras, não é que ela se atira de repente ao meu pescoço e começa a chorar? "Vamos nos despedir, papai, diz ela, tenha saúde, só Deus sabe, diz ela, quando tornaremos a nos ver?!"... Já era demais. Não pude mais me conter... Veio-me ao pensamento, o senhor me compreende, realmente esta mesma Hodel, quando ela era um pinguinho de gente... uma criancinha de colo, quer dizer... e eu a carregava nos braços, nos meus braços... Não me leve a mal, *pani*, que eu tenha...

feito mulher... Se o senhor soubesse, está ouvindo, que Hodel é essa!... Se o senhor visse as cartinhas que ela me escreve... É uma Hodel de Deus!... Ela está aqui, aqui, aqui bem no meu... fundo, fundo... não consigo lhe exprimir isso direito...

....

Sabe de uma coisa, *pani* Scholem Aleikhem? Falemos de algo mais alegre: o que me diz da epidemia de cólera em Odessa?

HAVE

[Escrito no ano de 1906]

"Agradeçam ao Senhor porque Ele é bom" – o que Deus faz é bom, quer dizer, tem de ser bom, pois tente ser sabido e fazer melhor! Veja, eu quis dar uma de inteligente, torci o versículo pra cá e torci o versículo pra lá, vi que não adianta, tirei a mão do coração e disse para mim mesmo: Tévye, você é um tolo! Você não vai mudar o mundo. O Altíssimo nos deu "as dores da criação dos filhos", cuja interpretação é: dos filhos tem-se aborrecimentos e é preciso aceitar e fazer paz com isso. Eis, por exemplo, que minha filha mais velha, Tzeitel, quero dizer, se apaixonou por Haim Motl Kamzoil, o alfaiate, então o que tenho eu por isso contra ele? É verdade, ele é de fato um indivíduo tosco; entender as miudinhas, isto é, as letras miúdas, não é o seu forte, mas o que se pode fazer? O mundo todo, como diz o senhor, não pode ser instruído! Em compensação, é uma pessoa honesta e labuta, coitado, com o sangrento suor de seu rosto. Ela já tem com ele, o senhor precisa ver, uma casa cheia de pimpolhos, e os dois se consomem na dignidade e na honra – e se você fala com ela, ela diz que tudo, não haja mau olhado, lhe vai bem, não pode ser melhor, diz ela, um defeitozinho apenas, é que não há um pedaço de pão... Este é o fim do primeiro giro com a *Toire* – aqui o senhor tem a número um. Bem, e a respeito de minha segunda filha, de Hodel, quer dizer, não preciso lhe contar, o senhor já sabe, ela eu perdi, perdi para sempre. Só Deus sabe se meus olhos tornarão a vê-la alguma vez, a não ser no outro mundo, depois dos cento e vinte anos[1]... Quando falo dela, de Hodel, quer dizer, não consigo até hoje voltar a mim, isso acaba com minha vida! Esquecer, diz o senhor? Como se pode esquecer uma pessoa que está viva? E ainda mais uma filha como Hodel? Se o senhor visse as cartinhas que ela me escreve, é de se derreter. Tudo lá, escreve ela, vai muito bem. Ele está preso e ela trabalha. Ela lava roupa e lê livros, e se encontra com ele todas as semanas, e tem a esperança, diz ela, de que aqui, cá do nosso lado, as coisas um dia fervam, que o sol se levantará e haverá luz, e então ele voltará, com muitos como ele, e aí, diz ela, eles vão se lançar ao verdadeiro trabalho e virar o mundo de cabeça para baixo e os pés para o ar. Bem, o que me diz disso? Bom... hein? O que faz então o Senhor do Universo? Ele é afinal, como diz o senhor, um Deus da piedade e da graça, ele diz, pois, para mim: "Espera um pouco, Tévye, vou fazer as coisas de um modo que você vai esquecer todas as tuas aflições!" E assim aconteceu, o senhor pode ouvir. A outro eu não contaria isso, porque a dor é grande e a vergonha ainda maior! Mas, como está escrito lá nos nossos livros: "Devo eu me esconder de Abraão..." – para o senhor tenho eu dentro de mim algum segredo? Para o senhor, tudo o que tenho – eu lhe conto. Mas o que então? Uma coisa eu vou lhe pedir: que isto fique entre nós. Eu lhe digo mais uma vez: a dor é grande, mas a vergonha, a vergonha é ainda maior!

Em resumo, é assim como está no *peirek*, na *Ética dos Pais*: "Quis o Santíssimo, bendito seja, conceder o mérito" – Deus quis fazer um favor a Tévye e o abençoou com sete filhos, mulheres, filhas, quero dizer, todas inteligentes e bonitas, cheias de frescor, saudáveis, eu lhe digo – como pinheiros! Oi, tomara que fossem feias

1. Voto que popularmente se augura a uma pessoa a quem se tem afeto e que está calcado na longevidade de Moisés, o qual viveu cento e vinte anos até chegar ao Monte Nebo e avistar a Terra de Israel.

abomináveis, seria talvez melhor para elas e mais saudável para mim. Pois, que vantagem traz, pergunto-lhe, um bom cavalinho se permanece na cocheira? Que vantagem trazem filhas bonitas, se a gente vive enfiado com elas num fim de mundo e não se vê ali pessoa viva, além de Anton Poperile, o maioral cristão do povoado, e o escrivão Khvedke Galagan, um grandalhão de basta cabeleira e botas altas, e o padre[2], apagado seja o seu nome e a sua lembrança, não posso nem ouvir o seu nome, não porque eu sou judeu e ele é um padre; muito ao contrário, nós nos conhecemos muito bem há um bocado de anos, quer dizer, a gente não vai às festas um do outro e não nos desejamos decerto boas festas tampouco; nada disso; está bem, a gente se encontra, bom dia, bom ano, o que há de novo no mundo? Entrar em longas conversas com ele, eu não gosto, pois logo que se diz alguma coisa começa o capítulo de sempre: vosso Deus, nosso Deus. Eu não me deixo levar e o interrompo com um dito e digo-lhe que entre nós há um versículo: por certo ele me interrompe e diz que um versículo ele sabe tão bem como eu, e talvez melhor, e desata a despejar de cor o nosso *Humesch*, o *Pentateuco*, naturalmente como um *gói*: *Bereschit bará Alokim*, "No princípio Alokim criou", em vez de *Elohim* – todas as vezes, todas as vezes a mesma coisa. Eu o interrompo, por certo, e digo-lhe que entre nós há um *medresch*, um comentário. "Um *medresch*, diz ele, já se chama *Tal-mud*, e *Tal-mud* ele não gosta, porque *Tal-mud*, diz ele, é pura trapaça"... Fico por certo muito bravo e começo a descompô-lo com tudo o que me vem à língua. Julga o senhor que isso o incomoda em algo? Nada; ele olha para mim e ri e alisa ao mesmo tempo a barba. Não há – está me ouvindo? – coisa pior no mundo, do que essa, quando você está destratando uma pessoa e ela se cala, dentro de você a bílis debica teu fígado, e o outro fica ali parado sorrindo! Na época eu não entendia isso, mas agora sei o que aquele sorriso significava...

Em resumo, um dia chego em casa, já à noitinha, e encontro Khvedke, o escrivão, parado, no lado de fora, com minha Have,

2. Da igreja otodoxa, o mesmo que pope.

minha terceira filha, a segundo depois de Hodel, quer dizer. Quando me avistou, o meu rapaz dá meia volta, tira o boné para mim e vai-se embora. Pergunto então para minha Have: "O que fazia aqui Khvedke?" Diz ela: "Nada"... Digo eu: "O que quer dizer nada?" Diz ela: "Nós estávamos conversando." Digo eu: "Que parentesco você tem com ele?" Diz ela: "Nós nos conhecemos há muito tempo"... Digo eu: "Parabéns para ti com teu conhecimento! Belo amigo esse Khvedke!"... Diz ela para mim: "Então você o conhece? Você sabe então quem ele é?" Digo eu para ela: "Quem ele é eu não sei, não vi a sua carta genealógica; mas entender eu entendo que ele deve descender da nata dos grandes; o pai dele, digo eu, devia ter sido um pastor, ou um guarda, ou um bêbado sem mais"... Ela me responde, Have, quero dizer: "O que o pai dele era eu não sei e não quero saber, mas para mim todos os homens são iguais; mas ele sozinho é uma pessoa não comum, isso eu sei com certeza."... "Por exemplo, digo eu, que espécie de pessoa ele é? Deixe-me ouvir"... "Eu te diria, diz ela, mas você não entenderá. Khvedke, diz ela, é o segundo Górki"... "O segundo Górki?, digo eu. Quem foi então, digo eu, o primeiro Górki?"... "Górki, diz ela, é hoje quase a primeira pessoa do mundo"... "Onde vive este teu *tanaíta*, digo eu, este teu sábio talmúdico, qual é o seu negócio e que pregação ele pregou?"... Responde ela: "O Górki – é um autor famoso, um escritor, um homem, quero dizer, que faz livros, e uma pessoa querida, rara, honesta, descende também de gente simples, não estudou em parte alguma, tudo veio dele mesmo... este é o seu retrato..." É assim que ela, Have, quero dizer, me responde, e tira do bolso um retratinho e mostra-me. "Esse aí, digo eu, é o teu *tzadik*, teu santo, *reb* Górki? Eu seria capaz de jurar que o vi em algum lugar, ou junto ao trem carregando sacos, ou na floresta arrastando toras"... "E isso para você é um defeito, se uma pessoa, diz ela, trabalha com suas próprias mãos? Você sozinho não trabalha assim? E nós não trabalhamos assim?" "Sim, sim, você tem razão, digo eu, há um versículo entre nós que afirma expressamente: 'Terás de comer do trabalho de tuas mãos', se você não trabalhar, você não come... Ainda assim, digo eu, não compreendo o que Khvedke veio fazer aqui? Eu ficaria mais satisfeito, digo eu, se você fosse sua conhecida de longe; você não deve esquecer, 'de onde você veio e para onde você vai', digo eu, quem você é e quem ele é... Diz ela para mim: "Deus criou todos os homens iguais"... "Sim, sim, digo, Deus criou Adão, o primeiro homem, à sua imagem; mas não se pode esquecer que todo mundo deve procurar o seu igual, como está escrito em nosso versículo: 'Cada homem conforme ele pode...'" "Uma peça rara!, diz ela para mim. Para tudo você tem um versículo! Será que se encontra também aí talvez, diz ela, um versículo sobre o fato de que os homens pegaram e se dividiram eles próprios, diz ela, em judeus e gentios, proprietários e escravos, nobres e mendigos?"... "Té-té-té!, digo eu. Você já foi parar, ao que me parece, filha, no sexto milênio, no fim dos tempos!" E me ponho a explicar-lhe que assim se procede no mundo já desde os seis dias da Criação. Aí ela me pergunta: "Por que então se procede assim no mundo?" Digo eu: "Porque Deus criou assim o seu mundo"... Diz ela: "Por que então Deus criou assim o seu mundo?" Digo eu: "Eh! Se começamos a fazer perguntas, por que assim, por que assado, é falar sem parar, uma história sem fim." Diz ela para mim: "Para isso, afinal, Deus nos deu o entendimento, para que façamos perguntas"... Digo eu: "Entre nós há um costume tal que, se uma galinha começa a cocoricar como um galo, é preciso levá-la imediatamente ao *schoikhet*, ao abatedor, como dizemos nas *brokhes*, nas bênçãos: 'Senhor, deste inteligência ao galo.'" "Será que já não chega de ficar carcarejando aí?, grita para mim Golde. O *borscht* está na mesa já faz uma hora, e ele não para de cantar *zmires*." "Eis que chegaram, digo eu, os outros dias de festa! Não é gratuitamente, digo eu, que os nossos sábios disseram: Um tolo tem sete traços; a mulher tem em si nove medidas de fala. Estamos aqui falando de coisas essenciais e ela vem com seu *borscht* com leite!" Ela não me faz esperar: "O *borscht* com leite, diz ela, é talvez uma coisa tão essencial como todas as tuas coisas essenciais..." "Parabéns! Aqui vocês têm, digo eu, um novo filósofo, que acaba de sair direto do forno! Não basta, digo eu, que as filhas de Tévye tenham se tornado cabeças esclarecidas, a mulher de Tévye também começou a voar pela chaminé para o céu!"... "Se isso chegou, sim, diz ela, ao Céu, então fique enterrado no quinto dos infernos!"... Que tal lhe parece, por exemplo, esse tipo de boas-vindas quando se está com o estômago vazio?

Em resumo, deixemos o príncipe, como diz o senhor, e voltemo-nos para a princesa, refiro-me ao padre, apagado sejam o seu nome e a sua memória! Certa vez, à tardinha, ia eu de volta para casa com as vasilhas vazias e estava a ponto de entrar no povoado quando o encontro com sua brisca forjada de ferro: ele sozinho a conduz, incitando com seu chicote os cavalinhos, enquanto sua barba despenteada esvoaça fustigada pelo vento. "Que caia sobre tua cabeça..., penso com os meus botões, que belo encontro!"... "Boa noite!, diz ele para mim. Você não me reconheceu, diz ele, ou o quê?" "Você vai logo ficar rico", digo-lhe, tiro o boné e quero seguir adiante. Diz ele para mim: "Espera um momento, Tevel, por que tanta pressa? Preciso te dizer duas palavras." "Com prazer, digo eu, contanto que seja apenas algo de bom, se não, digo eu, isso pode ficar para outra vez"... "O que quer dizer você, diz ele, outra vez?"... "'Outra vez', digo eu, quer dizer quando o Messias vier"... "O Messias, diz ele para mim, já veio"... "Isso eu já ouvi de você não só uma vez; diga-me apenas, paizinho, algo de novo"... "É isso mesmo, diz ele, que penso lhe dizer; quero conversar com você a respeito de você mesmo, quer dizer, a respeito de tua filha"... Aí meu coração deu logo uma martelada: que parentesco tem ele com minha filha? Digo-lhe então: "Minhas filhas, digo eu, não são, graças a Deus, daquelas que precisam de alguém para falar por elas; elas já sabem, digo eu, tomar conta de seu pedaço"... "Esse, porém, é um assunto, diz ele, sobre o qual ela sozinha não pode falar, outra pessoa deve falar por ela, pois se trata de uma coisa fundamental, diz ele, realmente para seu rumo"... "A quem importa, digo eu, o rumo de minha filha? Parece-me, digo eu, uma vez que se fala de rumo, que eu sou o pai de minha filha até cento e vinte anos, ou não?"... "É verdade, diz ele, você é o pai de tua filha; você é, porém, cego em relação à tua filha, tua filha anseia entrar em outro mundo, e você não a compreende, ou não quer compreendê-la"... "Se eu talvez não a compreendo, digo eu, ou não quero compreendê-la, isso é outra coisa; sobre isso nós podemos conversar um pouco; mas o que tem isso a ver, paizinho, com você?"... "Tem a ver comigo, e muito, diz ele, porque ela está agora sob minha guarda?"... "Como assim, digo eu, sob tua guarda?"... "Significa que ela está agora sob minha custódia", diz ele, e me olha direto nos olhos, enquanto despenteia a bela barba desfeita. Eu por certo dou um pulo em meu assento: "Quem? Minha filha está sob tua custódia? Com que direito?" Digo e sinto que começo a ser tomado pela raiva. Diz ele para mim, com todo sangue frio e com um sorriso: "Vê se não esquenta, Tevel! Devagar, diz ele, vamos considerar a coisa com calma. Você sabe, diz ele, que eu não sou, valha-me Deus, teu inimigo, embora você seja judeu; você sabe, diz ele, que eu aprecio os judeus, e me dói o coração por eles, devido à teima em que se trancam e não querem entender que se pensa em favor deles"... "De favores, digo eu, não deves agora, paizinho, falar comigo, pois cada palavra que ouço de ti agora é para mim uma gota de veneno mortal, digo eu, uma punhalada no coração. Se você é tão bom amigo meu, como dizes, peço-lhe então um único favor: deixa minha filha em paz." "Você é uma tola criatura, diz ele para mim, à tua filha não acontecerá, Deus o proíbe, nenhum mal; uma grande felicidade a espera agora, diz ele; ela vai ficar noiva – assim Deus me salve." "Amém!, digo eu, com uma aparente risadinha, enquanto no coração arde um inferno! Quem é ele, por exemplo, o noivo, digo eu, se é que sou digno de saber?"... "Você deve conhecê-lo, diz ele, é um bravo e honesto rapazinho, e muito bem instruído, até por si mesmo, e está apaixonado por tua filha, quer casar com ela, mas não pode, porque ele não é judeu." "Khvedke!", penso comigo mesmo, e um estranho calor rebenta em minha cabeça, e um frio suor me invade, mal consigo ficar sentado no carrinho. Mas demonstrar isso para ele – nunca, ele não viverá para vê-lo! Eu puxo as rédeas do cavalinho, dou-lhe uma chicotada de trás para cima e toca pra casa, sem ao menos um passe bem... Chego em casa, *oi-oi-oi!*, um reboliço!

As meninas, com os rostos enterrados nos travesseiros, choram, minha Golde está mais no outro mundo do que neste... Procuro Have, onde está Have? Have não está!... Perguntar onde ela está, eu não quero. Nem preciso perguntar, ai e pobre de mim! Sinto o gosto do sofrimento da "danação do pecador no túmulo", um fogo arde dentro de mim, não sei contra quem... Eu pegaria apenas alguma coisa e sozinho me esbofetearia... e ponho-me a gritar com minhas filhas e despejo meu amargo coração sobre minha mulher. Não encontro lugar para mim. Saio então e vou até a cocheira para dar de comer ao cavalo e encontro-o solto com uma pata do outro lado da trave. Pego então um pedaço de pau e começo a desancá-lo, tirar-lhe a pele, quebrar-lhe os ossos: "Que o fogo te devore, azarado meu! Por tua vida, se é que eu tenho para ti um grãozinho de aveia sequer! *Tzores*, aflições, se você quiser, eu posso te dar, misérias com angústias, com pragas, com desgraças!"...

Falo assim com o cavalinho, mas logo considero que é uma pobre criatura viva, inocente, o que tenho eu contra ela? E despejo-lhe um pouco de palha picada e prometo-lhe, se Deus quiser, mostrar-lhe no *Schabes* um "h no livro de reza", dar-lhe uma boa porção de feno, e volto a entrar em casa, enterro-me na cama e fico ali deitado no tormento das feridas abertas, e a cabeça – e a minha cabeça quase explode de tanto pensar, refletir e apreender o sentido disso, o que será que isso quer dizer? "Qual a minha falta e qual o meu pecado, com o que eu, Tévye, pequei mais do que o mundo inteiro para que eu seja castigado mais do que todos os judeus? Ai, Senhor do Universo, Senhor do Universo! 'O que somos e o que será nossa vida?' Quem sou eu de especial para que estejas pensando em mim o tempo todo, Tu me tens em mente e não me deixas fora de onde quer que haja uma coisa ruim, uma agrura, um infortúnio?"

E enquanto fico pensando assim, deitado sobre brasas quentes, ouço como minha mulher, coitada, geme, arranca da gente um pedaço do coração. "Golde, digo eu, você está dormindo?"... "Não, diz ela, o que há?" "Nada, digo, estamos bem mal arranjados; talvez, digo eu, você tenha uma ideia: o que fazer?"... "Você me pede, diz ela, ideias, quando sofro tanto, ai pobre de mim! Uma filha levanta-se de manhã, forte, veste-se, diz ela, me cobre de beijos e abraços, e chora e não diz por quê; pensei que ela, Deus não queira, tinha perdido o juízo! Pergunto a ela: 'O que você tem, filha?' Ela não diz nada e, em dado momento, sai correndo para junto das vacas e desaparece. Espero uma hora, espero duas, espero três – onde está Have? Nada de Have! Digo então para as meninas: 'Vamos, deem um pulo por um minutinho até a casa do padre?'"... "De onde você sabia, Golde, digo eu, que ela estava na casa do padre?" "De onde eu sabia? – diz ela. Ai e pobre de mim! Então, diz ela, eu não tenho olhos? Então, não sou a mãe dela?"... "Se você tem olhos, digo eu, e é a mãe dela, por que ficou calada e não me contou?" "Contar para você? Quando é que você está em casa? – diz ela. – E se eu te conto, acaso você me ouve? Quando se conta alguma coisa a você, você vem logo com um versículo; você enche a cabeça com versículos e com isso fica livre"...

Assim ela, digo Golde, fala para mim, e eu escuto como ela chora no escuro... Um pouco de razão ela tem, penso comigo mesmo, pois o que entende uma mulher? E me dói o coração por ela, não consigo ouvir como geme e como chora. Digo-lhe então: "Veja, Golde, você está zangada, digo, porque para tudo eu tenho um versículo; preciso lhe responder também sobre isso com um versículo; está escrito entre nós, digo eu, 'Como o pai tem piedade de seus filhos' – um pai ama seus filhos. Por que não está escrito, digo eu, 'Como a mãe tem piedade de seus filhos', que uma mãe ama seus filhos? Porque uma mãe não é um pai; um pai, digo eu, pode falar de outro modo com um filho. Você vai ver, digo eu, se Deus quiser, amanhã irei vê-la"... "Tomara, diz ela, que você possa vê-la amanhã, e ele também. Ele não é má pessoa, diz ela, embora seja um pope, mas ele tem pena das pessoas, diz ela. Você lhe peça, caia de joelhos, talvez ele tenha dó de você"... "A quem, digo eu, ao padre, apagado seja seu nome?... Devo curvar-me, digo eu, diante do padre? Você está louca, digo eu, perdeu o juízo? 'Não abra a boca para o diabo', digo eu, meus inimigos não viverão para ver isso!"... "Ó! Está vendo? Você, diz ela, já está começando!"...

"O que então, digo eu, o que está pensando? Que vou deixar me conduzir por uma mulher? Que vou viver, digo eu, com tua inteligência de mulher?"... Foi em conversas assim que passamos a noite. Mal soa o primeiro cocoricó do galo, levanto-me, faço a minha reza, pego no meu chicote e vou, por certo, direto à casa do padre. Como diz o senhor, mulher é de fato mulher, mas para onde mais devia eu ir? Para o fundo do inferno?...

Em resumo, entro no pátio da casa dele, seus cachorros me recebem com um belo bom-dia e querem acertar meu *kapote* e experimentam as panturrilhas de minhas pernas judaicas, se elas são bastante boas para seus dentes caninos... Sorte que levei comigo o chicote e os fiz entender o versículo "Nenhum cão deve mostrar a língua contra ti", quer dizer: não deixe um cachorro ladrar em vão... Diante do barulho da cachorrada com os meus gritos, saíram o padre e sua mulher, a custo dispersaram o alegre bando e convidaram-me a entrar na casa, receberam-me como uma mui bela visita, quiseram preparar para mim o samovar. Mas eu digo que o samovar não é necessário, que tenho algo para falar, digo eu, entre quatro olhos. Ai, o idólatra se deu conta do que se tratava, fez um sinal à sua cara-metade para que tivesse a bondade de fechar a porta do outro lado – e eu entrei direto no assunto, sem quaisquer preâmbulos, e perguntei-lhe se ele acreditava em Deus... E depois se sabia o gosto do que significa separar um pai de um filho a quem se ama... E mais ainda que me dissesse o que se chama, segundo o seu entendimento, uma boa ação e o que se chama um pecado... E mais uma coisa eu desejaria que ele me esclarecesse: o que pensava de uma pessoa que se introduz em casa de outrem e quer fazer aí uma revolução, mudar tudo de lugar, as cadeiras, com as mesas, com as camas?...

É claro que ele fica sentado, pasmado, e me diz: "Tevel, você é uma pessoa inteligente, diz ele, e, no entanto, você pega e propõe de uma vez tantas perguntas e quer, diz ele, que eu te responda numa batida só. Tenha tempo, diz ele, eu te responderei primeiro o que vem primeiro, e depois as que vêm depois"... "Não, paizinho fiel, digo-lhe, você não vai responder a isso jamais. Sabe por

quê? Porque os teus pensamentos, eu sei de antemão quais são, responda-me antes, digo eu, sobre o seguinte: posso ainda ter esperança de tornar a ver minha filha, ou não?" Ele se ergue de um salto: "O que quer dizer – tornar? À tua filha, queira Deus, nada acontecerá, muito ao contrário!"... "Eu sei, digo, eu sei, vocês querem fazê-la feliz! Não é disso que estou falando, digo; eu quero saber onde está minha menina, e se posso me encontrar com ela?"... "Sim, tudo pode, diz ele para mim, mas isso não!"... "É assim que se fala, digo eu, palavras claras, palavras curtas! Passe bem, digo eu, e que Deus te pague, em dobro do dobro!"...

E volto para casa e encontro minha Golde na cama enrolada como um novelo negro e já sem lágrimas nos olhos de tanto chorar. Digo-lhe: "Levante-se, minha mulher, tire os sapatos e vamos nos sentar para o luto dos sete dias, o *schive* como Deus mandou, 'Deus deu, Deus tirou' – nós não somos os primeiros, nós não seremos os últimos. Por exemplo, façamos de conta, digo eu, que nunca tivemos uma Have, ou, por exemplo, digo eu, uma Hodel, que partiu para longe de nós, atrás das 'montanhas das trevas', e só Deus sabe se algum dia haveremos de vê-la... O Senhor, digo eu, é um Deus misericordioso e clemente, Ele sabe o que faz!"...

Assim alivio o meu coração e sinto que as lágrimas me sufocam, ficam em mim atravessadas como um osso na garganta. Mas Tévye não é mulher, Tévye se contém! Imagine, isso é falar por falar, pois primeiro vem a vergonha!... E, segundo, como posso eu me conter, quando se perde em vida uma menina assim, um *barliantn*, um brilhante assim, que está tão entranhada no coração, quer no meu, quer no de sua mãe, quase mais do que de todas as meninas, eu não sei por quê. Talvez porque, quando criança, era muito doente, suportou todos os males que há no mundo; houve tempo em que passamos junto dela noites inteiras; algumas vezes nós a arrancamos, simplesmente a arrancamos da morte, nós a reavivamos como se reaviva uma pequena corça pisada, pois, quando Deus quer, Ele faz da morte, vida, como está escrito no *Halel*, nos *Salmos*: "Não morrerei, mas viverei" – se não se está destinado a morrer, não se morre... E talvez seja porque ela é uma boa menina, dedicada, que sempre nos adorou a ambos, mas então surge a questão: como se explica que ela nos faça uma coisa dessas? Será que, primeiro, assim é nossa sorte? Não sei como o senhor pensa – eu creio em Providência. E, segundo, isto é *klipe*, uma casca do diabo, uma coisa tramada, algum feitiço? O senhor pode rir de mim, mas eu lhe direi que não sou um tolo tão grande a ponto de acreditar em duendes, capetas, tinhosos, demos e outras bobagens parecidas; mas em feitiço, veja o senhor, acredito, pois que outra coisa é isso, senão feitiço? Escute o que vou lhe contar em seguida e o senhor sozinho dirá o mesmo...

Em resumo, quando os livros sagrados dizem: "Queiras ou não, tens de viver" – uma pessoa não tira a própria vida à toa. Não há chaga que não se cure, e tamanha desgraça que não se esqueça, quer dizer, esquecer não se esquece, mas o que fazer? "O homem é como o animal que perece" – o homem tem de trabalhar, suar, penar, esfalfar-se por causa do pedaço de pão. Nós nos lançamos, pois, todos, ao trabalho: minha mulher e filhas às vasilhas, eu ao cavalo-e-carrinho, e "O mundo segue o seu curso..." – o mundo não para. Recomendo em casa que não se deve nem lembrar nem pronunciar o nome de Have: não existe! Apagado – e pronto! E juntei um pouco de leite, manteiga, queijo, mercadoria fresquinha, e me dirigi para Boiberik à procura de meus fregueses.

Chego em Boiberik, uma festa, uma alegria: Como vai o senhor, *reb* Tévye? Por que não se tem visto o senhor? "Como vou? – Como diz o versículo, 'Restaura os nossos dias como nos velhos tempos', o mesmo azarado que antes; uma de minhas vaquinhas, digo eu, morreu"... "Que história é essa, dizem eles, que com o senhor acontecem todos os milagres?" e o pessoal me criva de perguntas, cada um em separado, qual de minhas vaquinhas morreu? Quanto isso me custou? E quantas vaquinhas me restaram? E riem, estão animados; como de costume, os ricos ficam alegres diante de um pobretão, um azarado, depois do almoço, quando o bem-estar mora no coração e lá fora está bonito e quente e verdejante, e dá vontade de tirar uma soneca... Mas Tévye é uma pessoa que se deixa gracejar. Nem pensar que outrem irá saber o que se passa no meu coração! E liquidado o negócio com todos os fregueses, dirijo-me, com todos os vasilhames, de volta para casa, através da floresta, solto o cavalinho, para que vá devagar e mordisque às escondidas uma haste de capim, eu sozinho mergulho em meus pensamentos e conjecturas, reflito a respeito de tudo que o senhor quiser: a propósito da vida e da morte, deste mundo e do outro mundo, e do que é um mundo assim e do que vive uma pessoa, e coisas semelhantes, para que eu afugente tais ideias, quer dizer, para que eu não reflita a respeito dela, isto é, de Have. E, como de propósito, ela não para de voltar à minha cabeça, precisamente ela, Have quero dizer, ela surge à minha frente com sua figura, alta, bonita e viçosa como um pinheiro, ou então quando ainda era pequenina, doentinha, um esqueletinho, um franguinho em meus braços, a cabecinha jogada sobre meus ombros: "O que você quer, Havele? Um pedacinho de pão? Um pouquinho de leite?"... E eu esqueço por um momento o que ela aprontou, e sou atraído por ela do fundo do coração, e a alma suplica, anseia por ela... Mas então volto a lembrar-me do que aconteceu, e o sangue me sobe, e um fogo se acende em meu coração contra ela e contra ele e contra o mundo inteiro e contra mim mesmo porque não consigo esquecer por um só minuto; por que não posso apagar, arrancar isso do coração? Ela não terá merecido isso, de minha parte? Foi realmente para isso que Tévye precisou ser um judeu entre judeus, esfalfar-se todos os dias de sua vida, lavrar com o seu nariz a terra, criar os filhos, para que eles peguem e de repente se arranquem à força, se desprendam como uma pinha da árvore e sejam levados embora com o vento e a fumaça?... Veja, por exemplo – penso comigo mesmo – uma árvore cresce, um carvalho no bosque, aparece uma pessoa com um machado, corta um ramo e mais um ramo e mais um ramo: o que é uma árvore sem ramos, ai de mim? É melhor você, filho do homem, pegar e abater a árvore inteira, e que se acabe com isso de uma vez. Para que alongar a vida de um carvalho nu na floresta?!...

E enquanto estou assim absorto nesses pensamentos, sinto de repente que meu cavalinho se deteve – *stop*! O que é isso? Levanto os olhos, dou uma olhada – Have!... A mesma Have de antes, sem um fio de cabelo a menos, até a roupa não mudou!... A primeira coisa que me vem à cabeça – é saltar do carro e abraçá-la e beijá-la... Mas logo um pensamento me puxa para trás: "Tévye, o que você é, uma mulher?" E dou uma puxada no cavalinho: "Eia, azarado!" – E tomo a direita. Dou uma espiada – ela também à direita me acena com a mão como quem fala: "Para um momento, eu preciso lhe dizer algo"... sinto um rasgo dentro de mim e uma pinicada no coração, e solto mãos e pernas; lá vou eu pular do carro! Mas me contenho, dou um estirão na rédea do cavalinho e tomo a esquerda – ela também à esquerda olha-me com um estranho olhar selvagem e o rosto morto... O que fazer? – penso comigo mesmo – Devo parar ou seguir adiante? E antes que eu me dê conta, ela já segura o cavalinho pelo freio e me diz: "Pai! Eu morro se você se mexer do lugar! Peço-lhe que me ouça antes, pai-paizinho!"... "Eh! – penso comigo mesmo. – Você quer me pegar à força? Não, coração meu! Se é assim, então é sinal que você não conhece teu pai"... E eia! chicoteio o cavalinho a mais não poder. E meu cavalinho obedece, salta, galopa, mas vira a cabeça para trás, abana nesse ínterim as orelhas. "'Não julgue o vaso por seu conteúdo' – anda, digo lhe, não olhe para lá, meu sabichão, para onde não se deve olhar"... E eu, sozinho, acha o senhor que não sinto vontade de virar a cabeça para trás e dar uma olhada, pelo menos uma olhada para lá, para o lugar onde ela ficou parada?... Mas, não, Tévye não é mulher. Tévye sabe como se deve lidar com Satã, o acusador...

Em resumo, não quero, como diz o outro, falar demais e abusar de seu tempo. Se for meu destino sofrer o castigo do pecador no seu túmulo, com isso eu já o expiei por certo, e quanto ao gosto da Geena e das torturas do gancho do inferno, com todos os outros sofrimentos ardentes, que são descritos em nossos sagrados livros, eu lhe direi! Durante todo o caminho que percorro tenho a impressão de que ela corre atrás do carro e grita: "Ouça-me, pai--paizinho!"... E um pensamento me atravessa voando: "Tévye! Você confia demais em si próprio! O que te incomoda se você parar por um instante e ouvir o que ela quer? Talvez ela tenha algo para te dizer que você precise saber? Talvez, quem sabe, ela esteja arrependida e queira voltar? Talvez ela esteja, lá com ele, comendo o pão que o diabo amassou e te pede que você a ajude a sair do inferno..." Talvez e talvez e uma porção desses "talvezes" passam voando em minha cabeça, e ela aparece à minha frente quando criança, e me lembro então do versículo: "O pai tem piedade dos filhos" – não há filho mau para um pai, e eu me atormento e digo a meu próprio respeito, que não mereço clemência, que não valho a terra que me carrega! O quê? O que você está cozinhando aí, maluco teimoso? O que tanto você bate no tambor? Pega, homem cruel, vira o carrinho para voltar e faz as pazes com ela, ela é tua filha e de ninguém mais!... E entram na minha cabeça essas ideias e pensamentos tão estranhos e esquisitos: que coisa é essa ser judeu e não ser judeu?... E por que Deus criou judeus e não judeus?... E já que Deus criou, sim, judeus e não judeus, por que estão eles tão separados uns dos outros, não podendo um olhar para a cara do outro, como se este fosse filho de Deus e o outro não?... E isso me aborrece, embora eu seja tão versado, como outros, nos livros sagrados e profanos, para que eu possa encontrar para isso uma justa resposta... E para afugentar tais pensamentos, começo a entoar um salmo: "Felizes aqueles que habitam Tua casa, eles Te louvam para sempre!" Eu rezo, quer dizer, as preces do entardecer em alta voz e com melodia, como Deus prescreveu. Mas o que resulta do entoar e do rezar, se dentro, no coração, canta uma outra melodia: "Have! Have! Have!"... E quanto mais alto eu canto o "Felizes", mais alto canta em meu íntimo a "Have", e quanto mais eu quero esquecê-la, tanto mais nitidamente ela se ergue diante de meus olhos, e a mim parece que escuto sua voz clamando: "Ouça-me pai-paizinho!"... E eu tapo meus ouvidos, para não escutá-la, e fecho os olhos, para não vê-la, e rezo as Dezoito Bênçãos, e não ouço enquanto rezo, e confesso os meus pecados, e não sei por que, e minha vida está transtornada, e eu próprio estou transtornado, e falar eu não falo a ninguém sobre aquele meu encontro, e não falo com ninguém a respeito dela, e não pergunto por ela a ninguém, embora eu saiba, eu saiba muito bem, onde ela está e onde ele está e o que eles fazem, mas que uma praga me pegue se de minha boca alguém souber algo disso, os meus inimigos não hão de ver o dia em que eu me queixe disso com alguma pessoa. Eis que tipo de criatura é Tévye!...

Eu gostaria de saber se todos os homens são assim ou se somente eu sou um louco desses? Por exemplo, às vezes acontece... O senhor não vai rir de mim? Receio que o senhor vai rir de mim... Às vezes acontece que visto o *kapote* sabático e me dirijo à estação, e já estou pronto a pegar o trem e viajar para lá, para junto deles, eu sei onde eles moram... Chego junto ao bilheteiro e peço que me dê uma passagem. Ele me pergunta: "Para onde?" Eu lhe digo: "Para Iehupetz". Ele me responde: "Uma cidade assim não existe aqui..." Digo: "A culpa não é minha..." E volto para minha casa. Tiro o *kapote* sabático e retorno ao trabalho, ao meu leite, queijo e manteiga e ao meu cavalo e carrinho, como está escrito lá no versículo: "Cada pessoa para a sua atividade, cada homem para o seu trabalho" – o alfaiate para a tesoura e o sapateiro para o banquinho de remendão... Ah, sim, o senhor ri de mim? O que foi que eu lhe disse? Sei até o que o senhor está pensando: "Esse Tévye aí é realmente um pouco amalucado!"... Por isso digo que: "Até aqui se diz no Grande Sábado" – quer diz, para hoje basta... Passe bem, tenha saúde e força, e escreva-me suas cartinhas dando notícias. Mas, pelo amor de Deus, não esqueça o que lhe pedi: nem um pio, quero dizer, que o senhor não faça disso um livrinho. E se o senhor tiver ocasião de escrever, escreva então a respeito de um outro, não de mim; esqueça-se de mim, como reza o versículo: "Deves esquecê-lo" – acabou-se Tévye, o leiteiro...

SCHPRINTZE

[Escrito no ano de 1907]

O senhor merece um grande e largo "a paz seja convosco", *pani* Scholem Aleikhem, o senhor e todos os seus filhos. Faz um bocado de tempo que não nos vemos. Ai-ai, quantas águas já correram! Quantas aflições nós dois e Israel inteiro suportamos nesses vários anos: uma Kischinev[1], uma *cosnetutzie*, uma armação com *pogroms*, com todas as desgraças, todas as misérias – ah, tu, Senhor do Universo!... Só fico admirado em relação ao senhor, não me leve a mal pelo que vou lhe dizer, que o senhor não mudou em nada, um cabelo sequer, que não haja mau olhado, que não haja mau olhado! Mas olhe só para mim: como rabi Eliezer "quase nos setenta" – eu ainda não fiz sessenta e veja como Tévye ficou branco! Há um proverbiozinho, "A preocupação cresce com os filhos", é o que se tem dos filhos! E quem já teve tanta preocupação com os filhos quanto eu? Um novo golpe me atingiu com minha filha Schprintze, um que ultrapassa todas as desventuras pelas quais passei até aqui, e veja, no entanto, nada, vive-se, como está escrito lá: "Queiras ou

1. O relato se passa no século XIX, quando esse território estava sob domínio da Rússia tsarista.

não, tens de viver" – ainda que você se rebente, inimigo de Sion, cantando a cançãozinha:

> De que me serve a vida, de que me serve o mundo inteiro,
> Se não tenho sorte, se não tenho dinheiro?

Em resumo, como está escrito lá no *peirek*: "Quis o Santíssimo, abençoado seja, conceder o mérito..." – Deus quis fazer um favor a seus judeus, por isso nos enviou uma desgraça, uma praga, uma *cosnetutzie*, ai, uma *cosnetutzie*! Sobreveio então de repente a maior confusão entre os nossos ricaços, uma correria de Iehupetz para o estrangeiro, supostamente para as termas quentes, nervos, banhos salinos, tudo o que se quiser... E visto que eles caem fora de Iehupetz, Boiberik, com seu ar, com sua floresta e com suas *datches* de veraneio, fica na pior, enterrada, fundo-fundo, como dizemos no Louvado seja Aquele que Falou: "Bendito aquele que se compadece da terra..." Mas o que então? Afinal, há um grande Deus sobre o mundo, que toma conta de sua gente pobre coitada, para que eles se esfalfem mais um pouco nesta terra, por isso mesmo tivemos um verão que foi um *oi-oi-oi* de bom! Vieram correndo até nós, em Boiberik, de Odessa e de Rostov, e de Iekaterinoslav, e de Mohilev, e de Kischinev, milhares de milhares de ricaços, ricos muito ricos! Parece que lá a *cosnetutzie* é ainda mais forte do que entre nós em Iehupetz, porque os judeus de lá correm, não param de correr. Mas então se pergunta: Por que correm para cá, junto de nós? Ai vem a desculpa: Por que os nossos correm para junto deles? Já se tornou um costume nosso, abençoado seja o Nome – quando chega o tempo em que se começa a falar de *pogroms*, os judeus começam a correr de uma cidade para outra, como consta do versículo: "E viajaram e acamparam, e acamparam e viajaram...", cuja interpretação é: venha ter comigo, que vou ter contigo... Por enquanto Boiberik, o que importa isso ao senhor?, ficou abarrotada de homens, mulheres e crianças, e crianças gostam de lambiscar, e leite, manteiga e queijo são necessários, e obtê-los onde, senão com Tévye? De que lhe adiantam muitas palavras, Tévye entrou na moda. De todos os lados: Tévye e Tévye! *Reb* Tévye, pra cá! *Reb* Tévye, pra mim! Quando Deus quer, por que o senhor pergunta?

"E houve um dia", acontece uma história, era véspera de *Schvues*, eu chego com um pouco de mercadoria à casa de uma de minhas freguesas, uma jovem viúva e rica, de Iekaterinoslav, que veio com seu filho, Arontschik é o nome dele, a fim de passar o verão em Boiberik; e isso o senhor entende, afinal de contas, sozinho, que a primeira pessoa com quem ela estabeleceu contato em Boiberik foi por certo comigo. "Recomendaram-me, diz ela, a viúva, quero dizer, que o procurasse porque com o senhor a gente encontra o melhor em matéria de leite, queijo e manteiga." "Como pode ser diferente? – digo eu para ela, para a viúva, quer dizer. – Não é à toa, digo eu, que o rei Salomão diz que um nome se faz ouvir, como um *schoifer* em todo o mundo, e se o senhor quiser, digo eu, quero lhe contar o que diz sobre isso o *Medresch*." Ela, a viúva, quero dizer, me interrompe, e me diz que é uma viúva e não é experiente, diz ela, nessas coisas. Ela não sabe com que se come isso... O essencial, diz ela, é que a manteiga seja fresca e o queijo gostoso... Vê se vale a pena conversar com uma mulher!...

Em resumo, comecei a entrar na casa da viúva de Iekaterinoslav, o que lhe importa, duas vezes por semana; toda segunda e quinta-feira, pontualmente, como um calendário, entregava-lhe a pequena porção de leite, manteiga e queijo, sem perguntar antes se ela precisava ou não, tornei-me ali uma pessoa de casa e, como de costume, comecei a observar o modo como ela conduzia as coisas, meti o nariz na cozinha, disse um par de vezes o que julguei necessário dizer, na primeira vez, naturalmente, recebi uma esfrega da criada para que eu não me metesse, não espiasse em panelas alheias, na outra vez deram ouvidos às minhas palavras, e na terceira me pediram realmente um conselho, porque ela, a viúva, quero dizer, percebeu quem Tévye é. Isso foi tão longe que ela me revelou sua mágoa, sua dor, sua infelicidade – Arontschik! Como é possível, ele já é um rapaz de vinte e tantos anos, diz ela, e quer saber só de cavalinhos, só de velocípedes, só de pescar uns peixinhos, além disso, nada, não quer saber de mais nada! Ele não quer ouvir falar, diz ela, de negócios, de dinheiro; ficou-lhe uma bela herança do pai, quase um milhão, se desse ao menos, diz ela, uma cheirada nisso! Só sabe gastar, diz ela, é mão aberta a sua! "Onde é que ele está, digo eu, o rapaz? A senhora mande apenas ele me procurar, digo eu, vou conversar um pouco com ele, vou lhe pregar um pouco de moral, alguns versículos, trazer-lhe uma história do *Medresch*"... Ela ri: "Sabe de uma coisa, diz ela, é melhor o senhor lhe trazer um cavalinho e não uma história do *Medresch*!"

Nesse meio tempo, enquanto assim falávamos, "chegou o menino" – entra o rapaz, Arontschik, quero dizer, um rapagão, um pinheiro, um mocetão cheio de saúde, sangue e leite, e ele usa um largo cinturão, com o seu perdão, sobre as calças, com um relojinho enfiado no cinto, com mangas arregaçadas acima dos cotovelos. "Onde você esteve?", pergunta-lhe a mãe. "Andei de barco, diz ele, e peguei uns peixes"... "Um belo trabalho, digo eu, para um mocinho como o senhor; lá, em sua cidade vão lhe quebrar os ossos, digo eu, e aqui o senhor vai pegar uns peixinhos!" Dou uma olhada para a minha viúva: vermelha como um pimentão, em todos os tons. Ela sem dúvida contava que seu filho certamente iria me agarrar pelo colarinho com braço forte e me golpear como o Senhor golpeou os egípcios com "signos e símbolos" – isto é, com duas bofetadas, quer dizer, e me jogar fora como se joga uma panela de barro. Bobagem! Tévye não tem medo de tais coisas! Eu, quando tenho algo a dizer, digo!

Assim foi, assim veio a ser. Meu rapaz, quando ouviu de mim tais palavras, apenas recuou um pouco, cruzou os braços atrás, me examinou do alto da cabeça até a ponta dos pés, soltou um assobio algo estranho e, de repente, desandou a rir, a tal ponto que nós dois, eu e ela, fomos tomados de medo: será que o rapaz, Deus não queira, não ficou louco por um instante? E o que hei de lhe dizer? Nós, isto é, eu e ele, nos tornamos desde então amigos, bons amigos! Devo lhe confessar: o rapaz me agradou, quanto mais passava o tempo, mais me agradava; apesar de charlata e esbanjador, e a mão já por si aberta demais, e ainda por cima um tanto amalucado. Por exemplo, se ele encontra um pobre, enfia a mão no bolso, pega o que tem e entrega-lhe sem contar. Quem faz isso?... Ou tira o seu próprio paletó, bom, inteiro, novo, e dá ao outro – mas quando se conversa, um zureta... Deus tenha misericórdia da mãe! Ela se lamentava comigo: O que fazer? E ela me pede que eu converse um pouco com ele. Eu lhe fiz a vontade: por que economizaria o esforço? Custaria dinheiro? Sentei-me, pois, com o rapaz e comecei a lhe contar histórias, moer parábolas, esfregar versículos, lascar *medroschim*, como Tévye sabe fazer. E ele, apesar de tudo, gostava de me ouvir, de me inquirir a respeito do modo como eu vivo, como me conduzo em casa. "Sinto vontade, diz ele, de lhe fazer uma visita alguma vez, *reb* Tévye!"... E eu lhe digo: "Se a gente sente vontade de visitar Tévye, digo eu, a gente pega e dá uma volta alguma vez até a minha chácara; você tem, afinal de contas, digo eu, cavalinhos e velocípedes em número suficiente. Em caso de necessidade, digo eu, você é bastante crescido para caminhar até com seus próprios pés, não é longe, é preciso, digo eu, apenas atravessar a floresta"... "Quando é que o senhor, diz ele, está em casa?" "A mim só se pode encontrar em casa, digo eu, no sábado, ou nos dias de festa. Espera, digo eu, sabe de uma coisa? Veja, daqui a oito dias, se for vontade de Deus, teremos *Schvues*; se quiser, digo eu, dar um passeio até nós, na chácara, minha mulher há de o regalar com umas *blintzes*, umas panquecas no leite tão gostosas que nem os nossos antepassados, no Egito, comeram!" Então ele me pergunta: "O que significa isso? O senhor bem sabe, diz ele, que sou fraco em matéria de versículos do Livro"... "Sei, digo eu, que o senhor é fraco nisso; se tivesse estudado no *heider*, como eu, saberia o bastante para ser 'a mulher do rabino'". Ele ri e me diz: "Bem, o senhor me tem, diz ele, como hóspede; vou visitá-lo, *reb* Tévye, no primeiro dia de *Schvues*, com alguns conhecidos, para as *blintzes*, mas cuide para que estejam, diz ele, quentes!" "Mais quentes do que o fogo do inferno, digo eu, da frigideira direto para a boca!" E volto para casa e digo à minha querida: "Golde, temos convidados para *Schvues*!" Diz ela: "Parabéns para você, quem é?" Digo eu: "Isto, você vai saber mais tarde; trata apenas de preparar os ovos; queijo e manteiga há, graças a Deus, o suficiente; você vai fazer *blintzes*, digo eu, para quatro pessoas, mas para pessoas daquelas que gostam da comida, mas não sabem nada, digo eu, do que Raschi ensina"... "Decerto, diz ela, já se agarrou a ti um azarado da terra dos esfomeados?" "Você é tola, Golde! Primeiro, digo eu, não seria uma desgraça tão grande se fartássemos, digo, um homem pobre com *blintzes* de *Schvues*; e segundo, fique sabendo, minha esposa querida, minha piedosa e virtuosa Golde, que um de nossos convidados para *Schvues* será o filhote da viúva, digo eu, aquele que chamam de Arontschik, eu já te falei dele." "Se é assim, diz ela, é outra coisa"... O poder dos milhões! Até minha Golde, quando sente o cheiro do dinheiro, torna-se completamente outra pessoa. É, o mundo é assim... o que pensa o senhor? Tal como consta lá dos *Salmos*: "Prata e ouro são obras das mãos do homem" – o dinheiro enterra uma pessoa...

Em resumo, chegou a luminosa e verde festa de *Schvues*. Como tudo fica bonito, verde, iluminado e cálido na minha chácara quando chega *Schvues*, eu não preciso lhe contar. O maior ricaço entre vós desejaria ter um céu tão azul, com uma floresta tão verde, com pinheiros tão cheirosos, com uma relva tão refrescante, pasto para as minhas vaquinhas que ficam ali paradas ruminando e olhando para você diretamente nos olhos, como quem diz: "Deem-nos todas às vezes uma grama como esta que o leite nós não lhes economizaremos!"... Não, diga o que quiser, o senhor pode me oferecer o melhor negócio para que eu saia do povoado para a cidade, que eu não farei a troca. Onde é que o senhor tem na cidade um céu assim? Como dizemos nos *Salmos*: "Os Céus são do Senhor" – é um Céu de Deus!... Na cidade, quando o senhor levanta a cabeça, o que vê? Um muro, um telhado, uma chaminé, mas onde é que o senhor tem lá uma árvore assim? E se uma arvorezinha se perdeu por aí, em algum lugar entre vocês, será que vocês a esconderam debaixo de um *kapote*? Em suma, eles, meus convidados, não conseguiam parar de admirar quando vieram em *Schvues* à minha chácara. Eles chegaram, todos os quatro rapazes, cavalgando seus cavalinhos, corcéis um melhor do que o outro. E quanto a Arontschik, não há o que falar – montava um cavalinho, digo ao senhor, um verdadeiro animal de raça! O senhor não o compraria com trezentos rublos! "Bem-vindos sejam, caros hóspedes! – digo-lhes. – Foi em honra de *Schvues* que vocês vieram cavalgando? Não tem importância, digo eu, Tévye não é dos grandes *tzadikim*, dos santos justos mais piedosos, e se vocês, com a graça de Deus, forem açoitados, digo eu, no outro mundo, não vou sentir nenhuma dor... Ei, Golde! Veja só que fiquem prontas as *blintzes*, e manda trazer a mesa para cá, ao ar livre, eu não tenho, digo eu, em casa nada para mostrar às visitas... Ei, Schprintze! Taibel! Beilke! Onde estão vocês? Mexam-se!"... Assim vou dando ordens às minhas filhas, e logo elas trazem para fora uma mesa com cadeiras, com uma toalha de mesa, com pratos, garfos, sal – e de fato logo depois chega Golde com as *blintzes*, quentes, fervendo, direto da frigideira, deliciosas, suculentas, como bolo de mel! E meus hóspedes não se cansam de elogiá-las.

"Por que você está ainda parada? – digo eu para Golde. – Pega e repete o versículo mais uma vez, hoje é *Schvues*, digo eu, é preciso, pois, recitar duas vezes o salmo "Agradeço-Te!" E minha Golde não tem preguiça, enche mais uma vez a travessa, e Schprintze serve a mesa. De repente, dou uma olhada para o meu Arontschik e vejo que ele não para de fitar minha Schprintze – não tira os olhos dela! O que será que ele viu nela de tão especial?... "Coma, digo-lhe, por que não come?"... Ele me responde: "O que mais estou fazendo?" "Está olhando, digo eu, para a minha Schprintze"... A gargalhada é geral e minha Schprintze também ri. E todo mundo está alegre, todos se sentem bem!... Vá adivinhar que dessa alegria resultará um tormento, uma praga, uma lamentação, um castigo de Deus sobre minha cabeça, que me deixou arrasado e desgraçado!... Mas não é nada! O homem é tolo. Uma pessoa inteligente não pode entregar-se ao coração e deve compreender que assim como as coisas são, assim devem ser, pois se devessem ser de outro modo, elas não seriam como são! Afinal, nós não dizemos nos *Salmos*: "Lança sobre o Senhor o teu fardo" – deixe a cargo de Deus, Ele já se incumbirá de fazer com que você esteja enterrado bem fundo, nove palmos debaixo da terra, assando rosca e dizendo ainda: Também isso é para o bem! Ouça o que pode acontecer no mundo, mas com atenção, pois é aqui que começa a verdadeira história.

"E foi tarde, e foi manhã." – Um dia, ao entardecer, volto para casa, torrado pelo sol e extenuado de tanto correr pelas *datches* em Boiberik, e encontro na minha casa, do lado de fora, amarrado à porta, um cavalo conhecido, eu poderia jurar que era a montaria do Arontschik, o corcel que eu tinha avaliado antes em trezentos rublos. Chego perto do cavalo e com uma mão dou-lhe uma palmada por trás e com a outra uma coçada de frente no pescoço e um afago na crina. "Querido, digo-lhe, meu belo rapaz! O que você está fazendo aqui?" Então ele vira o gracioso focinho e dá uma olhada para mim com olhos inteligentes, como quem diz: "Por que o senhor está perguntando a mim? Pergunte ao meu patrão"... Eu entro em casa e pego minha mulher: "Diga-me, Golde querida, o que faz Arontschik aqui?" Ela me responde: "De onde vou saber? Pois ele é da tua gente!" "Onde ele está?" "Ele foi, diz ela, com as meninas passear na floresta"... "Que passeio é esse de repente?", digo à minha mulher e peço-lhe que me sirva a comida. Terminada a refeição, começo a remoer: "Por que está assim tão transtornado, Tévye? Se uma pessoa vem à tua casa, de visita, é preciso ficar tão virado? Pelo contrário"... E enquanto estou assim pensando, dou uma espiada: minhas meninas vêm vindo com o sujeito, trazem nas mãos ramos de flores colhidas, à frente as duas mais jovens, Taibel e Beilke, e atrás – minha Schprintze com Arontschik. "Boa noite!" "Bom ano!" Meu Arontschik fica ali parado, com um ar um tanto estranho, acaricia o cavalo, com um capinzinho preso na boca, e me diz: "*Reb* Tévye! Quero fazer um negócio com o senhor, vamos trocar de cavalinhos." "O senhor não achou ninguém, digo eu, para rir-se dele?" Ele me replica: "Não, estou falando a sério". "Ah, sim, digo eu, está falando a sério? Quanto custa, por exemplo, o seu corcel?" "Em quanto, diz ele, o senhor o avalia?" "Eu acho que ele vale, digo eu, receio muito, não menos do que trezentos 'rublotes', e talvez com uma esticada." Ele cai na gargalhada e afirma que o garanhão custa mais do que três vezes tanto, e me diz: "Bem? Fazemos uma troca?" Não gostei da conversa: Como assim, ele vai trocar o seu garanhão pelo meu azarão!... Digo-lhe então que adie o negócio para outra ocasião, e pergunto-lhe brincando: se ele viera realmente por causa disso? Se assim for, digo eu, não valeu o custo... Aí, ele me responde com toda seriedade: "Eu vim até aqui, na verdade, por outro motivo; se o senhor quiser se dar o trabalho, vamos passear um pouquinho." Que passeio é esse que deu nele? – Penso comigo mesmo e vou andando com o rapaz até o bosquezinho. O sol já se havia posto de há muito, o verde das ramagens já parece escuro, as rãs coaxam nos charcos, e a relva cheira que é uma delícia para a alma! Arontschik caminha e eu caminho, ele se cala e eu me calo. Depois ele se detém, dá uma tossida, e me diz: "*Reb* Tévye! O que diria o senhor, por exemplo, se eu lhe dissesse que eu gosto de sua filha Schprintze e quero que seja minha noiva?" "O que eu diria? – digo eu – Eu diria que se deve riscar um louco da lista e pô-lo em seu lugar"... Ele fica me olhando e me diz: "O que quer dizer?" E eu lhe digo: "Quer dizer isso mesmo!" Diz ele: "Não estou entendendo." Digo eu: "É sinal que você não é inteligente demais, como consta do versículo: 'O sábio tem olhos na cabeça', isto significa: ao inteligente basta uma piscada, ao tolo só a pau"... Diz ele para mim, como que ofendido: "Eu estou lhe falando sem rodeios e o senhor me responde com suas tiradas e versículos!" Digo eu: "Cada *hazn* canta como pode e cada pregador prega como sabe; se você quer saber que pregador você é, converse antes sobre o assunto com sua mãe, ela lhe deixará isso claro, digo eu, com toda exatidão"... "O senhor me considera, ao que parece, diz ele, um menino que precisa perguntar tudo à mamãe?"... "Certamente, digo eu, você deve perguntar a sua mãe, e sua mãe lhe dirá com certeza que você é um tonto, e ela terá razão"... "E ela terá razão?" – diz ele para mim. "É certo que ela terá razão, que noivo é você, digo eu, para a minha Schprintze? Que par é minha Schprintze para você? E o principal, que *mekhuten* sou eu para sua mãe?"... "Se é assim, diz ele para mim, o senhor está cometendo um grande engano! Eu não sou um menininho de dezoito anos e não estou procurando *makhtunem* para minha mãe, eu sei quem o senhor é, e quem sua filha é, e eu gosto dela, e é assim que eu quero, e assim será!"... "Não me leve a mal, digo eu, se o interrompo; vejo, digo eu, que com uma das partes você já está pronto; mas você já está seguro também, digo eu, com a outra parte?"... Diz ele para mim: "Não sei ao que o senhor se refere"... "Refiro-me à minha filha, Schprintze quero dizer, se você já falou disso com ela, digo eu, o que diz ela?"... Ele fica como que ofendido e me diz com um sorriso: "Que pergunta é essa? É claro que falei com ela, diz ele, e não foi uma vez só, várias vezes, eu venho aqui, diz ele, todos os dias"... O senhor está ouvindo? Ele vem aqui todos os dias, e eu não sei de nada!... "Besta em forma de homem! É preciso dar a você palha para mastigar, Tévye! Se você se deixar levar assim, vão te comprar e vender sem que você perceba, sua cavalgadura!"... – Fico pensando assim comigo mesmo, enquanto caminho de volta com Arontschik, e ele se despede da minha gente, pula para cima de seu cavalo, e sai a galope – direto para Boiberik...

E agora, vamos deixar o príncipe, como diz o senhor em seus livrinhos, e nos voltar para a princesa, para Schprintze, quero dizer... "Responda-me, filha, o que vou te perguntar, digo eu: conte-me apenas, o que o tal de Arontschik combinou com você a respeito de uma coisa dessas, digo eu, sem o meu conhecimento?"... Esta árvore responde alguma coisa? Assim é que ela responde! Ficou vermelha, baixou os olhos, como uma noiva, encheu as bochechas como se a boca estivesse cheia de água – e nem um pio!... Silêncio! Bah!, penso de mim para comigo. Você não quer falar agora, você falará mais tarde um pouco... Tévye não é mulher; ele tem tempo! E fico à espera, pois, como se diz, chegará o dia, vem o instante em que me encontro a sós com ela, e digo-lhe: "Schprintze, quero lhe perguntar, diga-me: Você conhece ao menos esse Arontschik?"... Diz ela: "Claro que o conheço"... "Você sabe, digo eu, que ele é um assobiador?"... Ela me pergunta: "O que quer dizer um assobiador?"... Eu lhe respondo: "Uma noz vazia que apita, um boa-vida"... Diz ela: "Está enganado, Arnold é uma boa pessoa"... "Ele já se chama, para você,

Arnold, e não Arontschik, o charlatão?" Diz ela: "Arnold não é charlatão, Arnold tem bom coração; Arnold, diz ela, vive numa casa de gente corrompida, diz ela, que só sabe de dinheiro e mais dinheiro"... "Ah, sim, digo eu, você, Schprintze, já se tornou também uma filósofa esclarecida e também já passou a detestar o dinheiro?"...

Em resumo, percebo pela conversa que a coisa entre eles já vai um tanto longe, e voltar atrás já é um pouco tarde, pois eu conheço a minha gente. As filhas de Tévye, eu já lhe disse uma vez, Deus as preserve, quando se prendem a uma pessoa, é com toda a vida, com a alma, com o coração! E penso comigo mesmo: "Paspalhão! Por que você há de querer ser, Tévye, mais sábio do que o mundo inteiro? Talvez isso seja coisa de Deus. Talvez seja do destino que precisamente através de Schprintze, tão doce e tão quieta, você seja ajudado, recompensado por todos os golpes e sofrimentos que você até agora suportou, tenha uma boa velhice e saiba algum dia o que vem a ser uma boa vida no mundo. Talvez seja do destino você ter uma filha milionária. O que há? Não é digno de você?... Onde está escrito que Tévye deve permanecer um pobretão para sempre, arrastar-se eternamente com o cavalinho e com o queijo e a manteiga por causa dos ricaços de Iehupetz, para que eles tenham com o que encher a pança?... Quem sabe, talvez me tenham designado do alto para que eu, na velhice, melhore alguma coisa no mundo, me torne um benfeitor e hospitaleiro guardião dos necessitados, e talvez para que eu me sente com judeus versados para estudar a *Toire*?" E outras tantas coisas parecidas, esses ricos e dourados pensamentos sobem à minha cabeça, como está escrito na prece da manhã em "Que a honra": "Muitos pensamentos abriga o coração do homem" – diz um gentio, distinção seja feita: "O pobre enriquece com seus próprios pensamentos!"... E eu entro em casa e levo minha velha para termos uma conversa: "O que aconteceria, por exemplo, digo eu, se nossa Schprintze fosse uma milionária?" Ela me pergunta então: "O que quer dizer essa história de milionária?" Digo eu: "Uma milionária quer dizer a mulher de um milionário"... Ela pergunta: "Um milionário quer dizer uma pessoa que tem um milhão"... Aí ela me pergunta: "Quanto é um milhão?" Digo eu: "Se você é tão tapada e não sabe quanto é um milhão, o que tenho eu para falar com você?"... Diz ela: "Quem está te pedindo para falar?" – E ela também tem razão.

Em resumo, passa-se um dia. Ao chegar à noitinha em casa, pergunto: "Arontschik esteve aqui?" – Não, não esteve... Passa-se mais um dia: "O rapaz esteve?" – Não, não esteve... E eu procurar a viúva em sua casa com um pretexto, não fica bem para mim; não quero que ela pense que Tévye luta por esse partido... E por falar nisso, eu sentia que para ela isso devia ser como "uma rosa entre espinhos" – como uma quinta roda para o carro. Embora eu não entenda, pergunto: Por quê? Por que eu não tenho um milhão? Mas eu tenho agora uma *makhteineste*, uma milionária. E ela tem por *mekhuten* a quem? – Um homem pobre, um pobretão, um Tévye, o Leiteiro; agora, quem tem mais estirpe, eu ou ela? ... Eu vou lhe dizer a pura verdade, não tanto por causa do bom partido, como por causa da própria disputa. "O diabo que leve o pai e a mãe deles, os ricaços de Iehupetz, que saibam eles quem Tévye é!... Até agora só se falava de Brodski e Brodski, como se os outros não fossem gente, em absoluto!"...

Pensando assim, venho de volta de Boiberik para casa e, quando chego, minha velha vem ao meu encontro com alvoroço: "Um emissário, um incircunciso, há pouco esteve aqui, de Boiberik, a mando da viúva, para que você vá imediatamente para lá, pode ser de noite, que você atrele o cavalinho e siga já, precisam que você esteja lá sem falta!"... "O que os deixou, digo eu, tão impacientes? Por que estão, digo eu, com tanta pressa?" – E lanço um olhar para a minha Schprintze – Ela cala. Somente seus olhos falam, e como falam! Ninguém compreende o coração dela como eu... Fiquei o tempo todo com medo, quem sabe o que pode acontecer, tudo isso pode dar em nada, por isso despejei em cima dele, desse Arontschik, tudo o que pude, disse que ele é assim e que ele é assim – vi, porém, que isso grudava como melancia na parede, minha Schprintze se apaga como uma vela. Tornei a atrelar meu cavalinho no carro e tomei o rumo de Boiberik, já à noitinha. No caminho, penso comigo mesmo: "Por que estão me chamando com tanta urgência? Para um compromisso? Para uma festa de noivado? Afinal de contas, ele podia ter vindo falar comigo, julgo eu, por enquanto sou eu o pai da noiva!" E eu mesmo desato a rir deste pensamento: Onde se viu neste mundo que o rico procure o pobre? Salvo se já for o fim do mundo, os tempos do Messias, como aqueles mocinhos, aquela turma de gaiatos, querem me convencer, de que logo virá uma época em que o ricaço e o pobre serão iguais, o que é meu é teu e o que é teu é meu, tudo ao Deus dará, sem dono! Um mundo inteligente, parece – e uns animais como estes! Eh-eh-eh!

Com tais pensamentos cheguei a Boiberik e me dirigi diretamente à *datche* da viúva, paro o cavalinho – Onde está a viúva? Não tem viúva alguma! Onde está o rapaz? Não há rapaz nenhum! Quem foi então que me chamou? "Eu o chamei!" – É o que me diz um judeuzinho baixo e roliço com uma barbicha rala e com uma grossa corrente de ouro sobre a barriguinha. "Quem, digo, é o senhor?" "Eu sou irmão da viúva e tio de Arontschik... Mandaram me chamar, diz ele, por telegrama, de Iekaterinoslav, e eu acabei de chegar, agora"... "Se é assim, o senhor merece um *scholem aleikhem*"... Vendo que eu havia me sentado, diz ele para mim: "Sente-se." Digo eu: "Obrigado, já estou sentado. Então, como vai o senhor? Como anda entre vocês, digo eu, a *cosnetutzie*?" Sobre isso, ele nada me responde, mas se esparrama na cadeira de balanço, as mãos nos bolsos, exibe a corrente de ouro com a barriguinha e se dirige a mim com a seguinte linguagem: "O senhor é chamado de Tévye, parece-me?"... "Sim, digo eu, quando sou chamado à *Toire*, chamam-me: 'Levante-se *reb* Tévye, filho de *reb* Schneiur--Zalman'"... "Ouça o que vou lhe dizer, *reb* Tévye, diz ele para mim. De que nos servem longas conversas? Vamos, diz ele, direto ao assunto, ao negócio quero dizer"... "Pois não, digo eu, o rei Salomão já disse, de há muito: 'Tudo tem o seu tempo' – Quando se diz negócio, é negócio... Eu sou, digo eu, um homem de negócios"... "Isto se vê, diz ele, que o senhor é um homem de negócios, por isso mesmo quero falar com o senhor comercialmente; quero que o senhor me diga, mas falando claro, quanto isto vai nos custar no todo?... Mas falando claro!"... "Se é para falar claro, digo eu, não sei o que o senhor está falando"... "*Reb* Tévye! – Diz ele para mim mais uma vez e não quer tirar as mãos dos bolsos. – Eu lhe pergunto, diz ele, quanto nos vai custar no todo este casamento?" "Depende, digo eu, de que casamento o senhor tem em mente? Se está pensando em um casamento grandioso, como é próprio de sua gente, eu não tenho condição." Ele põe em cima de mim um par de olhos e me diz assim: "Ou o senhor se faz de tonto ou é de fato tonto... embora o senhor até não tenha nada de tonto, pois se fosse, diz ele, não teria atraído o meu sobrinho, diz ele, a um lamaçal, convidando-o à sua casa a pretexto das *blintzes* de *Schvues*, pondo em seu caminho uma bela moça, seja ela sua filha ou não seja, não vou, diz ele, tão longe, e ele gostou dela, diz ele, quer dizer, ela lhe agradou, bem, e ele a ela decerto, disso nem se fala, diz ele, eu não vou lhe dizer, diz ele, que é possível que ela seja uma menina honesta e toma isso, coitada, a sério, eu não vou tão longe... O senhor, porém, não pode esquecer, diz ele, quem o senhor é e quem nós somos? O senhor é um judeu inteligente, como pode, pois, permitir algo assim, que Tévye, o Leiteiro, que nos traz queijo e manteiga, seja nosso *mekhuten*?... Mas, e o fato de que eles deram um ao outro a palavra? Eles terão de retirá-la! Não há nisso nenhuma grande desgraça, diz ele; se custar alguma coisa para que ela o liberte da palavra dada, pois não, diz ele, nada temos contra isso. Uma moça não é um rapaz, diz ele. Seja ela filha, ou não seja, não quero ir tão longe!", diz ele... "Senhor do Universo! – penso comigo mesmo – O que ele quer de mim?"... Ele continua a falar, enchendo minha cabeça: que eu não pense, diz ele, que vai dar certo se eu armar um escândalo, trombetear por toda a parte que seu sobrinho, diz ele, quis casar com a filha de Tévye, o Leiteiro... E que eu devia tirar da cabeça, diz ele, que sua irmã é uma pessoa de quem se pode arrancar dinheiro... Por bem, diz ele, pois não, pode-se, diz ele, pegar alguns rublos; como que, diz ele, uma esmola... A gente é, afinal de contas, gente que precisa alguma vez ajudar uma pessoa...

Em resumo, o senhor quer saber o que lhe respondi? Eu, ai e pobre de mim, nada lhe respondi, fiquei, como diz o senhor, com a língua grudada – como se isso me tivesse tirado a fala! Levantei-me, virei-me com o rosto para a porta – e não estou mais lá!... Safei-me como de um incêndio, como de uma prisão!... As palavras daquele homem zumbiam na minha cabeça, faiscavam nos meus olhos e chiavam nos meus ouvidos: "Falando claro"... "Seja sua filha, ou não"... "Uma viúva para arrancar dinheiro"... "Como que uma esmola"... Fui até o meu cavalo e meu carrinho, enfiei a cara dentro da brisca e – o senhor vai rir de mim? – e cai no choro, chorei e chorei! E depois de ter chorado o suficiente e, sentado na boleia, ministrado ao cavalinho, coitado, o quanto ele podia aguentar, só então perguntei a Deus como Jó, antigamente, havia perguntado: "O que foi que você viu no velho Jó, Deus meu, que você não o larga por um minuto? Não há mais judeus no mundo? E eu chego à minha casa e encontro minha turma, que não haja mau-olhado, alegre. Estão todos jantando, só falta a Schprintze. "Onde está a Schprintze? – pergunto. "O que há, perguntam-me, por que o chamaram?" E eu digo mais uma vez: "Onde está a Schprintze?" E elas me dizem de novo: "O que há?" Eu respondo: "Nada, o que pode haver? Tudo está calmo, graças a Deus; de *pogroms* não se houve falar"... A estas palavras entra Schprintze, dá uma olhada em meus olhos, senta-se à mesa, como se aquilo se não fosse com ela, como se não se estivesse falando dela... No seu rosto nada se pode reconhecer, mas seu silêncio já é demais, fora do que seria natural... Além disso, não me agrada vê-la ali sentada, pensativa, obedecendo a tudo que lhe ordenam; se lhe dizem: senta – ela senta; se lhe dizem: coma – ela come; se lhe mandam andar – ela anda; e se a chamam – ela dá um pulo... Eu olho para ela e meu coração se aperta, e um fogo me queima por dentro – contra quê, eu não sei... Oh, Tu, Senhor do Universo, nosso Deus! Por que me castigas assim, pelo pecado de quem?!

Em resumo, o senhor quer saber como foi o fim? Um fim assim eu não desejo ao pior inimigo, e não se pode desejá-lo a ninguém, pois a maldição sobre os filhos é a pior maldição do capítulo das repreensões da *Toire*! De onde sei eu que alguém não me tenha amaldiçoado com os filhos? O senhor não acredita nessas coisas? Mas o que é isso então? Se não, ouçamos a sua explicação... Mas o que nos adianta ficar especulando? Então, ouça o fim, vou lhe contar. Certa vez, à noite, volto de Boiberik com o coração pesado: calcule a humilhação, o vexame; além disso, a dó e pena da menina!... E a viúva, o senhor perguntará? E o filho? – Que viúva? Que filho? Foram embora e nem se despediram! É uma vergonha contar: até restou comigo uma pequena dívida de queijo e manteiga... Mas não é disso que falo, decerto esqueceram... Falo do despedir-se: ir embora e nem sequer despedir-se!... O que a menina sofreu, disso não sabia nenhum ser humano, exceto eu, porque sou pai e um coração de pai sente... E por acaso o senhor pensa que ela, ao menos, me disse meia palavra? Lamentou-se? Ou chorou alguma vez? Que nada! O senhor não conhece as filhas de Tévye! Calada, fechada em si, consumia-se, tremulava como a luz de uma vela! De vez em quando, escapa-lhe um suspiro, mas um suspiro de tal ordem que arranca um pedaço do coração! Em suma, volto assim com meu cavalinho para casa, absorto em tristes pensamentos e reflexões; faço perguntas ao Senhor do Universo e respondo a mim próprio. Já não me aborreço tanto com Deus – com Deus eu já me reconciliei; aborreço-me, sim, com as pessoas: por que são elas tão más, quando podem ser boas? Por que as pessoas amargam a vida quer do próximo, quer a sua própria, quando está em suas mãos viverem felizes e contentes? É possível que Deus tenha criado os homens para que expiem neste mundo?... De que lhe serviu isto? ... Com tais pensamentos entro na minha chácara e avisto de longe, junto ao dique, um ajuntamento de pessoas, camponeses, camponesas, raparigas, rapazes e crianças a perder de conta. O que poderia ser? Incêndio não é; decerto um afogado, alguém se banhava junto ao dique e encontrou a morte. Ninguém sabe onde o anjo da morte o espera, como dizemos na prece do Ano Novo e do Dia do Perdão *Unessana Toikef*, "E nós haveremos de proclamar o poderio..." De repente vejo minha Golde correndo, o xale solto, as mãos estendidas para frente, e adiante dela minhas filhas, Taibel e Beilke, e todas as três aos gritos, gemendo, em pranto: "Filha! Irmã! Schprintze!!"... Salto do carro, eu não sei como não explodi em pedaços, e quando correndo cheguei até o rio, já era depois de tudo...

....

O que eu queria lhe perguntar?... Sim! O senhor já viu alguma vez um afogado? Nenhuma vez?... Uma pessoa quando morre, morre na maioria das vezes com olhos fechados... Em um afogado os olhos estão abertos – O senhor não sabe a razão, porque isso é assim? ... Não me leve a mal pelo tempo que lhe roubei, e a gente mesmo tem obrigações: é preciso ir ao carro e ao cavalinho e é preciso distribuir aos fregueses um pouco da mercadoria. É preciso ter em mente o rublo também – e esquecer o que houve. Porque aquilo que a terra cobre, tem de ser esquecido, dizem, e quando se é uma pessoa viva, não se pode cuspir a alma. Não adianta esperteza, e devemos voltar ao velho versículo, segundo o qual "Enquanto tiveres uma alma no corpo...", toca adiante, Tévye!... Passe bem, e quando o senhor se lembrar de mim, não se lembre com raiva.

TÉVYE VIAJA PARA A TERRA DE ISRAEL

Contado por Tévye, o Leiteiro, viajando de trem

[Escrito no ano de 1909]

Bem-vindo seja! Como vai, *reb* Scholem Aleikhem? Isto que é hóspede! Nem havia sonhado! Receba, pois, um *scholem aleikhem*. Quantas vezes tenho pensado e pensado: por que será que a gente não o vê há tanto tempo, nem em Boiberik, nem em Iehupetz? Quem pode dizer o que acontece: talvez ele tenha legado os poucos rublos e se contrabandeado para lá onde não se come rabanete com *schmaltz*? E, por outro lado, penso com os meus botões: será possível que ele cometa tamanha tolice? Pois ele é gente, uma pessoa inteligente, pode crer! Bem, graças a Deus, louvado seja seu nome, a gente se vê com saúde, como está escrito no versículo: "Montanha com montanha nunca se encontram..." – mas, gente com gente ... O senhor está me olhando, *pani*, como se não me reconhecesse? Sou eu, seu velho amigo, Tévye. "Não olhe para o jarro, olhe para o conteúdo" – não olhe para um judeu porque ele veste um *kapote* novo. Este é o mesmo azarado Tévye de antes, não diminuiu em um fio de cabelo sequer; apenas quando se veste roupa sabática, a gente se sente um pouco diferente, como um rico, porque, quando se viaja para fora e se está entre outras pessoas, não pode ser de outro modo, e ainda mais, quando se faz uma viagem tão longa, até a Terra de Israel, e isso é uma ninharia? O senhor está me olhando e pensa: como é possível que um homenzinho tão reles, como Tévye, que comerciava com laticínios, tenha conseguido o que só pode se permitir na velhice alguém que seja uma espécie de Brodski? Acredite em mim, *pani* Scholem Aleikhem, "tudo é questionável" – o versículo está certo em tudo e por tudo. Afaste apenas um pouco, por favor, a sua maletinha até ali, que eu me sentarei à sua frente e lhe contarei uma história. O senhor ouvirá então do que Deus é capaz.

Em resumo, devo dizer-lhe, antes de tudo, que fiquei viúvo, oxalá isso não lhe aconteça, minha Golde morreu, paz à sua memória. Era uma mulher simples, sem espertezas e sem malícia, mas muito piedosa. Que ela interceda lá por suas filhas, ela aguentou o suficiente por causa delas e talvez por causa delas tenha se ido deste mundo, não pôde suportar que elas tenham debandado uma para *lissi* e a outra para *strissi*. "Pobre de mim, diz ela, o que é o meu mundo sem filha nem novilha? Guardada a diferença, uma vaca, diz ela, também sente saudade, quando desmama seu vitelinho"... É assim que ela, Golde quero dizer, fala para mim, e chora, entrementes, com lágrimas amargas. E eu vejo que a mulher se consome, dia após dia, como uma vela, derramo-lhe por certo o meu coração cheio de pena e lhe digo o seguinte: "Veja, Golde querida, há um versículo, digo eu: '[Julgue-nos] como filhos, ou como servos' – com filhos é o mesmo do que sem filhos, digo eu; temos um grande Deus, e um bom Deus, e um Deus poderoso, digo eu; no entanto, tenha eu tantas bênçãos, quantas vezes o Senhor do Universo, digo eu, apronta um trabalhinho que, digo eu, aos inimigos poderia ser dado algo assim"... Ela, porém, que me perdoe, é uma mulher e me diz: "Você está pecando, Tévye, não se pode pecar, diz ela". "Ora veja só, digo eu, acaso estou dizendo alguma coisa má? Estou indo, Deus o proíba, contra os caminhos do Altíssimo?, digo eu. Pois uma vez que Ele criou tão bem o seu mundinho, que filhos não são filhos, digo eu, e pai e mãe são como lama, Ele sabe decerto o que tem a fazer"... Mas ela não entende o que falo e me responde patavina: "Eu estou morrendo, Tévye, quem vai cozinhar tua janta?"... Diz ela para mim baixinho e fita-me com olhos que podem comover até uma pedra. Mas Tévye não é mulher, eu lhe respondo, pois, com um ditado, e com um versículo, e com um *medresch*, e mais outro: "Golde, digo eu, você me foi dedicada tantos anos, você não vai agora, na velhice, digo eu, me fazer de bobo", e dou uma olhada para a minha Golde – almíscar! "O que há com você, Golde?", digo eu. "Nada", diz ela para mim, mal e mal consegue falar. Eh! Vejo que o jogo é para o diabo, pego e atrelo o cavalinho e rumo para a cidade e trago um doutor, o melhor doutor. Entro em casa – tarde demais! Minha Golde já está deitada no chão com uma velinha à cabeceira e parece um montinho de terra que tivesse sido juntado e recoberto de preto, e eu ali parado, penso: "Então é isto que resta de todo ser humano? – Este é o fim do homem? Ah, tu, Senhor do Universo, o que aprontas para o teu Tévye! O que vou fazer agora, na velhice, que a desgraça caiu sobre mim?" E foi assim que comecei a desabar até o chão... E vá protestar em vão! O senhor está escutando o que vou lhe dizer? Quando se vê a morte diante de si, a gente tem de se tornar um descrente e começa a cismar: "O que somos e o que é nossa vida?" – O que é todo este mundo com suas metamorfoses, que rodam com os trens, que correm loucamente com todo o tumulto por todos os lados, e até Brodski com seus milhões – tudo é vaidade, nada de nada!

Em resumo, eu lhe contratei um *Kadisch*, para Golde, descanse ela em paz, paguei adiantado pelo ano inteiro da reza. Não tive alternativa, uma vez que Deus me castigou e não me deu varões, mas somente mulheres, apenas filhas e mais filhas, o que não desejo a nenhum bom judeu! Não sei se todos os judeus sofrem tanto com suas filhas ou se apenas eu sou um infeliz tão azarado que não tem sorte com elas? Quer dizer, contra as minhas filhas mesmo, nada tenho, e a sorte está na mão de Deus. O que elas me desejam nos seus votos – gostaria que me acontecesse pelo menos a metade. Elas são dedicadas demais e o que é "demais" é excessivo. Veja, por exemplo, minha caçula, Beilke é o seu nome, sabe lá o senhor que menina é essa? O senhor me conhece, graças a Deus, há um ano mais uma quarta-feira e sabe que eu não sou aquele pai que se põe a elogiar seus filhos, assim sem mais nem menos. Mas quando se vem a falar de minha Beilke, devo dizer-lhe não mais do que "três coisas" isto é, duas palavras: desde que Deus lida com Beilkes, uma Beilke assim Ele nunca criou. Bem, de beleza não há o que falar. As filhas de Tévye, o senhor sabe sozinho, têm fama no mundo de serem as mais belas formosuras. Mas ela, Beilke quero dizer, põe todas elas no chinelo, quando se fala de lindeza – não há comparação. Diante de minha Beilke é preciso realmente dizer com as palavras de uma *eisches-khaiel*, uma guerreira, uma mulher de valor: a mentira do encanto – eu não falo de beleza, falo do caráter. Ouro, ouro puro, digo-lhe! Sempre fui para ela a nata do leite, mas desde que minha Golde morreu, descanse ela em paz, acrescentado seja o que ela viveu a menos à vida de minha Beilke – desde então o pai se tornou para ela a menina dos olhos! Não deixava que caísse sobre mim um grãozinho de poeira. Eu já dizia para mim mesmo: o Senhor do Universo é como dizemos na prece do Ano Novo, Ele é o misericordioso "cuja piedade vem antes de sua ira" – Ele envia o remédio antes da praga. Apenas, é difícil saber o que é pior, o remédio ou a praga? Vá ser profeta e adivinhe que Beilke, por minha causa, iria vender-se por dinheiro e depois despachar o pai, na velhice, para a Terra de Israel! Compreenda, é apenas um modo de falar, ela é tão culpada nisso, exatamente como o senhor. A culpa toda é dele, o seu eleito, não quero amaldiçoá-lo, tomara que um paiol caia em cima dele! E talvez, se quisermos pensar bem, escarafunchar um pouco mais fundo, é possível que eu sozinho seja mais culpado de todos, pois é taxativo na *Guemore*: "A culpa é do homem"... Mas, que bela coisa é essa, juro, que eu deva explicar ao senhor o que o *Guemore* diz!

Em resumo, não quero segurá-lo por muito tempo. Passou-se um ano e mais um ano, minha Beilke cresceu, tornou-se, não haja mau olhado, uma moça casadoura, e Tévye continua a fazer seu negócio, como sempre, com o cavalo e o carrinho ele leva o pouco de leite e manteiga que produz, no verão para Boiberik, no inverno para Iehupetz, que um dilúvio caia sobre esta, como caiu sobre Sodoma! Não consigo olhar essa cidade, e não tanto a cidade em si, como as pessoas, e não todas as pessoas, mas uma delas – Efroim, o *schadkhen*, o casamenteiro, que o diabo leve o pai do pai dele! Escute só que o senhor vai saber o que um casamenteiro é capaz de aprontar.

"E houve o dia", certa vez, em meados do mês de Elul, chego a Iehupetz com um pouco de minha mercadoria. Dou uma espiada – "e Haman veio" –, Efroim, o *schadkhen*, vem vindo! Uma vez eu já lhe falei dele. Efroim é um judeu até importuno, mas quando alguém o avista, é obrigado a se deter – tal é a força que este homem tem em si... "Escute só, meu caro espertalhão, digo eu ao meu cavalinho, espera aí um momento que vou te dar algo pra mastigar." E eu paro Efroim, o casamenteiro, estendo-lhe meu cumprimento e inicio uma conversa com ele, de longe: "Como andam seus negócios?" Ele dá um suspiro gostoso e me diz: "Bem amargos!" Digo eu: "Por exemplo?" Diz ele: "Não há o que fazer"... Digo eu: "Absolutamente nada?" Diz ele: "Absolutamente!" Digo eu: "Que história é essa?"... Diz ele: "A história é que os noivados não são mais hoje em dia fechados aqui"... Digo eu: "Onde então é que são fechados?" Diz ele: "Em algum lugar, no estrangeiro"... "O que faz então um homem como eu, por exemplo, se a avó de meu avô nunca esteve lá?"... Diz ele para mim e me dá uma pitada de rapé: "Para o senhor, *reb* Tévye, tenho um bom pedaço de mercadoria aqui mesmo"... Digo eu: "Por exemplo?" "Uma mulher viúva, sem filhos, com cento e cinquenta rublos, era cozinheira em todas as grandes casas"... Fico olhando para ele e digo-lhe: "*Reb* Efroim, a quem o senhor pensa propor esse partido?" Diz ele: "Para quem hei de propor? Ao senhor"... Digo eu: "Que todos os maus sonhos caiam sobre as cabeças de meus inimigos!" E dou, de leve, uma chicotada no meu cavalo e quero seguir caminho. Então Efroim me diz: "Não se zangue, *reb* Tévye, talvez eu o tenha ofendido. Diga-me, então, em quem o senhor pensou?" Digo eu: "Em quem eu havia de pensar, senão em minha caçula?"... O homem dá um pulo e lasca uma palmada na testa: "Quieto! Ainda bem que o senhor me lembrou, longa vida pro senhor, *reb* Tévye!" Digo eu: "Amém, que o senhor também viva até a vinda do Messias. Mas, digo eu, por que todo esse seu alvoroço?"... "É bom, *reb* Tévye, diz ele, é extraordinariamente bom, não pode ser melhor no mundo inteiro!"... Digo eu, "Ou seja, qual é a bondade?"... Diz ele: "Eu tenho para a sua caçula um par, é uma sorte grande, um afortunado, um ricaço, um homem poderoso, um milionário, um Brodski, um empreiteiro de obras e chamar ele se chama Podhotzur!"... "Podhotzur[1]? Um nome que me é familiar, da Escritura, do *Humesch*"... Diz ele: "E eu com o *Humesch*? Que *Humesch*, qual *Humesch*? Ele é um empreiteiro, o Podhotzur, ele constrói casas, muros, pontes, esteve no Japão durante a guerra, voltou com um tesouro cheio de ouro, sai em coches puxados por fogosos corcéis, com lacaios à porta, com uma banheira dentro de casa, com móveis de Paris, com um anel de brilhante no dedo, mas um homem ainda nada velho, solteiro, um verdadeiro sujeito de primeira! Ele procura uma moça bonita, pode ser quem seja, ande ela nua ou descalça, contanto que seja uma beldade!"... "Xô! – Digo-lhe eu. – Se o senhor voar assim, digo eu, sem pasto, iremos parar em *Hotzeklotz*[2], *reb* Efroim, em Deus sabe onde. Se não me engano, digo eu, o senhor me propôs o mesmo partido para a minha filha mais velha, Hodel", digo eu... Ao ouvir de mim essas palavras, ele, Efroim quero dizer, se segura pelos flancos e desata a rir e eu pensei que o homem ia ter uma apoplexia. "Ahá!, diz ele, o senhor se lembrou disso, uma história de quando minha avó deu à luz ao primeiro filho! Aquele faliu antes ainda da guerra e fugiu para a América!"... "Abençoada seja a memória do justo, digo eu, talvez este, digo eu, também vá para lá?" Ele fica fora de si, o casamenteiro quero dizer: "Por que está falando isso, *reb* Tévye? Aquele, diz ele, era um cabeça de vento, um charlatão, um gastador, e este é um empreiteiro, um fornecedor da guerra, com

1. O nome e relação que Tévye estabelece com a *Torá* refere-se, ao que parece, pela similaridade, com Pedhatzur, filho de Gamliel, chefe da tribo de Manassés, conforme *Números* 2,20.

2. É provável que Tévye esteja aludindo a *Hotzeplotz*, designação coloquial de uma cidade proverbial por sua lonjura.

uma contadoria, com empregados, com... com... com..." O que hei de lhe dizer? O *schadkhen* se esquentou de tal maneira que me tirou da carroça e me pegou pelas lapelas e me sacudiu tanto tempo até que um policial se aproximou e quis levar os dois para o posto. Sorte que me lembrei do versículo: com a polícia é preciso saber como tratar...

Em resumo, para que vou prendê-lo por muito tempo? Aquele Podhotzur ficou noivo de minha caçula, Beilke, quero dizer, e demorou um pouco até que armamos o dossel do casamento. Por que digo que demorou um pouco? Porque ela, Beilke, quero dizer, não queria aquele noivo, como não se quer morrer. Quanto mais Podhotzur insistia com presentes, com reloginhos de ouro e com anéis de brilhantes, mais ela se aborrecia dele. A mim não é preciso enfiar um dedo na boca para provar as coisas, eu o percebia muito bem por seu rosto, por seus olhos e por seu choro, que ela chorava em silêncio. Até que um dia eu me decidi e, de passagem, lhe falei do seguinte modo: "Ouça, Beilke, receio que o teu Podhotzur te é tão querido e tão doce quanto o é para mim..." Ela fica vermelha como fogo e me diz: "Quem te disse isso?" Respondo-lhe: "O que é então esse choro durante noites inteiras?" Diz ela: "Por acaso eu choro?" Digo eu: "Não, você não chora, mas soluça. Você acha, digo eu, que, escondendo a cabeça no travesseiro, você pode esconder de mim, digo eu, tuas lágrimas? Você acha que teu pai é uma criança, digo eu, que o cérebro dele secou e ele não entende, digo eu, que você faz isso por causa de teu velho pai? Você quer assegurar-lhe uma boa velhice, que ele tenha um lugar onde encostar a cabeça, que ele não precise, Deus não queira, pedir esmola de casa em casa? Se você assim acha, você é, digo eu, uma grande tola, digo eu. Nós temos um grande Deus, digo eu, e Tévye não é dos 'dez *batlonim*' que vá ficar sentado em cima do pão de caridade, e dinheiro, digo eu, é lama, como está no versículo. Um sinal disso você tem, digo eu, veja tua irmã Hodel que é uma boa pobretona, no entanto, leia o que ela me escreve de lá onde o diabo perdeu as botas, digo eu, do fim do mundo, e de como ela se julga feliz com o seu azarado Pimentinha!"... Pois bem, vá ser atilado e adivinhe que resposta ela me deu, Beilke quero dizer? "Não me compare com Hodel, diz ela. Hodel pertence a uma época em que o mundo inteiro, diz ela, se embalava, julgava-se que logo, logo, iria virar de ponta cabeça, por isso, diz ela, as pessoas se preocupavam com o mundo; e agora que o mundo é o mundo, diz ela, cada um se preocupa consigo mesmo e do mundo todo mundo se esqueceu"... Foi assim que ela me respondeu, Beilke, quero dizer, e vá entender o que ela tem em mente!

E então? O senhor sabe como são as filhas de Tévye? O senhor devia vê-la debaixo do dossel – uma princesa! Fiquei ali parado, espelhando-me nela e pensando comigo mesmo: "Esta é a Beilke, filha de Tévye? Onde foi que ela aprendeu a colocar-se assim, a andar assim, a manter a cabeça assim, a vestir-se assim, a ponto de assentar-lhe como se moldado sobre ela?"... Mas não me deixaram espelhar-me longamente nela. Pois no mesmo dia do casório, por volta das cinco e meia da tarde, o parzinho levantou-se e adeus para os que ficam – partiu com o expresso para lá onde o diabo perdeu as botas, para a "Natália" (Itália), como é a moda entre os grandes, e só voltou perto de *Hanuque*; foi quando mandaram me chamar, queriam que eu fosse, pelo amor de Deus sem falta, imediatamente, para Iehupetz. Logo me entrou na cabeça: uma das duas, se desejam apenas que eu vá, mandariam dizer simplesmente venha e fim. De que serve então o "pelo amor de Deus", com o "sem falta, imediatamente"? Decerto há aí alguma coisa! Coloca-se, pois, a pergunta: Que coisa? E todo tipo de ideias e pensamentos, bons e maus, enfia-se em meu cérebro: talvez o casal já tenha brigado lá como gatos, e esteja pensando em divórcio. Mas logo afasto essa ideia: Você é um tolo, Tévye, por que você há de querer interpretar pelo pior lado? De onde você sabe por que te chamam? Talvez tenham sentido saudades de você e queiram vê-lo? Ou talvez queira Beilke que o pai fique perto dela? Ou talvez Podhotzur queira te oferecer um emprego, associar-te aos seus negócios e tornar-te um supervisor de suas empresas? Seja como for, ir é preciso. E eu me sento no meu carro e "Ele [Jacó] foi para Haram" – e dirijo-me para Iehupetz. Enquanto sigo assim em meu

caminho, a minha imaginação me ultrapassa e eu imagino que abandonei a aldeia, vendi as vaquinhas, com o carro e o cavalinho, com armas e bagagens, e passei a viver na cidade e me tornei primeiro supervisor numa empresa de meu Podhotzur, depois caixa, e depois factótum de todas as suas empresas, e depois sócio de todos os seus negócios em igualdade de condição, meio a meio, e saio em meu coche, tal como ele, puxado por dois fogosos corcéis, um fulvo e o outro castanho, e eu me surpreendo comigo mesmo: "O que foi e por que foi" – o que é isso, e como foi que isso aconteceu – como cheguei eu, um homenzinho tão modesto como Tévye, a tão grandes negócios? De que me serve todo esse *tararam* e todo esse rebuliço, com o *hu-ha*, dia e noite, como diz o senhor: "Para que Ele possa sentar-se com príncipes" – de que me adianta esfregar os cotovelos com os milionários? Deixem-me em paz, quero ter uma velhice tranquila, dar uma olhada de vez em quando em um tratado da *Mischne*, recitar um capítulo dos *Salmos*, pois é preciso às vezes ter em mente o outro mundo, ou não? Como diz o rei Salomão: o homem é um puro animal, esquece que, por mais que viva, terá de morrer um dia... Com tais ideias e pensamentos chego, em boa hora, a Iehupetz, diretamente na casa do meu Podhotzur. Bem, não vou me gabar e descrever-lhe toda a grandeza e toda a riqueza dele – sua casa com seus estofados, não há o que dizer. Nunca tive o privilégio de estar na casa de Brodski, mas a minha razão me faz supor que mais bonita do que a do Podhotzur não pode existir! O senhor poderá entender que morada de rainha é essa só pelo fato de que o vigia, que guarda a porta, um tipo com botões prateados, não quis me deixar de maneira alguma entrar na casa, nem que uma peste o pegasse. O que está havendo aqui? A porta é de vidro e eu vejo como ele, aquele brutamonte, apagados sejam seu nome e sua memória, está ali parado limpando roupas. Aceno-lhe, falo com ele na linguagem dos mudos e demonstro-lhe com as mãos que deve me deixar entrar, pois a mulher do patrão é aparentada comigo, é minha filha de sangue... Mas ele não entende por acenos, uma cabeça de bronco, e indica-me com as mãos, também em linguagem de mudo, que eu vá pro diabo –

que eu tome o caminho da rua. E veja o que é má sorte! Precisar ter mérito ancestral para visitar a própria filha! "Ai e pobre de teus cabelos brancos, Tévye, veja o que te foi dado viver!" – penso assim comigo mesmo e olho através da porta de vidro e noto que uma moça anda por ali. "Ao que parece, uma camareira do casal", penso com os meus botões, os olhos dela são como os de uma ladra. Todas as camareiras têm olhos de ladra. Ando por todas as casas ricas e conheço todas as camareiras... Faço-lhe um sinal: "Abra a porta, gatinha!"... Ela me obedece e abre e me diz precisamente em ídiche: "A quem o senhor procura?" Digo eu: "Aqui mora o Podhotzur?" E ela me replica em voz mais alta: "A quem o senhor procura?" Eu lhe digo em voz ainda mais alta: "Quando te perguntam, deves responder ao primeiro, primeiro; aqui mora o Podhotzur?" Diz ela: "Aqui, sim"... "Se é assim, digo eu, você é da minha gente, digo eu; vai e diz à tua madame Podhotzur que ela tem uma visita, digo eu, o pai dela, Tévye, veio visitá-la e está há um bocado de tempo parado na rua, digo eu, como um mendigo na porta, porque não tive a ventura de encontrar graça e favor aos olhos deste Esaú com botões prateados, que não vale, digo eu, a unha de teu mindinho!" Ao ouvir minhas palavras, a moça, com uma gargalhada de apóstata, bateu a porta no meu nariz, correu para cima, correu para baixo, me deixou entrar e me conduziu para dentro de uma espécie de palácio, que os antepassados de meus antepassados jamais viram nem sequer em sonho. Seda e veludo e cristais e quando se anda não se sente os passos, porque a gente pisa com os pés pecadores nos mais caros tapetes, macios como neve. E o que dizer dos relógios, e que relógios. Nas paredes relógios, nas mesas relógios, relógios sem fim! "Senhor do Universo! Você tem muitos relógios assim? Para que uma pessoa precisa de tantos relógios?" Pensando assim comigo mesmo, vou andando com as mãos cruzadas nas costas, e sigo um pouco adiante; dou uma olhada – vários Tévyes de repente recortam-se à minha frente por todos os lados, um Tévye vem para cá, outro Tévye para lá, um vem para mim e outro sai de mim – te esconjuro diabo! Por todos os quatro lados, espelhos! Só um espertalhão como esse empreiteiro pode dar-se ao luxo de ter tantos relógios e tantos espelhos!... E me vem à mente o Podhotzur, gordo e roliço, com uma careca na cabeça inteira, que fala alto e ri à toa, e eu me lembro como ele veio me procurar a primeira vez no meu povoado, com os fogosos corcéis, e se esparramou ali, em casa, como se estivesse na vinha de seu pai, travou conhecimento com minha Beilke, chamou-me de lado e soprou-me um segredo no ouvido, mas tão alto que se podia escutar do outro lado de Iehupetz. Qual era o segredo? O segredo era que minha filha o agradara – e ele quer que seja um-dois-três e haja uma *hupe*. Bem, que minha filha lhe tenha agradado, isso se entende por si, mas esse um-dois-três entrou em mim como um espada de dois gumes – como uma faca cega no coração. O que significa esse um-dois-três e uma *hupe*, um dossel de casamento? E onde estou eu? E onde está Beilke? Sim, me deu vontade de enfiar-lhe alguns versículos com um *medresch* para que ele tenha do que se lembrar de mim! Mas, voltando atrás, reconsiderei: "Por que sou assim – para que você precisa se imiscuir, Tévye, na vida de tuas filhas? Você conseguiu muita coisa com as mais velhas quando quis impor sua opinião sobre os noivos delas? Você se fartou de falar como um tambor, despejou toda a sua sabedoria, e quem ficou com cara de bobo? – Tévye!"

Em uma palavra, vamos deixar de lado, como diz o senhor lá nos seus livrinhos, o príncipe e nos voltar para a princesa. Quer dizer, eu lhes fiz a vontade e fui visitá-los em Iehupetz e aí começou um verdadeiro casamento: *Scholem aleikhem*! *Aleikhem scholem*! Como andam as coisas? O que faz o senhor de bom? Sente-se! Obrigado, dá pra aguentar! – Com todas as outras cerimônias, como de costume. Que eu seja o primeiro na investida e vá perguntar-lhe "O que é diferente este dia dos outros dias" – por que vocês me chamaram –, não fica bem. Tévye não é mulher, ele tem tempo. Enquanto isso, chega um sujeito com grandes luvas brancas e diz que o almoço já está na mesa, e nós nos levantamos os três, e entramos numa sala toda feita de carvalho: uma mesa de carvalho, as paredes de carvalho, as cadeiras de carvalho, o teto de carvalho, e tudo entalhado e colorido e pintado e ornamentado, e sobre a mesa – serviço de rei: chá com café e com chocolate, e com pãezinhos e biscoitos amanteigados, e com o melhor conhaque, e com os melhores salgados, e todas as espécies de comidas, frutos e frutas; sinto vergonha de dizer, mas temo que minha Beilke nunca viu isso na mesa de seu pai. E me enchem um copo e mais um copo, e eu bebo à saúde, e olho para ela, para Beilke, quero dizer, e penso de mim para comigo: "Te foi dada a ventura, filha de Tévye, de alcançar isto, como dizemos no *Halel*, no Louvor: "Ele levanta do pó o humilde" – quando Deus ajuda o pobre, "do monturo ergue o necessitado" – não dá mais para reconhecê-lo. Parece que é Beilke – e, no entanto, não é Beilke. E me vem a lembrança daquela Beilke de antes e eu a comparo com a Beilke de agora, e me dá uma saudade que me parte o coração – como seu eu tivesse feito algum mau negócio, praticado uma coisa que não tem mais remédio, como, por exemplo, se eu tivesse trocado o meu cavalinho trabalhador por um potro sobre o qual não se sabe ainda o que ele será um dia, um cavalo ou um pangaré. "Eh, Beilke, Beilke, penso, o que foi feito de ti! Você se lembra como, antigamente, você costumava ficar sentada, de noite, junto a uma lamparina fumegante e se punha a cantar uma cantiga ou quando, num instante, ordenhava duas vaquinhas, ou arregaçava as mangas e cozinhava para mim um simples *borscht* de leite, ou bolinhos de farinha com feijão, ou panquecas de queijo, ou bolo com mel e semente de papoulas, e me dizia: 'Papai, vá se lavar!' – Isso era como a melhor melodia". Agora ela está sentada com o seu Podhotzur como uma princesa, duas pessoas servem a mesa, batem com os pratos, e Beilke? Se ela pronunciasse ao menos uma palavra! Mas veja, ele, Podhotzur quero dizer, fala pelos dois, sua boca não se fecha! Em minha vida nunca vi uma pessoa gostar tanto de taramelar e tagarelar, o diabo sabe o quê, e enquanto isso rir miudinho com pequenas risadinhas. Isso é qualificado entre nós como: "Disse sozinho o gracejo e riu sozinho"... Além de nós três, há mais um indivíduo à mesa, uma criatura com bochechas vermelhas, eu não sei quem ele é e o que ele é, mas um comilão, ao que parece, ele deve ser não dos menores, porque o tempo inteiro, tudo aquilo que o Podhotzur falou e riu, ele empacotou nas bochechas, como está escrito no versículo: "Eram três que comeram" – ele comia por três... Ele comia e o outro falava, e sempre umas coisas tão vazias que não interessavam sequer aos pelos de meu ouvido esquerdo: pela ordem, administração provincial, administração distrital, erário, Japão... De tudo isso só me interessou o Japão, porque com o Japão eu tinha um pequeno parentesco de compadre... Durante a guerra, o senhor sabe, os cavalos tornaram-se objeto de grande apreço, eram procurados por todos os cantos, de modo que chegaram por certo até mim também e levaram meu cavalinho para pô-lo à prova, mediram-no com uma vara, fizeram-no correr pra lá e pra cá e lhe deram um bilhete branco, "incapaz". Então eu lhes disse: "Eu sabia de antemão que seria em vão todo o trabalho que vocês tiveram, como consta do versículo: 'O justo conhece a alma de seu animal' – não é o cavalo de Tévye que irá para a guerra"... Mas não me leve a mal, *pani* Scholem Aleikhem, eu estou misturando uma coisa com a outra e posso, Deus não queira, me desviar do caminho. Como diz o senhor, é melhor irmos direto ao principal da história.

Em resumo, bebemos e comemos em bom estilo, como Deus manda, e quando nos levantamos da mesa, ele, o Podhotzur quero dizer, me pegou pelo braço e me conduziu para um gabinete separado, enfeitado com um luxo de rei – com espingardas e com lanças nas paredes e com miniaturas de canhões sobre a mesa, e me faz sentar em um divã, macio como manteiga, e retira de uma caixa dourada dois grandes e grossos charutos perfumados, e acende um para ele, o outro para mim, e senta-se à minha frente, estica as pernas e me diz o seguinte: "Sabe por que mandei chamá-lo?" "Ahá! – penso comigo mesmo. – É isto, decerto ele quer ter uma conversa séria comigo sobre negócios." Mas eu me faço de tonto e dirijo-me a ele assim: "Acaso sou eu o guarda de meu irmão – de onde hei de saber?" Diz ele para mim: "Eu queria de fato falar com o senhor sobre o senhor mesmo." "Um serviço", penso e digo-lhe: "Contanto que seja alguma coisa boa, com todo prazer, vamos ouvir." Ele, o Podhotzur quero dizer, tira então o charuto de entre os dentes, e começa a me fazer todo um discurso: "O senhor é, diz ele, um homem que não é nada tolo e não me levará a mal o que vou lhe falar francamente. O senhor deve saber que eu conduzo grandes negócios, e quando uma pessoa conduz grandes negócios como eu..." "Sim, penso eu, é a mim que ele tem em mente", e eu o interrompo no meio e lhe observo: "Como diz a *Guemore*, digo eu, no capítulo *Schabes*, Sábado: 'Quanto mais posses, mais preocupações'. Sabe o senhor, digo eu, o significado desta *Guemore*?" Ele me responde com toda a franqueza: "Vou lhe dizer a pura verdade, eu nunca estudei a *Guemore* e não sei sequer que cara ela tem." É assim que ele, o Podhotzur quero dizer, me responde e desata a rir miudinho com pequenas risadinhas. O senhor compreende uma coisa dessas? Parece-me que Deus te castigou, você é um ignorante, deixa então pelos menos o pecado encoberto, por que você precisa ainda gabar-se disso, penso assim com os meus botões e digo-lhe: "É realmente o que julguei, digo eu, que o senhor não é dado a essas coisas, mas ouçamos o que segue?" Ele me replica: "O que segue é que eu queria lhe dizer, diz ele, que para os meus negócios, com o meu nome, com a minha condição, não me fica bem, diz ele, o fato de que o chamem de Tévye, o leiteiro. O senhor deve saber que tenho uma relação próxima com o governador, diz ele, e à minha casa podem vir às vezes um Brodski, um Poliakov, e talvez um Roithschild também, por que não?"... É assim que ele, o Podhotzur quero dizer, me fala, e eu permaneço ali sentado, e olho para a sua careca luzidia e penso: "Pode ser que você tenha uma relação próxima com o governador e que Roithschild venha alguma vez à sua casa, mas falar você fala como um salafrário entre salafrários"... e eu já me dirijo a ele com um pouco de irritação: "O que fazer então se por acaso Roithschild vier de fato à sua casa?" O senhor acha por ventura que ele entende a alfinetada? "Nem os ursos nem a floresta" ele vê – nem para começar!

"Eu gostaria, diz ele, que o senhor largasse esse negócio do leite e se ocupasse com algo diferente." "Por exemplo, digo eu, com o quê?" "Com o que o senhor quiser, diz ele, são poucos os negócios que há no mundo? Eu o ajudarei com dinheiro, o quanto for necessário, contanto, diz ele, que o senhor deixe de ser Tévye, o leiteiro.

Ou, espere um pouco, diz ele, sabe de uma coisa? E se, diz ele, o senhor, um-dois-três, zás, viajasse para a América? Hein?" É assim que ele se dirige a mim, enfia o charuto mais fundo entre os dentes e me olha direto nos olhos, e a careca brilha... Então? O que responder a um grosso como esse? No começo pensei comigo mesmo: "Por que você fica aí sentado, Tévye, feito um *goilem* de barro, um pateta? Levanta-te, dá um beijo na *mezuze*, bate a porta e vai para o teu mundo – dê o fora sem um passe bem!"... Tão forte a coisa me pegou no fígado!... "Que atrevimento de um empreiteiro! Com que direito você me manda abandonar um honesto e honroso meio de vida e ir para a América? Só porque se Roithschild vier eventualmente à tua casa, por isso Tévye, o leiteiro, deve correr pelo mundo afora?!"... E o coração ferve em meu peito como uma chaleira, e um pouco irritado eu estou ainda de antes; minha raiva é contra ela, de fato contra minha Beilke: "Por que você permanece ali sentada, como uma princesa, entre os cem relógios com os milhares de espelhos, enquanto teu pai, Tévye, é aqui humilhado e empurrado às brasas ardentes? Que eu tenha tantas bênçãos, penso de mim para mim, como é fato que tua irmã Hodel procedeu melhor do que você! O que é verdade é verdade, ela não tem uma casa tão cheia de bugigangas, como você, mas por isso mesmo ela tem um marido, um Pimentinha, que apesar de tudo é gente, um homem que é ele próprio desprendido de si mesmo, para quem a coisa principal é o mundo... e além disso tem uma cabeça sobre os ombros, não uma panela de macarrão com uma careca lustrosa, e tem um bico, o Pimentinha – que é de fato ouro sobre ouro. Ele, se o senhor lhe diz um versículo, ele lhe responderá com três na hora! Espera um instante, meu caro empreiteiro, que vou lhe enfiar pela goela um versículo que vai ficar tudo escuro a teus olhos!"... Penso assim comigo mesmo e dirijo-me a ele com estas palavras: "Vá lá, digo eu, que a *Guemore* seja para o senhor um segredo, isso eu lhe perdoo; se um judeu mora em Iehupetz e se chama Podhotzur e é um empreiteiro, a *Guemore* pode, digo, descansar no sótão, mas um simples versículo, digo eu, isto até um campônio em sandálias também entenderá. O senhor sabe, digo eu, o que o *Targum Onkelos* diz de Labão, o Arameu: *Miznavto, dekhzeirto, loi makhtmen schtreimilto?*[3]"... Ele me olha, como um galo olha um homem, e me diz: "O que quer dizer isso?" "Isso quer dizer que de um rabo de porco, digo eu, não se pode fazer um *schtraimel*, isto é, um gorro de pele para rabi." A troco do que o senhor me diz isso?" "A troco do fato, digo eu, de o senhor querer me mandar para a América." Ele se põe a rir miudinho e me diz: "América não, então talvez *Eretz Isroel*? Todos os judeus velhos vão para *Eretz Isroel*"... Assim que ele acabou de pronunciar isso, no mesmo instante essas palavras se cravaram no meu cérebro como um prego de ferro: "Quieto! Talvez isso não seja uma coisa tão torta, Tévye, como você julga? Quem sabe isso talvez seja realmente um plano? Pois, em vez das alegrias dos filhos que você tem, talvez já seja melhor ir para a Terra de Israel? Animal! O que é que você arrisca e o que você tem aqui a perder? A tua Golde, paz à sua memória, já está enterrada, e você sozinho, que eu seja perdoado por dizê-lo, não está também com nove côvados de terra sobre a cabeça? Até onde pode alguém ficar se arrastando por este mundo?"... E a propósito, o senhor deve saber, *pani* Scholem Aleikhem, que de há muito algo já me atraía para lá, para a Terra de Israel; eu teria o gosto de estar junto ao Muro das Lamentações, na gruta de Makhpelá e no túmulo de nossa mãe Raquel, olhar com meus olhos o Jordão, o Monte Sinai, o Mar Vermelho, as cidades de Pitom e Ramsés, ver como elas são, e outras coisas assim. E meus pensamentos me carregam para lá, para a abençoada Terra de Canaã, como diz o senhor, a terra do leite e do mel. Ele, Podhotzur quero dizer, interrompe bem no meio minhas cogitações e me diz: "Então? O que é preciso aqui, diz ele, pensar tanto tempo? Um-dois-três"... "Para o senhor, digo eu, tudo é, graças a Deus, um-dois-três, como a diz *Guemore*: 'Eis o homem e eis a tarefa...', e para mim, digo eu, este é um pedaço árduo da *Mischne*, porque para levantar-se, digo eu, e viajar para a Terra de Israel é preciso ter com o quê"... Ele desata a rir miudinho com sua pequena

3. Tévye fala a Podhotzur, por meio de uma mistura paródica de palavras aramaicas e ídiches.

risadinha, ergue-se, vai até a mesa, abre uma gaveta, tira de lá uma carteira e conta diante de mim, uma a uma, as notas; o senhor bem pode imaginar, uma bela soma, e eu não me faço de rogado e recolho o montinho de papel – o poder do dinheiro – e o deixo escorregar bem fundo no bolso, e fico com vontade de lhe dizer alguns versículos com um trecho do *Medresch*, que explique tudo, de cabo a rabo, mas ele me ouve como ao gato e diz para mim: "Isto, diz ele, vai lhe ser suficiente até lá, dá até a cabeça e sobra, e quando o senhor chegar ao seu destino e precisar de dinheiro, basta escrever uma carta, diz ele, que lhe será, um-dois-três, logo enviado mais dinheiro. E lembrá-lo mais uma vez da questão da viagem, não vale a pena porque o senhor é, diz ele, um homem de senso de justiça e de consciência"... É assim que ele, o Podhotzur quero dizer, me fala e se põe de novo a rir miudinho com sua pequena risadinha que penetra até as tripas, e por minha cabeça passa voando um pensamento: "E se você lhe atirasse de volta o dinheiro na cara e lhe recitasse o versículo de que Tévye não se compra por dinheiro e de que com Tévye não se fala de justiça e de consciência?"... Mas antes que eu abra a boca para falar algo, ele dá um toque na campainha, manda chamar Beilke e, quando ela entra, lhe diz: "*Duchenke*, minha querida, você sabe? Teu pai vai nos deixar, vai vender tudo o que possui, e partir, um-dois-três, para a Terra de Israel"... [Como o Faraó disse a José]: "Eu sonhei um sonho, mas não o entendi..." – que sonhei aquela noite e na noite de hoje!... Assim penso comigo mesmo e olho para a minha Beilke. – O senhor acha que ela sequer torceu a cara, imóvel como um trinco, nem uma gota de sangue no rosto, olha para ele e para mim, para mim e para ele, e nenhuma palavra! Eu, olhando para ela, também me calo, quer dizer, calamo-nos ambos, como consta dos *Salmos*: "Colada esteja minha língua no céu da boca" – isso nos tirou a palavra. Minha cabeça gira, minhas têmporas latejam, como numa fumaceira. A que se deve isso? – Penso de mim para comigo. – Aparentemente, ao belo charuto que ele me deu para fumar? Mas veja, ele, Podhotzur quero dizer, também está fumando! Ele fuma e fala, sua boca não se fecha por um momento, embora suas pálpebras comecem a grudar-se, está com vontade, ao que parece, de tirar uma soneca. "O senhor deve, diz ele para mim, ir daqui para Odessa com o expresso, e de Odessa pelo mar até Jafa, e para a viagem pelo mar, diz ele, a melhor época é agora, porque, mais tarde, começam os ventos com as nevascas, com as tempestades, com, com, com..." Assim diz ele e sua língua já se enrola, como alguém que está com sono, mas ele não para de matraquear: "E quando estiver pronto para a viagem, diz ele, nos faça saber, e nós iremos, ambos, à estação para nos despedirmos, pois quando poderemos voltar a nos ver?" Assim falando, ele solta, queira perdoar-me, um grande bocejo, levanta-se e diz para ela: "*Duchenke*, fica aqui sentada mais um pouco, e eu vou, diz ele, me recostar por algum tempo." "Você nunca disse uma coisa igual, isto é tão certo como sou judeu! Agora, pelo menos, terei sobre quem descarregar o meu amargurado coração." Assim penso comigo mesmo e me disponho a começar o ajuste com minha Beilke, a lhe despejar tudo o que se acumulara em meu íntimo durante a manhã inteira – quando, de repente, ela, Beilke quero dizer, cai sobre meu pescoço e começa a chorar, mas a chorar tanto como o senhor nem imagina... Milhas filhas, que não sejam lembradas, têm todas um feitio assim: a princípio se mostram firmes e corajosas e quando se chega a algo – chora-se, como uma bétula. Tome, por exemplo, minha segunda filha mais velha, Hodel quero dizer: quase não acabou com o mundo no último minuto, quando devia partir para passar as privações do Exílio com seu Pimentinha nas gélidas terras? Mas eu sei, não há comparação! Aquela, perto desta, deve acender-lhe o forno, não chega a seus pés!

Vou lhe dizer a pura verdade: eu sozinho, como o senhor já me conhece um pouco, não sou um homem dado às lágrimas, chorar bem, chorei apenas uma vez, quando vi minha Golde, descanse ela em paz, estendida no chão, e chorei com muito gosto, mais uma vez, quando Hodel partiu para junto do seu Pimentinha, e eu me quedei na estação, como um grande bobo, sozinho com o meu cavalinho, e mais algumas vezes aconteceu que eu, como diz o senhor, me descontrolei um pouco, e depois disso não me lembro que eu tenha o hábito de chorar. Mas Beilke com suas lágrimas me deram tamanho aperto na alma que não pude me conter, e eu já não tinha sequer coragem de lhe dizer uma palavra dura. Comigo não é preciso falar muito. Eu me chamo Tévye. Compreendi logo a razão de suas lágrimas. Não era lacrimejar assim sem mais, simplesmente. Eram, o senhor me compreende, lágrimas por "todo pecado que cometi em desobediência ao meu pai"... E em vez de eu lhe passar uma reprimenda como ela merecia, e despejar toda a minha ira contra o seu Podhotzur, comecei consolá-la com uma parábola assim e outra parábola de outro jeito, como Tévye sabe. Ela, Beilke quero dizer, me ouve e me diz: "Não, meu pai, não é por isso que choro. Eu não tenho reclamações contra ninguém, diz ela, mas o fato de que você vai embora por minha causa e eu, diz ela, nada posso ajudar, isto, diz ela, me dói." "Deixa disso, deixa disso, você fala, digo eu, como uma criança, você se esqueceu que nós temos um grande Deus e teu pai, digo eu, ainda é dono de todos os seus sentidos. Para o teu pai não é grande sacrifício dar um passeio até a Terra de Israel e depois voltar, como está escrito no versículo: 'E viajaram e acamparam – e eles não sabiam se estavam vindo ou indo'" ... Assim verto-lhe o meu coração, e no meu íntimo, penso: "Tévye, você mente! Se você for embora para a Terra de Israel, então paz à tua memória – acabou-se Tévye!"... E como se ela tivesse adivinhado os meus pensamentos, Beilke me diz: "Não, papai, diz ela, assim se consola uma criança pequena; a gente lhe põe nas mãos uma boneca, um brinquedinho, e lhe conta, diz ela, uma bonita história de um cabritinho branco... Mas se é para contar uma história, eu vou te contar uma, diz ela, e não você a mim. Mas a história que vou te contar, meu pai, é mais triste do que bela".

É assim que ela, Beilke quero dizer, me fala; as filhas de Tévye não falam à toa. E ela começa então a me desenrolar uma verdadeira reza de língua solta, um rolo inteiro da Rainha Ester, ou uma história de mil e uma noites, de como o seu Podhotzur, de pequeno ficou grande, cresceu a partir do mais baixo nível, como galgou com sua própria inteligência a mais alta condição, e agora ele quer chegar a um ponto tal que Brodski venha à sua casa, por isso despeja torrentes de esmolas, joga com milhares, mas como dinheiro somente ainda é pouco, é preciso ter também linhagem, ele, Podhotzur quero dizer, move céus e terra para demonstrar que não é um sujeito qualquer, vangloria-se que descende dos grandes Podhotzurs, que seu pai era um renomado empreiteiro. – "Embora, diz ela, ele saiba muito bem que eu sei que ele era um músico. Além disso, diz ela, ele conta a todo mundo que o pai de sua mulher era um milionário"... "A quem, digo eu, ele se refere? A mim? Se algum dia, talvez, eu tenha sido destinado a possuir milhões, digo eu, essa ocasião já se foi." "O que sabe você, papai, diz ela para mim, como o meu rosto fica vermelho quando ele me apresenta a seus conhecidos e começa a contar-lhes grandezas de meu pai e de meus tios e de toda minha família, coisas tais que não têm pé nem cabeça, e a gente precisa ouvir tudo e ficar calada, porque ele é, diz ela, nessas coisas um grande caprichoso." "Isso que você chama de caprichoso, nós, digo eu, chamamos simplesmente de safado ou abusado." "Não, meu pai, diz ela, você não o conhece, ele não é nada mau, como você acha; é apenas uma pessoa que em um minuto é assim e no outro, diferente. Ele tem um bom coração e a mão aberta. Se alguém lhe mostra um rosto enviesado, desde que o encontre em um bom momento, ele lhe oferecerá a alma, e nem há o que falar, diz ela, quando é para mim – é a lua no céu! Você pensa, diz ela, que eu não tenho nenhum poder sobre ele? Veja, não faz muito tempo consegui resgatar Hodel e seu marido daquelas lonjuras. Ele me jurou, diz ela, que se disporia a gastar muitos milhares, mas com uma condição, que eles fossem de lá para o Japão." "Por que para o Japão e não para a Índia ou, por exemplo, para a terra de Aram, da Rainha de Sabá?" "Porque no Japão ele tem negócios, diz ela. Ele tem negócios em todo mundo; o que ele gasta em um dia, só com telegramas, teríamos nós todos do que viver meio ano. Mas o que daí resulta para mim, diz ela, se eu não sou eu?" "Resulta, digo eu, como dizemos no versículo: 'Se não sou eu por mim, quem será por mim' – eu não sou eu, você não é você"... É assim que lhe falo, com um dito e um versículo, ainda que meu coração esteja se desfazendo em pedaços, ao ver como minha filha, coitada, está sofrendo, como diz o senhor, em meio à riqueza e às honras... "Tua irmã, Hodel, digo eu, não teria procedido assim..." Ela, Beilke quero dizer, me interrompe, e me diz: "Já te disse, papai, que você não deve me comparar a Hodel. Hodel viveu nos tempos de Hodel, e Beilke, diz ela, vive nos tempos de Beilke... Dos tempos de Hodel até os tempos de Beilke a distância é tanta, diz ela, quanto daqui até o Japão"... O senhor compreende o sentido de um palavreado desse tipo?

Em resumo, vejo que o senhor está com pressa, *pani*; mais dois minutos e ponto final para todas as histórias. Empanturrado com as aflições e desgostos de minha feliz caçula, saí de lá "triste e de cabeça coberta" – quebrado, despedaçado, atirei ao chão o charuto, que me enfumaçava a cabeça, e digo-lhe, ao charuto quero dizer: "Vá pro inferno, que o demo entre na cova de teu pai!" "Quem, *reb* Tévye?", ouço uma voz atrás de mim. Volto-me e dou uma olhada – é ele, Efroim, o casamenteiro, o diabo que o carregue! "Bem-vindo seja um judeu, digo eu, o que o senhor está fazendo aqui?" "O que, diz ele, o senhor está fazendo aqui?" "Estive, digo eu, de visita aos meus filhos." "Como vão eles?", diz ele. "Como hão de ir?, digo eu. Tirando fora os prejuízos, tomara que fosse dito o mesmo de nós dois!" "Pelo que vejo, diz ele, o senhor está muito satisfeito com minha mercadoria?" "Por uma tal espécie de satisfação, digo eu, que Deus lhe pague muitas e muitas vezes mais." "Obrigado, diz ele, pela bênção. Talvez o senhor queira, para esta benção, juntar algum como presente?" "O senhor não recebeu, digo eu, *schadkhen*, nenhuma paga pela intermediação?" "Que ele não possua mais do que possuía, diz ele, refiro-me ao seu Podhotzur, ele próprio." "O que foi então, digo eu, uma comissão muito pequena?" "Não tão pequena, diz ele, como dada de bom coração." "E daí?" "E daí é que já não sobrou um *groschn* sequer." "Onde é que, digo eu, isso foi parar?" "Casei uma filha", diz ele. "*Mazeltov* para o senhor, digo eu, Deus queira que seja com felicidade, que eles lhe tragam em vida grandes alegrias"... "Belas alegrias me trouxeram eles. Eu topei com um genro charlatão, diz ele, que maltratou e espancou minha filha, tirou-lhe os poucos rublos e safou-se para a América." "Por que, digo eu, o senhor o deixou ir para tão longe?" "O que, diz ele, haveria eu de fazer?" "O senhor deveria, digo eu, salgar-lhe o rabo"... "O senhor, ao que parece, diz ele, está se sentindo muito bem, *reb* Tévye?" "Tomara, digo eu, que isso seja também verdade a seu respeito, meu Deus, se não em tudo, ao menos pela metade!" "É assim? E eu que julguei, diz ele, que o senhor agora é um homem muito rico; mas se é assim então tome esta pitada de rapé"... Depois de livrar-me do casamenteiro com uma pitada de rapé, viajei de volta para casa e comecei a vender minhas coisas, coisas de tantos anos. O senhor bem pode imaginar, isso não é feito tão depressa quanto é falado, cada panela, cada ninharia me tirava um pedaço de saúde. Um objeto me lembrava Golde, paz à sua memória, outro, as crianças, que vivam por muitos anos. Nada, porém, me atingiu tão fundo como o meu cavalinho. Perante meu cavalinho eu me senti de algum modo culpado... Veja só, estafamo-nos eu com ele durante tantos anos, juntos passamos miséria, juntos suportamos todas as provações, e de repente pegá-lo e vendê-lo! Vender eu o vendi a um aguadeiro, porque de cocheiros só pode vir degradação. Fui procurá-los para oferecer-lhes o meu cavalinho e eles me dizem: "Deus está consigo, *reb* Tévye, isto lá é cavalo?" "O que é então, digo eu, um candeeiro?" " Não é um candeeiro, dizem eles, mas um *lamedvuvnik*, um dos Trinta e Seis Justos." "O que quer dizer, digo eu, um *lamedvuvnik*?" "Quer dizer, dizem eles, um ancião de trinta e seis anos, sem sinal de um dente, com beiço cinzento, que treme com as ancas, como uma velha judia na véspera do sábado exposta ao frio"... Que tal lhe parece uma linguagem de cocheiro como essa? Eu vou lhe jurar que o cavalinho, coitado, entendia cada palavra, como está no versículo: "O boi conhece seu dono" – o animal sente quando se está a ponto de vendê-lo. Tive um sinal disso quando fechei o negócio com o aguadeiro e lhe disse, "Com boa sorte e bênção", o meu cavalo de repente voltou para mim a graciosa queixada e me olhou com olhos mudos, com quem diz: "É esta a minha parte por todo o meu labor – é assim que você agradece por meus serviços?"... Dou uma espiada no meu cavalinho pela última vez e vejo como o aguadeiro o pegou nas mãos para ensinar-lhe a sua lição, e eu fico ali parado, sozinho, e penso de mim para comigo: "Senhor do Universo! Com que inteligência conduzes o teu mundinho! Eis que criaste um Tévye e criaste, distinção seja feita, um cavalo, e ambos têm a mesma sorte neste mundo... A diferença apenas é que o homem tem boca e pode pelo menos argumentar, abrir seu coração, e um cavalo, distinção seja feita, o quê? Infelizmente, uma língua muda, como o senhor diz: "É a vantagem do homem sobre o animal"...

....

O senhor está me olhando, *pani* Scholem Aleikhem, porque me vieram lágrimas aos olhos, e o senhor decerto está pensando: "Oh, o Tévye sentiu saudade, ao que parece, de seu cavalinho?" Por que só do cavalinho, homessa!? De tudo tenho saudade, e vou sentir saudade de tudo. Sentirei saudade do cavalinho, de meu povoado, do alcaide e do policial, dos veranistas de Boiberik, e até de Efroim, o casamenteiro, que uma peste o pegue, pois, no fim de contas, se a gente quer se aprofundar na questão ele não passa de um judeu pobretão que procura ganhar a vida. Se for vontade do Nome, e Deus me levar em paz até lá, para onde vou, não sei sozinho que vou fazer lá, mas uma coisa é clara como o dia, que antes de tudo vou visitar a Mãe Raquel em seu túmulo. Lá, vou rogar por minhas filhas, que por certo jamais tornarei a rever, e vou tê-lo também em mente, a Efroim, o casamenteiro, refiro-me, a ele e ao senhor e a todo o povo de Israel. Tome, pois, para isso, como penhor o meu aperto de mão, e passe bem e boa viagem e transmita a cada um em separado os meus cumprimentos com toda a amizade.

LEKH-LEKHO (VAI-TE)

[Escrito no ano de 1914]

Um belo, bom e largo *scholem aleikhem* para o senhor, a paz seja convosco, *pani* Scholem Aleikhem! Convosco e com todos os seus filhos! Já faz tempo que o espero, estou com um bocado de mercadoria, aqui comigo, acumulada para o senhor. Fico perguntando sempre: "Onde?" – Por que a gente nao o vê por aqui? Dizem-me que o senhor viaja pelo mundo, por países distantes. Como dizemos na *Meguile*, no livro de *Ester*: "pelas cento e vinte sete províncias do rei Ahaschverosch..." Mas tenho a impressão que o senhor está me olhando de um modo algo estranho? Parece que hesita e está pensando: É ele ou não é ele? É ele, *pani* Scholem Aleikhem, é ele, sim! Seu velho amigo, Tévye, em pessoa, Tévye, o Leiteiro, o mesmo Tévye, porém não mais leiteiro, apenas um judeu sem mais, um judeu de todo dia, um judeu idoso, como o senhor vê, embora não tão velho em idade, como dizemos na *Hagode*: "Veja, eu tenho quase setenta anos" – mas ainda falta muito! Sim, mas por que cabelos tão brancos? Pode crer, não é de prazer, caro amigo. Um pouco de dissabores pessoais, para não pecar, e um pouco de todo Israel – tempos difíceis! Um bocado amargos para os judeus!... Mas eu sei o que o preocupa, o senhor está preocupado com outra coisa: o senhor se lembrou decerto que nós havíamos nos despedido, porque eu devia partir para *Eretz Isroel*. Portanto, o senhor considera por certo que já está vendo Tévye de volta, de Israel quero dizer, e o senhor espera sem dúvida escutar algo de novo, receber uma lembrança do túmulo da Mãe Raquel e da caverna de Makhpelá e outras coisas que tais? É preciso tranquilizá-lo, se o senhor tiver tempo e quiser ouvir maravilhas, mas realmente ouvir com a cabeça, como consta do versículo: "Ouça-me", – o senhor sozinho dirá então que o homem é um animal e que temos um Deus poderoso e que Ele conduz o mundo.

Em resumo, qual é a *sedre*, o capítulo semanal do *Pentateuco*, que tem vez agora entre vocês? *Veikro*, "E ele chamou"? No meu, é outra a que tem vez: a *sedre Lekh-Lekho*, "Vai-te". Vai-te, me disseram – saia, Tévye, sai de tua terra, da tua gente – de teu povoado, onde você nasceu e viveu todos os anos de tua vida – vai para "a terra que vou te mostrar" – para onde teus olhos te levarem!... E quando é que as pessoas se lembram de dizer a Tévye esse versículo? Exatamente quando ele já está velho, alquebrado e só, como dizemos na oração de *Roscheschone*, de Ano Novo: "Não nos enjeites no tempo da velhice!..." Mas troquei uma coisa por outra, quase esqueci que ainda estávamos antes da viagem e que eu não lhe tinha contado o que há de novo em Israel. O que pode haver, caro amigo? Um país – tomara que algo assim fosse dado a nós dois! "Terra em que corre o leite e o mel" – está escrito na *Toire*. Um defeito apenas, que *Eretz Isroel* esteja em *Eretz Isroel*, e eu estou, como o senhor vê agora, ainda por enquanto fora de Eretz... Sobre Tévye, está ouvindo, é que foi dito no versículo da *Meguile*: "Se eu morrer, morro", estou perdido de qualquer maneira – azarado fui e azarado morrerei. Parecia que, logo, logo, já estava com um pé do outro lado, na Terra Santa quero dizer, restava apenas comprar um bilhete, embarcar e – vamos embora! O que faz então Deus? Ele reconsidera, o senhor vai ouvir o que é azar: meu genro mais velho, Motl Kamzoil, o alfaiate de Anatevke, que isto não aconteça aqui, que não aconteça a nenhum judeu, deita-se para dormir cheio de saúde, forte, e resolve morrer! Quer dizer, um sujeito muito forte ele nunca foi, infelizmente, um artesão, ficava sentado "dia e noite a estudar a Lei e a servir a Deus" – agulha com linha na mão, costurando, perdoe-me, calças. Tanto tempo e tanto até que lhe deu secura, começou a tossicar, tossicou e tossicou até que escarrou o último pedaço de pulmão – já não lhe adiantou nem médico, nem curandeiro, nem leite de cabra, nem chocolate com mel. Era um bom rapaz, ainda que tosco, de nenhum estudo, porém honesto, sem artimanhas, amava a minha filha – dava a vida por ela! E sacrificava-se pelos filhos, e por mim – fazia tudo!

Em resumo, recitado o versículo: "E Moisés morreu" – morto Motl, ele me deixou uma verdadeira bomba: como poderia eu então sequer ter em mente Eretz Isroel? Eu já tinha uma boa Terra de Israel comigo em casa! Como abandonar, eu lhe pergunto, uma filha viúva com crianças pequenas órfãs sem um naco de pão? Embora, à primeira vista, se a gente quiser voltar para trás, no que posso ajudá-la? – Um saco furado? Pois eu não posso devolver a vida a seu marido, nem trazer de volta do outro mundo o pai às crianças, e a gente mesmo não é mais do que um pecador, na velhice sente-se um pouco de vontade de descansar os ossos, sentir que a gente é uma criatura humana e não um asno. Chega de lufa-lufa, de tararam! Chega de coisas terrenas. Já é preciso dar uma pensada também no outro mundo, já é tempo! E ainda mais, porque eu já havia dado cabo de uma parte dos meus poucos haveres: o cavalo, como o senhor sabe, faz tempo que me desfiz dele, as vaquinhas foram vendidas por uma ninharia, restou apenas um par de boizinhos, que podem um dia vir a ser alguém, se forem bem alimentados – e de repente vá ser na velhice um pai de órfãos, um pai de crianças pequenas! Acha que já acabou? Tenha tempo, espere! A parte principal vai mais longe, porque, na casa de Tévye, como o senhor bem sabe, quando se dá uma desgraça, ela puxa atrás de si mais uma. Por exemplo, quando aconteceu certa vez uma infelicidade, uma de minhas vaquinhas caiu morta, logo depois, que isso nunca lhe suceda, caiu mais uma... Foi assim que Deus criou o seu mundinho e assim isso há de ficar – não tem como mudar!

Para resumir o caso com minha caçula, com minha Beilke quero dizer, o senhor se lembra por certo da história da sorte grande que ela tirou, como ela fisgou um figurão, um Podhotzur, um sabichão, um empreiteiro e fornecedor do exército, que trouxe para Iehupetz sacos cheios de ouro e ficou caído por minha filha, queria uma beldade, me enviou Efroim, o casamenteiro, apagado seja o seu nome, prometeu tudo, quase teve uma apoplexia, aceitou a noiva tal qual, sem mais nem menos, cobriu-a de presentes de alto a baixo, *dimentn* e *barliantn* – a gente pensa, que felicidade, não é? Bem, toda essa felicidade escorreu como água de um rio, e que rio! Um rio cheio de lama, o Altíssimo que nos proteja e salve! Pois quando Deus manda a rodinha da sorte dar uma virada ao revés, tudo fica de cabeça para baixo, como dizemos no *Halel*, nos *Salmos* de louvor: Agora mesmo, há um instante, parece, "Que do pó Ele levanta o pobre...", e antes que a gente se dê conta, *crakh*!, tudo vem abaixo, "...[Ele] se curva para ver o que está no céu e na terra..." Pro inferno com os cabrestos. Deus gosta de jogar com a pessoa. E como gosta de jogar! Foi assim que jogou com Tévye tantas vezes: "[Eles] subiam e desciam" para cima e para baixo! Assim também foi com o meu empreiteiro, com Podhotzur. O senhor se lembra certamente de sua grandeza com a sua casinhola, com as treze criadas, com os espelhos, e com os relógios, e com os enfeites em Iehupetz? Pi-Fu-Fa! O senhor se lembra, eu lhe contei, parece-me, como aconselhei então à minha Beilke, roguei-lhe que conseguisse convencê-lo a comprar-lhe a casinhola, e pelo amor de Deus, em nome dela? Bem, naturalmente me ouviram como Haman à matraca – o que sabe um pai? Um pai nada sabe! E qual, o senhor acha que foi o fim? O fim foi, onde houver um inimigo seu, que ele tenha um fim assim: além de se desfazer de todo aquele luxo, estava falido, vendeu todos os espelhos com todos os relógios, com os *dimentn* e *barliantn* da mulher, sujou-se a ponto de correr perigo de vida, precisou fugir, coisa que judeus não merecem, efetuar uma retirada, e partir para lá onde o querido sábado sagrado vai embora – para a América quero dizer. Para lá vão, pois, todos os corações pesados, e para lá, lá mesmo, eles também foram; nos primeiros tempos padeceram um bocado, o pouco dinheiro contado, quanto quer que houvesse, foi comido, e quando nada mais restou para mastigar, tiveram, coitados, de pegar no batente, fazer todo tipo de trabalho duro, como os judeus no Egito, ambos, ele e ela! Agora, escreve ela, com a graça de Deus, a situação já é razoável: eles produzem meias em uma máquina e tocam a vida... É assim que se fala lá, na América. Em nossa língua, isso quer dizer: o pedaço de pão se arrasta... Um pouco de sorte ainda é que eles são apenas duas pessoas, escreve ela, sem filho, nem atilho – isso também é para o bem! Então, pergunto ao senhor, se não teria sido um diabo que entrou voando na tia do tio dele?... Estou me referindo de fato a Efroim, o casamenteiro, pelo belo casamento que me arrumou e pelo lamaçal em que me meteu! O que seria para ela tão amargo, se ela, por exemplo, tivesse se casado com um artesão, como a Tzeitel, ou com um professor, como a Hodel? Ainda que, é verdade, estas duas tampouco tiveram muita sorte. Uma é uma jovem viúva e a outra se encontra com todos os bons espíritos em algum lugar desterrada. Isso é afinal uma coisa de Deus – o que pode um homem providenciar? Está ouvindo, mulher sagaz era realmente a minha Golde, que descanse em paz, porque ela em tempo se deu conta, despediu-se do nosso mundo tolo e partiu para o seu mundo. Porque, diga o senhor mesmo, a tanto "sofrimento com a criação dos filhos" quanto Tévye teve com as filhas, não é preferível mil vezes estar enterrado assando roscas? Mas como consta do *Perek*, da *Ética dos Pais*: "Independentemente de tua vontade, tu vives" – uma pessoa não se conduz sozinha, e quando o faz, dão-lhe palmadas, diz o senhor... Enquanto isso, nós nos desviamos do caminho, voltemos por isso ao nosso primeiro assunto – vamos deixar, como o senhor diz em seus livrinhos, o príncipe e voltemo-nos para a princesa. Onde então é que estamos? Na *sedre Lekh-Lekho*, no capítulo "Vai-te." Mas antes de chegarmos a esse capítulo, vou lhe pedir que se dê ao trabalho de deter-se comigo, por um momento, no capítulo *Balak*. O costume do mundo é, desde que ele existe, que primeiro se estude *Lekh-Lekho* e depois *Balak*. Comigo, porém, deu-se o contrário, se estudou antes *Balak* e depois *Lekh-Lekho*, estudou-se tão bem *Balak* que o senhor pode ouvir a história. Ela pode vir a lhe ser útil alguma vez.

Em resumo, isso foi há muito tempo, aconteceu logo após o fim da guerra[1], em plena febre da *cosnetutzie*, quando começaram as "salvações e consolações" em relação aos judeus, primeiro nas grandes cidades, depois nas cidadezinhas, mas a coisa não chegou até mim e não podia chegar de nenhuma maneira. Por quê? É muito simples! Quando se vive há tanto tempo entre não judeus, com Esaú mesmo – fica-se íntimo de todos os *balebatim*, os "senhorios" do povoado. Amigo do peito de cada um, pai da compaixão – *Batiuchka Tevel*, Paizinho Tévye é para eles o fino do fino! O que há para dizer? Um conselho – é *iak Tevel skaje*, faça como Tévye disser; um remédio para a febre – é *do Tevelia*, dado por Tévye; um empréstimo sem juros – é também com Tévye. Então, devia eu me preocupar com tais coisas, *pogroms*, ninharias, quando os próprios gentios disseram uma porção de vezes que eu não precisava de modo algum ter medo – eles não permitiriam!... E deu nisso – o senhor ouvirá uma história.

Em resumo, um dia volto de Boiberik para casa – eu ainda era dono de mim mesmo – com toda plumagem, como diz o senhor, ainda negociava com laticínios, queijo e manteiga e tudo o mais; desatrelo o cavalinho, jogo-lhe o feno e a aveia, não tive tempo sequer de me lavar para comer, dou uma espiada – vejo um pátio cheio de gentios, o povaréu inteiro, todos os mais distintos maiorais e senhorios, desde o estaroste, o chefe da aldeia, Ivan Poperile, até o último dos campônios, Trokhim, o pastor, e todos eles me pareceram algo estranhos, festivos!... Isso até me deu um disparo de coração: Que dia de festa é este assim de repente? Será que eles não vieram me dar uma lição sobre *Balak*?... Mas pensando bem, digo a mim mesmo: Que feio, Tévye! Você deve envergonhar-se por você mesmo: O tempo todo, você, um único judeu, vive em meio de tantos gentios em paz e tranquilidade, e ninguém tocou sequer,

1. Trata-se da guerra russo-japonesa (1904-1905), travada no mar e em terra, no Mar Amarelo e na Manchúria (Porto Artur), que resultou em fragorosa derrota russa e na emergência do Japão como potência.

que o senhor diga, em um fio de cabelo teu!... E eu saio então ao encontro deles com um largo "a paz seja convosco"; "Bem-vindos sejam, digo-lhes, o que fazem aqui, meus caros senhorios? E o que me contam de bom? E que novidades vocês me trazem?"... Vem à frente o estaroste, Ivan Poperile quero dizer, e me declara com toda a franqueza e sem nenhum preâmbulo: "Nós viemos à tua procura, Tevel, diz ele, porque nós queremos te bater." O que o senhor me diz desse tipo de fala? Isso é chamado entre nós linguagem "cheia de luz", eufemística – é fala encoberta, quer dizer... Bem, como isso me caiu no coração – o senhor bem pode imaginar. Mas demonstrar... É vergonhoso! De maneira nenhuma! Tévye não é um menininho... Respondo-lhes, pois, bem animado: "Parabéns para vocês, digo eu, mas por que, filhos, vocês se lembraram tão tarde? Em outros lugares, digo eu, quase já se esqueceram disso!"... Replica-me Ivan Poperile, o estaroste quero dizer, agora já em tom bem sério: "Compreenda-me, Tevel, diz ele, ficamos o tempo todo deliberando, diz ele, se lhe damos uma surra ou não? Em toda parte, em todos os lugares, batem em vocês, por que, diz ele, devemos deixar você de fora?... Ficou decidido no conselho da aldeia que vamos bater em você... Mas, o que então? Nós não sabemos sozinhos o que devemos fazer com você, Tevel: se devemos quebrar as tuas vidraças, diz ele, e rasgar os acolchoados e os travesseiros e soltar as plumas, ou se devemos queimar, diz ele, tua casa com o estábulo, com todos os teus pertences?"

Aí, meu coração já começou a ficar agoniado e me pus a examinar minha gente, ali de pé apoiada nos longos pedaços de pau e cochichando uns com os outros algo em segredo, aparentemente quero dizer, coisa que não era de modo algum brincadeira. Assim sendo, pensei comigo mesmo, é como dizemos nos *Salmos*: "Pois as águas me entraram até na alma" – você está realmente, Tévye, bem arranjado! Porque "não se pode dar oportunidade a Satã" – quem sabe o que eles estão resmungando? "Eh, Tévye, com o Anjo da Morte não se pode brincar – é preciso dizer-lhes alguma coisa!"... Mas para que lhe prolongar a história, caro amigo, estava destinado, ao que parece, realizar-se um milagre e o Altíssimo me sugeriu uma ideia, a de que eu não devia me abater; e eu me tomo de coragem e me dirijo assim a eles, aos gentios quero dizer, apesar de tudo com bom humor: "Ouçam-me, por favor, senhores, escutem então, digo eu, meus caros senhorios, visto que o conselho assim decidiu, não adianta discutir, decerto vocês sabem melhor do que ninguém, digo eu, o que Tévye fez para merecer que vocês acabem com a sua chácara e todas as suas posses... Mas além disso, vocês sabem, digo eu, que há algo mais alto do que vosso conselho? Vocês sabem, digo eu, que há um Deus no mundo? Eu não digo meu Deus, vosso Deus – falo daquele Deus, digo eu, do Deus de todos nós, que está sentado lá em cima e vê todas as baixezas, digo eu, que se cometem aqui embaixo... Pode ser que Ele mesmo me tenha marcado para que eu seja castigado sem motivo algum por vocês, pelos meus melhores bons amigos, e pode ser, de outro lado, exatamente o oposto, que Ele não queira de maneira nenhuma que se faça mal a Tévye? Quem, digo eu, pode saber o que Deus quer? Ou, ao contrário, talvez haja entre vocês alguém que se encarregue de chegar aqui a um entendimento?"

Em resumo, eles viram, segundo parece, que com Tévye não adiantava discutir e o estaroste, Ivan Paperile quero dizer, dirige-se a mim com a seguinte fala: "A história disso, diz ele, é assim. Nós, na verdade, nada temos contra você, Tevel; você é de fato um *jid*, um judeu, mas não é má pessoa. Mas uma coisa nada tem a ver com a outra – bater em você é preciso; o conselho assim decidiu – caso perdido! Nós vamos, pelo menos, quebrar tuas vidraças. Isto, diz ele, nós temos de fazer, pois, quando alguém passar por aqui, é preciso que se veja que nós batemos em você, senão, diz ele, ainda seremos punidos"... Com essas palavras e com essa linguagem, como estou lhe contando, Deus que me ajude para onde quer que eu me volte. Bem, agora lhe pergunto, *pani* Scholem Aleikhem, o senhor que é um homem que viaja pelo mundo inteiro – Tévye não tem razão quando diz que nós temos um Deus poderoso?...

Já lhe desfiei, quer dizer, o capítulo *Balak*, quer dizer, dos amalecitas, agora podemos voltar para a *sedre Lekh-Lekho*, "Vai-te." Este capítulo também me foi ensinado aqui, não faz muito tempo, e de fato em toda a sua inteira verdade. Aqui já não adiantava, o senhor me compreende, nenhum discurso com nenhuma pregação de moral. E a história que aconteceu foi assim – é preciso transmiti-la ao senhor exatamente, ponto por ponto, como o senhor gosta.

Eram os dias do caso Mendel Beilis[2] – precisamente naquele tempo em que Mendel Beilis, nossa inocente vítima sacrificial, sofria as "torturas da morte, purificava a alma por pecados alheios, e o mundo seguia em sua marcha" –, estava eu assim sentado no banco junto à minha casa imerso em reflexões. Verão, o sol torra, e a cabeça pensa: "Como é possível! Como é possível! Um mundo tão inteligente! Tão grandes homens! E onde está Deus? O velho Deus judeu? Por que se cala? Como permite uma coisa dessas? Como é possível, como é possível e, mais uma vez, como é possível!" E ao pensar assim acerca de Deus, a gente se aprofunda também, de passagem, em coisas do Céu e cai na tentação de filosofar: O que é o mundo? O que é o outro mundo? E por que não vem o Messias? "Ah, ele agiria, refiro-me de fato ao Messias, como um sábio, se desse um pulo até nós, aqui embaixo, montado em seu cavalinho branco! Isto seria uma bela coisa! Ele nunca, me parece, foi tão necessário aos nossos irmãos filhos de Israel, como hoje em dia! Eu não sei como pensam os ricos, os Brodskis, por exemplo, em Iehupetz, ou os Roitschilds em Paris. Pode ser que não tenham nenhum interesse nele; mas nós, judeus pobres, de Kasrílevke e de Mazepevke e de Zlodeievke, e até de Iehupetz, e até de Odessa, esperamos, ai como esperamos por ele. Os olhos saltam realmente

2. Menahem Mendel Beilis (1874-1934) nasceu na Ucrânia e, em 1911, o governo tsarista armou contra ele um "libelo de sangue", em que se repetia a acusação medieval, segundo a qual os judeus utilizavam sangue cristão – no caso, o de um jovem ucraniano que desaparecera e fora encontrado morto – para cozer o pão ázimo da Páscoa. A incriminação teve grande repercussão, inclusive internacional. Na própria Rússia, Máximo Górki, Vladimir Korolenko, Aleksandr Block, Aleksandr Kuprin, entre outros, bem como numerosos intelectuais europeus fizeram ouvir o seu protesto contra o processo cujo julgamento se deu em 1913, quando Beilis foi inocentado. Emigrou para a Palestina e mais tarde para os Estados Unidos, onde passou o restante de sua vida.

da cabeça! Toda a nossa esperança agora é se Deus fizer um milagre e o Messias vier"...

Enquanto isso, estando assim sentado mergulhado nesses pensamentos, eu dou uma olhada – um cavalinho branco e alguém montado nele, dirigindo-se diretamente para o portão de minha casa! Tprru – estacou, desmontou, amarrou o cavalinho no portão, e veio direto em minha direção: "*Zdrastoi, Tevel!*, boa tarde! "*Zdrastoiti, zdrastoiti, vache blahorodie!*" – Boa tarde para vocês, boa tarde para vocês, nobres excelências, respondo com toda abertura, e no coração penso comigo mesmo: chegou Haman! – interpreta Raschi: "Quando se espera o Messias, chega o *uratnik*, o policial da cidade"... E eu me levanto diante dele, do *uratnik* quero dizer: "Bem-vindo seja, uma visita, digo eu, o que há de novo no grande mundo e o que de bom você vai contar, *adonii puretz*, meu nobre senhor?", e o coração quase que me salta do peito – já estou querendo saber o que e quando? Mas ele, o *uratnik* quero dizer, por enquanto tem tempo. Fuma o seu bom cigarrinho, solta uma baforada, cospe e me pergunta: "Quanto tempo, por exemplo, você necessita, Tevel, para vender tua chácara com todos os teus trastes?" Fico olhando para ele: "Por que, digo eu, devo vender minha chácara? A quem, por exemplo, estou incomodando?" "Incomodar, diz ele, não incomoda a ninguém. Mas eu vim, diz ele, te mandar embora do povoado." "No total, digo eu, nada mais do que isso? Por quais boas ações? Com o que, digo eu, mereci tamanha honra de tua parte?"... "Não sou eu que te manda embora, diz ele, o governo da província é que te manda embora." "O governo? – digo eu. – O que foi que ele viu de especial em mim?" "Não é só em você, diz ele, e não apenas daqui, mas de todos os povoados em toda parte, de Zladilevke e de Rabilevke, e de Kostolomevke e mesmo, diz ele, Anatevke, que até aqui era um *schtetl* judaico, torna-se agora também um povoado, e vão expulsar de lá todos – todos os seus"... "Até Leizer-Volf, o açougueiro, digo eu, também? E Naftali-Guerschen, o aleijado? E também o *schoikhet* de lá, o magarefe ritual? E o rabino?" "Todos! Todos!" – e faz um gesto com a mão como se desse um talho com uma faca... Até que me senti um pouco mais leve, como diz o senhor: "Dissabores de muitos, meio consolo", mas aborrecer isso me aborrece, e um fogo arde dentro de mim, e eu me resolvo e dirijo-me a ele, ao *uratnik* quero dizer: "Diga-me, você sabe pelo menos, distinto senhor, digo eu, que eu vivo aqui, neste canto, aqui no povoado, muito antes de você? Você sabe, digo eu, que aqui neste canto, vivia ainda meu pai, paz à sua memória, e meu avô, paz à sua memória, e minha avó, paz à sua memória?" E eu não tenho preguiça, e lhe enumero toda a família pelos nomes, quem e onde viveram e quem e onde morreram... Ele me ouve atentamente, apesar de tudo, o *uratnik* quero dizer, e quando acabo de falar, diz ele para mim: "Você é um judeu curioso, Tevel, diz ele, e você tem em si nove medidas de palavras. De que me serve, diz ele, tuas histórias de tua avó com teu avô? Que eles tenham, diz ele, um luminoso paraíso. E tu, Tevel, junta teus trastes, e dê o fora, vai para Berditchev!"... Isto me aborrece ainda mais: não bastasse, Esaú, uma notícia tão boa, você ainda faz caçoada: dê o fora, vai para Berditchev!... Deixe pelo menos que eu o chacoalhe um pouco, e eu lhe digo: "*Vache blahorodie*! Excelência! Durante todo esse tempo que você se encontra aqui, *puretz*, você já ouviu muitas vezes algum dos moradores se queixar de mim, de que Tévye o roubou ou o assaltou, ou o ludibriou, ou simplesmente lhe tirou alguma coisa? Vamos, vá perguntar agora mesmo aos senhorios, se eu não convivi com eles, digo eu, melhor do que o melhor dos senhorios? Não o procurei, a você mesmo, nobre senhor, uma porção de vezes, digo eu, para interceder pelos *góim*, pelos gentios, pedir-lhe que não os punisse?"... Isso, ao que parece, já não lhe veio a gosto! Ele se ergue, o *uratnik*, amassa o cigarro com os dedos, joga-o fora e me declara: "Não tenho tempo, diz ele, de tagarelar com você conversa fiada. Recebi um papel – e o resto não é comigo! Vem, você vai me assinar o papel, diz ele, e o prazo para ir embora, você tem três dias para vender tudo e pegar a estrada." Vejo que estou desgraçado e lhe digo: "Você está me dando três dias, três dias? Três anos viva você, digo eu, na riqueza e na honra. Deus que lhe pague, digo eu, muitas vezes mais por essa boa nova que você trouxe para mim em casa"... Uma boa, muito boa esfrega, como Tévye sabe! Em qualquer caso, seja como for trapo de gente – o que tenho a perder? Fosse eu jovem ao menos na casa dos vinte, e se minha Golde, paz à sua memória, estivesse viva, e fosse eu o mesmo Tévye, o Leiteiro, que antigamente nos velhos bons tempos – eh-ehe! Eu não me submeteria tão depressa! Eu resistiria, lutaria até ver sangue! Mas assim como está – o quê? "O que somos e o que é a nossa vida" – o que sou hoje e quem sou eu? Uma metade de um corpo, um caco de louça, um vaso quebrado! "Ah Tu, Senhor do Universo, Paizinho! – penso comigo mesmo. – Por que estás pegando no pé justamente de Tévye? Por que não brincas alguma vez, só por curiosidade, com um Brodski, por exemplo, ou com um Roitschild? Por que não se estuda com eles o capítulo *Lekh-Lekho*, "Vai-te"? Seria, parece-me, mais digno deles. Primeiro, eles sentiriam o verdadeiro gosto do que significa ser judeu. E segundo, eles que vejam também que nós temos um Deus poderoso"...

Em resumo, tudo isso, porém, são apenas palavras vazias. Com Deus não se discute, e a Ele não se dá quaisquer conselhos sobre como conduzir o mundo. Ele, quando diz: "Meus são os céus e minha é a terra" – resulta que Ele é o dono da casa, e nós devemos lhe obedecer. O que Ele diz, está dito!... Entro então casa adentro e digo para minha filha, a viúva: "Tzeitel, nós vamos nos mudar, digo eu, daqui para algum lugar na cidade. Chega de viver no povoado, mudança de lugar, mudança de sorte... Você pegue agora mesmo, digo eu, e comece em tempo a preparar-se com a roupa de cama, com o samovar e com tudo o mais, vou vender a chácara, chegou um papel, digo eu, para que desocupemos este lugar e que dentro de três dias não reste aqui nem o nosso bafo!"... Ao ouvir de mim tal notícia, ela caiu no choro, a minha filha viúva, e seus filhinhos, olhando para ela, puseram-se simplesmente a chorar, e em casa virou, o que posso lhe dizer, *Tischebav*, Nono Dia de Av! Aí, fico irado e descarrego em minha filha, coitada: "O que vocês querem de minha vida? Por que vocês estão se lamentando de repente no meio de tudo, como um velho cantor de sinagoga nas primeiras *Slikhes*, nas preces de penitência?... O que sou eu – algum filho único, para Deus? Uma terna criança? Poucos judeus, digo eu, são agora expulsos dos povoados? Vá ouvir o que o *uratnik* conta! É possível, digo eu, que tua Anatevke, que até aqui era um *schtetl* , agora já se torne também, digo eu, com a ajuda de Deus, um povoado, por causa dos judeus de Anatevke, para que se possa expulsá-los todos. Sendo assim, digo eu, com o que sou pior do que todos os judeus?”... É assim que lhe derramo meu coração, a essa minha filha. Mas mulher é mulher. Diz ela para mim: “Para onde vamos nos mudar de repente, de uma hora para outra, no meio de tudo? Onde, diz ela, vamos nos pôr a procurar cidades?”... “Tola! – digo eu. – quando Deus apareceu ao nosso antepassado, a Abraão, nosso patriarca, e lhe disse, ‘*Lekh-Lekho*, vai-te de tua terra’, por acaso tornou Abraão a perguntar-lhe sequer a outra palavra: para onde?... Deus lhe disse, digo eu, ‘para a terra que eu te mostrar’, cujo sentido é: *Na vsie tchetire stareni* – ‘em todas as quatro direções’, iremos, digo eu, para onde os olhos nos levarem, para onde todos os judeus vão! O que acontecer, digo eu, com todo o povo de Israel, o mesmo acontecerá com *reb* Israel. E com o que, digo eu, você é mais nobre do que tua irmã Beilke, a ricaça? Se ela se digna a estar, com seu Podhotzur, agora, na América, e levar um vidão, você pode também se dignar... Agradeça ao Louvado Nome, digo eu, o fato de ainda termos com o que nos mexer, um pouco, digo eu, ainda há um pouco de antes, e um pouco da chácara, que venderemos, e um pouco virá da casa. De pouco em pouco a vasilha fica cheia – e também isso é para o bem! E mesmo se não tivéssemos nada, Deus não queira, estaríamos em melhor situação, digo eu, do que Mendel Beilis!”

Em resumo, consegui de algum modo que ela não se obstinasse. Eu a fiz entender com a razão que quando o *uratnik* vem e traz um papel, quando mandam a gente ir embora, não se pode ser um porco e é preciso ir embora. E eu, quanto a mim, fui ao povoado fazer um negócio com a casa, segui direto para falar com Ivã Poperile, com o estaroste quero dizer, ele é um gentio dono de terras e morre de vontade por minha casa! Chegando lá, não lhe conto história nem sonho – um judeu não é bobo – e lhe digo: "*Fique sabendo, Ivanu Serdze*, que eu vou deixar vocês"... Diz ele: "Por que isso?" Digo eu: "Eu vou mudar para a cidade. Quero estar, digo eu, entre judeus. Já não sou jovem e, não queira Deus, a gente pode morrer de repente"... Diz Ivã para mim: "Por que então você não pode morrer aqui? Quem te impede?" Agradeço-lhe muito e digo-lhe: "Morrer aqui é melhor você morrer, você tem preferência, e eu, é melhor que eu vá morrer entre os meus... Compre, pois, de mim, a minha casa com o pomar. A outro, eu não venderei. A você – sim." "Quanto você quer, diz ele, por tua casa?" "Quanto, digo eu, você dá?" Voltamos ao mesmo: "Quanto você quer?", diz ele para mim, e eu para ele: "Quanto você dá?" – Pusemo-nos, assim, a barganhar e a bater palmas, barganhamos e batemos palmas durante tanto tempo, um rublo a mais, um rublo a menos, até que ajustamos o preço, e imediatamente peguei dele na hora um belo sinal em dinheiro, para que ele, Deus não queira, não voltasse atrás – um judeu não é bobo – e foi assim que vendi um dia, pela metade do valor, toda a minha boa fortuna, fiz de tudo isso ouro, e saí para alugar uma carroça, a fim de transportar o pouco de pobreza restante – se isso não bastasse, o senhor ouvirá mais um azar que sobreveio a Tévye! Preste só atenção, já não irei prendê-lo muito, por mais tempo, vou lhe contar, como diz o senhor, três coisas em duas palavras.

Em resumo, antes de partir, volto para casa, já não encontro uma casa, mas uma ruína, as paredes nuas, elas choram realmente com lágrimas! No chão – pacotes mais pacotes e mais pacotes! Sobre o fogão está sentado o gato, como um órfão coitado, tristonho – me deu até um nó no coração e as lágrimas me afluíram aos olhos... não sentisse eu vergonha perante minha filha, bem que teria chorado toda a minha mágoa; como diz o senhor, apesar de tudo meu torrão – aqui eu cresci, aqui penei durante toda a minha vida, e de repente, no meio de tudo – *Lekh-lekho*, "vai-te!" Diga o senhor o que quiser, é uma coisa dolorosa!... Tévye, porém, não é mulher; eu me contenho, pois, faço de conta que estou alegre e digo à minha filha, a viúva: "Vem cá Tzeitel, onde está você?" Ela sai do segundo cômodo, Tzeitel quero dizer, com olhos vermelhos e o nariz inchado. Ahá!, penso de mim para comigo, minha filha esgoelou-se, como uma velha judia devota quando no Ano Novo e no Dia da Expiação reza "E nós proclamaremos o [Seu] poderio!" Veja só, as mulheres – está ouvindo – não são de brincadeira – aconteceu algo, toca a chorar! Lágrimas baratas elas têm! "Tola! – digo-lhe. – Por que você está chorando de novo? Então, você não é boba? – digo-lhe. – Considera apenas a diferença entre você e Mendel Beilis..." Ela não quer me escutar e me diz: "Pai, você não sabe por que estou chorando..." Eu digo: "Sei muito bem. Por que não havia de saber? Você chora, digo eu, de saudade pela casa... Aqui você nasceu e cresceu – isso te entristece! Creia, digo, se eu não fosse Tévye, se eu fosse outro, também beijaria, digo eu, as paredes nuas com as prateleiras vazias... Eu também me desfaço em dor sobre esta terra!... Sinto saudade, digo eu, de cada pedaço, como você. Bobinha! Até esse gato, veja, está ali sentado, feito órfão, sobre o fogão. Uma língua muda, um animal, digo eu, no entanto é uma pena, ele vai ficar sozinho, sem dono – 'piedade pelos seres vivos...'" "Existe, diz ela, você pode imaginar, uma pena maior?" "Por exemplo?" "Por exemplo, eis que vamos partir, diz ela, e abandonar aqui uma pessoa sozinha, solitária como uma pedra." Não entendo ao que ela se refere e pergunto-lhe: "O que você está balbuciando, digo eu? Que ameixas? Que pessoa? Que pedra?" Ela me replica: "Pai, não estou falando do caminho, estou falando, diz ela, de nossa Have." E assim que ela pronunciou esse nome foi, juro-lhe, como se me caísse água fervente ou uma acha de lenha sobre a cabeça! E eu caio em cima de minha filha e acabo com ela: "Por que de repente, no meio de tudo, digo eu, Have? Eu já avisei, não sei quantas vezes, que Have não deve ser nem lembrada nem mencionada!" O senhor acha que ela se amedronta? Mas não mesmo! As filhas de Tévye têm dentro de si uma força! "Pai, diz ela para mim, não fique tão bravo e lembre-se do que você mesmo disse tantas vezes que está escrito que uma pessoa deve ter piedade de outra pessoa, como um pai de um filho..." O senhor está ouvindo o que é falar? Isso me pôs naturalmente a ferver ainda mais e passei-lhe uma esfrega, como ela merecia: "De piedade, digo, você está falando comigo? Onde estava a piedade dela quando eu me encontrava feito um cão diante do padre, apagado seja seu nome, beijando-lhe os pés, e ela se achava, talvez, no quarto vizinho, e ouvia cada palavra?... Ou onde estava a piedade dela, digo eu, quando a mamãe, paz à sua memória, jazia – não aconteça isso com você – aqui no chão, coberta de preto? Onde ela estava então?... E as noites que eu não dormi? E o sofrimento, digo eu, que me fez sofrer o tempo todo até o dia de hoje ainda, quando me lembro o que ela me fez, por quem ela nos trocou – onde está, digo eu, a piedade por mim?" E isso resseca meu coração e não consigo falar mais... E o senhor acha que a filha de Tévye não encontrou o que responder a isso? "Você mesmo afirma, diz ela, que à pessoa que sente arrependimento, até Deus mesmo perdoa..." "Arrependimento? – digo eu. – Tarde demais! O raminho que um dia se desprendeu da árvore, digo eu, tem de secar! A folhinha que caiu, digo eu, tem de apodrecer, não fale mais, pois, comigo disso, chega – 'até aqui, se diz no Grande Sábado.'"

Em resumo, percebendo que com palavras nada podia conseguir de mim, Tévye não é pessoa que conversa faça mudar de ideia, ela se lança sobre mim, começa a beijar minhas mãos e me diz: "Pai, que a doença me pegue, que eu morra aqui, aqui mesmo, neste lugar, se você a rejeitar desta vez, diz ela, como você a rejeitou aquela vez, na floresta, quando ela se atirou ao seu encontro e você virou, diz ela, o cavalinho e fugiu!"... "Que enredamento, digo eu, sobre minha cabeça? Que castigo! O que você quer de minha vida?!" Mas ela não me larga, me segura pelas mãos e continua a defender o dela: "Que a doença me pegue, diz ela, que eu morra, se você não a perdoar, porque ela é tua filha, como eu!"... "O que você quer de minha vida? Ela não é mais minha filha! Ela já morreu há muito!"... "Não, diz Tzeitel, ela não morreu e é de novo tua filha, como era, porque desde o primeiro minuto, quando soube que nos mandavam embora, ela disse que estavam mandando embora a todos nós, a ela também, quer dizer. Lá onde nós

estivermos – foi assim que Have mesma me disse – lá ela estará. Nosso *goles* é o dela... Sinal disso, meu pai, aqui você tem o pacote dela"... É assim que me declara minha filha, Tzeitel quero dizer, de um só fôlego, como os dez filhos de Haman no livro de *Ester* e não me deixa pronunciar sequer uma palavra e me aponta um pacote embrulhado em um lenço vermelho, e logo depois abre a porta do outro quarto e chama: "Have!" – como o senhor me vê, um judeu... O que hei de lhe dizer, meu caro amigo? Realmente como é descrito em seus livrinhos, ela aparece, Have quero dizer, sai do outro quarto – saudável, fofa, bonita, como era, nem um fio de cabelo a menos, mas o rosto um pouco preocupado, os olhos um tanto repuxados, a cabeça ela mantém alta, com altivez, detém-se por um momento, olha para mim – e eu olho para ela. Depois estende para mim os dois braços, e só consegue proferir uma palavra, uma única palavra, e baixinho:

– Pa-pai. . . . .
. . . .
. . . .

Não se aborreça por que estou me lembrando, ainda agora me vêm lágrimas aos olhos. Mas não pense, no entanto, que Tévye derramou uma lágrima sequer, ou demonstrou, como diz o senhor, coisas do coração – lama!... Quer dizer, o que senti então dentro no coração – isso é algo diferente. O senhor sozinho também é pai de filhos e conhece como eu o significado do versículo "como o pai tem compaixão pelos filhos" e o gosto do que acontece quando um filho, por mais que haja pecado, quando ele olha direto na sua alma e lhe diz: "Papai!" – Bem, seja então, ao contrário, homem bastante e o expulse!... E, de novo, porém, a força do sangue trabalha, e logo me vem à mente a bela armação que ela me fizera... Khvedke Galagan, enterrado seja, e o padre, apagado seja seu nome... E minhas lágrimas... E a morte de Golde, paz à sua memória... Não! Diga o senhor mesmo, como é que se pode esquecer isso, como se pode esquecer?... E de novo, repensando – como é possível! Apesar de tudo, é uma filha... Como pode uma pessoa ser tão cruel, quando Deus mesmo diz de si que Ele é um Deus paciente!... E mais ainda, ela está arrependida e quer voltar ao seu pai e ao seu Deus!... O que diz o senhor, *pani* Scholem Aleikhem? O senhor afinal é um judeu que escreve livrinhos e dá conselhos ao mundo – diga o senhor mesmo o que Tévye deve fazer? Abraçá-la, como a um parente querido, beijá-la, apertá-la contra o peito e dizer-lhe, como dizemos no Dia da Expiação, no *Kol Nidre*, em "Todos os meus votos...": "Perdoei conforme Tua palavra" – vem para junto de mim, tu és meu filho? Ou, talvez, virar o varal da carroça, como da outra vez, e dizer-lhe: *Lekh-lekho*, "vai-te" – vai, com saúde, para lá de onde vieste?... Não, queira o senhor imaginar, por exemplo, que está no lugar de Tévye, e diz, só entre nós dois, mas abertamente, como a um verdadeiro bom amigo: como é que o senhor se comportaria?... E se o senhor não pode me dizer já, dou-lhe tempo para pensar... E por enquanto é preciso ir andando – os netos já estão esperando por mim, aguardam a chegada do avô. O senhor deve saber que netos são mil vezes mais queridos e entranhados do que filhos. "Filhos e filhos dos meus filhos" – é pouca coisa! Tenha saúde e não fique aborrecido comigo, enchi sua cabeça, mas em compensação o senhor terá assunto para escrever... Se Deus quiser, nós ainda nos veremos, por certo. Um bom dia!

VAKHALAKLOKOS (E ESCORREGADIO)

Uma história tardia de Tévye, o Leiteiro, contada ainda antes da guerra, mas que, devido à Diáspora e à balbúrdia, não pôde ver até agora a luz do mundo.

[Escrito nos anos de 1914-1916]

– O senhor se lembra certamente, *pani* Scholem Aleikhem, como uma vez eu lhe interpretei o capítulo semanal *Lekh-Lekho* (Vai-te), com todos os trinta e dois comentários, contei-lhe como Esaú acertou belamente suas contas com seu irmão Jacó, pagou-lhe bem pela primogenitura, me botou pra fora do povoado com tralha e mala, com as filhas e os filhos das filhas, e os trastes, como devia ser, acabou com toda a chácara e seus pobres pertences, com o cavalinho, distinção seja feita, do qual até hoje não posso falar sem lágrimas nos olhos, como dizemos nas lamentações de *Tischebav*, do Nono dia de Av: "Sobre isto eu choro" – ele merecia que por ele se derramasse uma lágrima... Bem, disso eu o dispenso, pois, se voltamos a falar da questão, é de novo a mesma história: com o que sou eu, para o Senhor do Universo, o filho único dentre todos os outros meus irmãos filhos de Israel que *fonie* pega pelo cachaço e expulsa dos sacrossantos povoados, varre e arruma e limpa e arranca com a raiz onde quer que haja o menor sinal de um judeu, como dizemos na oração da lua nova e dos dias sagrados "Possa erguer-se e vir": "Ordenarei e lembrarei" – para que não reste nenhum traço? Com o que tenho eu aqui, infelizmente, de me encarecer mais perante Deus do que todos os judeus expulsos dos povoados, que agora erram com mulher e filhos por todos os caminhos, como a ovelha extraviada, e não sabem onde passar uma noite, não têm um só lugar a fim de recostar a cabeça, tremem a cada minuto com medo de que apareça ao longe um botão de um *uratnik*, ou assim simplesmente na leitura da seção semanal do *Pentateuco*: Mas o que então? Tévye não é um ignorante, como outros judeus das aldeias, ele entende um capítulo dos *Salmos*, não é estranho ao *Medresch*, sabe arranhar, com a ajuda de Deus, uma seção do *Pentateuco* com os comentários de Raschi também. – Bem, e daí? O senhor deseja que Esaú avalie isso, como deve ser, e tenha respeito por um judeu assim? Ou será que mereço um agradecimento por isso? Embora, tomando na essência, não há aqui do que se envergonhar, e um defeito isto certamente não é – refiro-me realmente ao fato de que se é, graças a Deus, um judeu respeitável como toda gente de bem, não se é cego em matéria das letrinhas da Escritura, e se é versado em um versículo e a gente sabe como entrar e como sair, como está escrito no *peirek*, no capítulo da *Ética dos Pais*: "Saiba o que deves responder" – feliz é aquele que sabe... O senhor pensa, talvez, *pani* Scholem Aleikhem, que estou lhe dizendo isso assim sem mais, tirando simplesmente da manga? Ou que estou querendo me gabar diante do senhor, me vangloriar no meio de tudo com o meu grande conhecimento e minha erudição no sagrado saber? Não me leve a mal, pois isso só pode dizer alguém que não conhece Tévye. Tévye não fala sem nenhum propósito, só por falar, e nunca foi, como o senhor bem sabe, um vão fanfarrão. Tévye gosta de contar uma coisa que de fato "vi com meus olhos" – algo pelo qual ele próprio passou, que com ele mesmo aconteceu. Sente-se aqui, aqui mesmo, por um momentinho, e o senhor ouvirá uma bela história, de como é útil às vezes para uma pessoa, quando não se é um grosso "carne e peixe" e se tem um tiquinho de noção dos "mundos superiores" e se sabe onde e como enroscar um versículo, ainda que seja de nosso velho livro dos *Salmos*.

Em resumo, isso aconteceu, se não me engano, já faz tempo, muito tempo, receio que em plena febre "daqueles dias" – das revoluções com *cosnetutzies* de *fonie*, quando os grunhidelas, os *hooligans* se lançaram sobre as cidades e cidadezinhas judaicas com livre disposição e as mãos desatadas e puseram-se a dar cabo dos bens e haveres judaicos, como consta da Escritura, como está escrito no *Sider*, no livro de orações: "Destróis os inimigos e dominas os malvados" – quebraram janelas e rasgaram a roupa de cama... Parece-me que já lhe disse certa vez que eu mesmo não fico impressionado com essas coisas, e assustar também não me assusto, pois acontece um dos dois: se é um jugo predestinado, um infortúnio decretado pelos céus, eu não devo, pois, ser uma exceção entre todos os filhos de Israel, como dizemos no versículo: "Todo [povo de] Israel tem parte" [no mundo vindouro]? Mas o que então? É simplesmente uma epidemia, uma espécie de peste, queira a mercê de Deus nos salvar, um vendaval, que passa – assim sendo, não há, pois, certamente por que desanimar! O vendaval vai se acalmar, o céu há de se aclarar e há de ser como está escrito "Renova os nossos dias como antes." Como diz o gentio, distinção seja feita: *Ne bulo au mikite brosche ai ne bude*...

E assim foi – agora também, quando o conselho do povoado veio ter comigo, como eu já lhe havia contado certa vez, parece-me, e me anunciou a boa nova de que vinham fazer comigo o que estava sendo feito com todo o povo de Israel, quer dizer, cumprir o mandamento de *bei jidov*, bate nos judeus! Eu por certo, antes de tudo, cumulei sobre a cabeça deles todas as maldições e comecei a argumentar e propor questões, como Tévye sabe fazer: como é possível, de que modo e por quê, e que maneira é essa de cair em cima de uma pessoa, digo eu, em plena luz do dia, rasgar seus travesseiros e soltar suas penas?

Bem, argumentos pra cá, argumentos prá lá – vejo que todas as minhas palavras são tempo perdido, os grunhidelas fincaram pé; eles precisam, dizem eles, satisfazer as autoridades, eles temem, dizem eles, que o diabo traga um botão de farda, um negro espírito – ele que veja que eles não perdem para ninguém como gente, que não deixam passar um judeu assim à toa, sem um sinal de *pogrom*. Com que cara eles vão ficar diante do conselho da aldeia?

Por isso, dizem eles, ficou decidido pelo conselho que algo será feito comigo – isso eles têm que fazer!

Deliberei então no último minuto: "Sabem de uma coisa, disse eu, uma vez que o conselho assim julgou, digo eu, não há o que discutir. O que pode estar acima do conselho? Mas o que então? Isto vocês sabem, digo eu, que há uma coisa que é mais alta do que o conselho, não sabem?" Dizem eles: "Por exemplo, o que pode ser mais alto?" Digo eu: "Deus, eu não me refiro, digo eu, ao nosso Deus – *nasch bog*, ou ao vosso Deus – *vasch bog*. Refiro-me, digo eu, ao 'Nosso Deus e Deus de nossos antepassados' – ao Deus de todos nós... Aquele, digo eu, que criou a mim e a vocês, distinção seja feita, e todo o conselho de vocês – é a Ele que me refiro. Sendo Ele, digo eu, é preciso dar uma apalpada para saber se Ele quer, se Ele ordena que vocês me façam mal. Porque pode ser, digo eu, que Ele ordena de fato assim, e pode ser, de outro lado, que Ele não quer isso de modo e maneira alguma. Mas, como nós podemos saber? Vamos então, digo eu, tirar a sorte. Aqui está, digo eu, um livro dos *Salmos* de Deus? Vocês sabem, digo eu, o que os salmos significam? Entre nós isso se chama *Tilim*, *Salmos*, entre vocês isso se chama Saltério. Este sagrado Saltério, digo eu, será o juiz entre nós, o *mirovói sudiá*, o Juiz do Mundo quero dizer. Ele vai decidir, digo eu, se vocês devem me bater ou não"...

Eles então se entreolham com estranheza, e Ivan Poperile, o estaroste, vem à frente e diz para mim: "Por exemplo, como é que o sagrado Saltério vai decidir?"... Digo eu: "Se você, Ivan, me der a sua aprovação e o seu aperto de mão de que o conselho obedecerá a tudo o que os *Salmos* vão decidir, eu te mostrarei como ele o faz." Ivan pega e me estende a mão e me diz: "Falou, está falado." "Se é assim, está bem, digo eu. Agora, vou esfolhear uma página nos *Salmos*, e a primeira palavra que me saltar aos olhos, eu lhes direi, e vocês, digo eu, terão a bondade e a piedade de repeti-la comigo. E se alguém de vocês, digo eu, puder repetir depois de mim é sinal de que Deus ordena que vocês façam com Tévye o que vocês quiserem, e se não, digo eu, é sinal de que Deus não ordena isso... Estão de acordo?" Ivan, o estaroste, cruza olhares com o conselho e diz para mim: "*Ladna*", está bem, de acordo. "Se assim é, digo eu, e abro o livrinho dos *Salmos* diante deles, está certo, aqui vocês têm: '*vakhalaklakos*' (e escorregadio..), (35, 6). Vocês podem, digo eu, encarregar-se de repetir depois de mim a palavra "*vakhalaklakos*'"? Eles ficam olhando um para o outro e todos para mim e pedem que eu repita a palavra mais uma vez. Digo eu: "Sem problema, vocês é que mandam, pelo menos três vezes, se quiserem: '*vakhalaklakos, vakhalaklakos, vakhalaklakos*!'... Dizem eles: "Não, Tevel, não diga: *khal-khal-khal*! Você, dizem eles, fale-nos de maneira clara, ordenada e devagarzinho". Digo eu: "Sem problema também, vou lhes falar de maneira clara, ordenada e devagarzinho: *va-khalak-la-kos*! Satisfeitos?"

O pessoal ficou pensativo por um momento e em seguida pôs mãos à obra, cada qual a seu modo. Um deixou escapar: "*Haidamaki*". O outro: "*Lamaki.*" Para o terceiro, isto já resultou em: "*Haikalia*". Por que caiu no seu gosto "*Haikalia*"? Por causa de *Haie*-Lea de Naftali-Guerschen, o aleijado, que é de Anatevke. Vejo que é uma história sem fim e lhes digo: "Sabem de uma coisa, digo eu, meninos? Estou vendo que o trabalho é um pouco pesado para vocês, parece-me que *vakhalaklakos* não é para a cabeça de vocês: vou lhes dar, pois, digo eu, outra palavra, também de nossos *Salmos*: '*m'maamakim*'... '*m'maamakim keratikha*', 'das profundezas [do abismo] clamo a Ti...' (130, 1).

Naturalmente, começou de novo a mesma "festa": para um isso veio dar em "*Lokhanka kerosina*", para o segundo, "*krivliaka buzina*", o terceiro deu uma cuspida: Tfu! "*Nekhai tuvi likho hodina*"!...

Em resumo, eles viram, ao que parece, que com Tévye a discussão não chegaria a um fim, diante disso o estaroste, Ivan Poperile quero dizer, dirigiu-se a mim nos seguintes termos: "A história disso, diz ele, é assim. Na realidade, nós nada temos contra você Tevel. Você é de fato um *jid*, um judeu, mas não é má pessoa. Uma coisa nada tem a ver com a outra, mas bater em você é preciso. O conselho assim decidiu – caso perdido. Nós vamos , diz ele, quebrar pelo menos um par de janelas – E se for preciso, diz ele, você sozinho pode rebentar algumas vidraças – contanto que se tape a boca daquela gente, o diabo que os carregue! Se, por acaso, diz ele, algumas autoridades passarem por aqui que elas vejam que não se deixou você escapar. Do contrário, diz ele, por tua causa nós ainda seremos castigados... E agora, diz ele, prepara o samovar e nos ofereça chá e, compreende-se, meio balde de vodca para o conselho, que nós tomaremos aos copinhos e beberemos à tua saúde, porque você é, diz ele, um judeu inteligente, uma criatura de Deus." Foi com essas palavras e com essa linguagem, como estou lhe contando, Deus que assim me ajude juntamente com o senhor para onde quer que eu me volte, que ele falou.

Bem, agora, pergunto-lhe, *pani* Scholem Aleikhem, o senhor é afinal um judeu que escreve – Tévye tem razão quando diz que nós temos um Deus poderoso e que uma pessoa, enquanto vive, não pode desanimar, e em especial um judeu, e ainda mais um que não é estranho aos "nossos amigos" – que estudam as letrinhas miúdas! Isso porque, depois de tudo, resulta, no fim de contas, como dizemos na reza: "Feliz é aquele que habita a Tua casa" – que é bom e feliz aquele que sabe. E por mais que quebremos a cabeça e não queiramos recorrer a argumentos rebuscados, temos de confessar que nós judeus somos, apesar de tudo, dentre os povos um dos melhores e mais inteligentes, como diz o Profeta: "Que outro povo é como tu, Israel?" Um judeu é, seja como for, um judeu, como o senhor mesmo diz em seus livrinhos de histórias, para ser judeu é preciso ter nascido judeu... "Abençoado sê tu, Israel" – que feliz sou eu por ter nascido judeu, pois sei qual é o gosto da diáspora grega e de se arrastar entre os povos e do "eles erraram e acamparam" – onde amanheceram, lá não pernoitaram, pois, desde que me ensinaram a porção semanal *Lekh-Lekho* – o senhor se lembra, uma vez eu lhe contei sobre isso em pormenor? – continuo ainda a andar, e não sei de nenhum lugar de repouso do qual eu possa dizer: "Aqui, Tévye, você fica." Tévye não questiona, disseram-lhe que andasse – ele anda... E eis que nos encontramos hoje, eu com o senhor, *pani* Scholem Aleikhem, bem aqui, no trem. Amanhã, isso poderá nos levar para Iehupetz. Depois de amanhã, isso

poderá nos atirar para Odessa, para Varsóvia, para a América – a não ser que o Altíssimo olhe à sua volta e diga: "Sabem de uma coisa, crianças? Eu vou baixar para vocês o Messias!"... Tomara que Ele nos faça essa contrariedade, o velho Senhor do Universo! Por enquanto, desejo-lhe saúde, faça boa viagem e transmita lembranças à nossa gente e diga-lhes lá que não se preocupem: nosso velho Deus vive!...

DE KASRÍLEVKE A NOVA YORK[1]

Para que romances, quando a vida é um romance?
Scholem Aleikhem

Scholem Rabinóvitch, que se tornou famoso como Scholem Aleikhem, seu nome literário, veio à luz em 1859, em Pereieslav, cidade da província russa de Poltava. Quase que em seguida ao seu nascimento, seus pais se transferiram para a cidadezinha de Voronka, lugar onde passou os "melhores" anos de sua infância. Voronka era um *schtetl*, como tantos outros espalhados pelas planícies da Europa Oriental, pouco envolvido com o grande mundo, estancado em sua tipicidade, abrigando uma população judaica não menos marcada por seus padrões tradicionais e pelo imobilismo de suas formas de existência. Isso se devia naturalmente, em boa parte, às condições reinantes na Rússia tsarista, onde a vida judaica se mantinha num atoleiro quase medieval, em agudo contraste com a dos judeus radicados nos países do Oeste europeu, que já nessa época haviam deixado o gueto, quer em termos sociopolíticos, quer culturais. Voronka, porém, desconhecia tal fato. Nem as técnicas, nem as máquinas, nem os meios de comunicação que

1. Extraído de J. Guinsburg, *Aventuras de uma Língua Errante*, São Paulo: Perspectiva, 1996.

estavam abalando as formas de vida do Ocidente haviam chegado lá e sua estratificada sociedade continuava intocada em seu modo de ser. Mas, por isso mesmo, alguns de seus traços marcantes ficaram inscritos para sempre na textualidade literária da criação ídiche sob o pseudônimo de Kasrílevke, a cidade dos velhos judeus com coração de criança.

Em Voronka, a família Rabinóvitch era tida como rica. Ainda assim, mal se distinguia das demais: uma existência atribulada, a luta constante pelo pão de cada dia eram o cotidiano da vida judaica no *schtetl*. A mãe de Scholem Aleikhem, como outras tantas *ídische mames* (mães judias), era uma mulher ativa e prática, assoberbada pelos problemas domésticos, com uma ninhada de filhos e às voltas com um armazém de onde provinha efetivamente o sustento do lar. O pai, um homem silencioso, melancólico, com muitos negócios, meio *hassid* e meio *maskil*, versado nos estudos judaicos e leitor apaixonado dos romances hebraicos de Mapu, não era uma presença dominante na dinâmica da casa. A educação que o menino recebeu era do tipo tradicional, isto é, aquela que judeus marcadamente iguais às personagens de seus futuros livros lhe poderiam proporcionar. Era aquela formação que fazia das crianças velhos precoces e na qual o fardo das provações se abatia sobre a alegria ingênua e traquina da infância. O próprio Scholem Aleikhem descreve como sobre as suas costas de menino recaía o peso desse sombrio ambiente, onde o riso não tinha lugar, e do arcaico sistema do *heder*, onde a irrequieta expansão dos garotos era reprimida pela vara implacável do *melamed* (mestre-escola) e por um ânimo tão soturno quanto os negros gabardos que vestiam.

Ainda assim, seriam anos que não lhe pesariam na lembrança. Pelo contrário. Invocá-los-ia como um reino distante das travessuras e dos sonhos de criança. Neles, a natureza imaginativa e fabuladora, manifesta desde muito cedo no pequeno Scholem, pôde encantar-se no mundo das lendas e das "histórias", cujos "tesouros" lhe foram revelados por seu amigo Schmulik. Mas, se as tramas da fantasia o conduziam para bem longe das agruras do cotidiano, não eram elas as únicas que o seduziam. Já então o seu olhar, agudo e vivaz, comprazia-se com as feições da realidade e seus traços engraçados, que gostava de imitar e caricaturar. O gosto pelo onírico e pelo lúdico jamais o abandonou, mesmo após a família, arruinada, ter voltado a Pereieslav, na busca de *parnusse* (ganha-pão). A casa tornou-se mais triste, os pais mais enrugados e acabrunhados, o pão mais negro e escasso. Pouco depois o menino perde a mãe, e o pai, cumprindo sem demora o preceito, casa-se novamente. Assim, introduz-se na vida da família uma nova personagem, a madrasta – uma *ídene* (judia) de Berdítchev –, que iria satisfazer em tudo o modelo clássico e amargurar devidamente a vida do enteado. E, para completar o quadro, a ronda da penúria não cessava.

Como toda generalização é perigosa e não poucas vezes injusta, no caso do sr. Rabinóvitch o seu procedimento também não se pautou somente pela ausência ou fraqueza. Na verdade, esse pai que pouco fazia pelo filho e apenas lhe tributava, de quando em vez, um elogio pela inteligência, teve um momento de exceção honrosa e de importância capital para a vida de Scholem Aleikhem. Influenciado por amigos, que souberam ver no garoto uma qualificação particular para o estudo, resolveu fazê-lo frequentar um ginásio russo. Se a decisão por si já era problemática para um judeu na Rússia de então, quer pela ousadia que representava em relação ao conservantismo judaico, quer pelo esforço que implicava para vencer a discriminação gentílica, no caso ela envolvia uma dificuldade a mais, e não de pouca monta, pois esbarrou com a feroz oposição da madrasta. Parece, porém, que pelo menos dessa vez aquele homem tomou-se de brios e reagiu às invectivas da mulher.

Foi assim que Scholem Aleikhem entrou em contato com um mundo diferente do seu, abrindo-se-lhe os horizontes da cultura laica europeia. Na escola demonstrou ser um estudante dotado e foi várias vezes premiado, apesar de sua origem judaica. Isso lhe amenizou também o convívio familiar, mesmo porque o pai o resguardava de tudo o que pudesse perturbá-lo nos estudos.

Na condição de estudante externo, pois os judeus não eram admitidos como alunos internos das escolas oficiais russas, decorreram os últimos anos da adolescência de Scholem Rabinóvitch.

Não obstante a dura realidade material que lhe riscava fundo o espírito, a sua formação prosseguiu com tranquilidade.

Entretanto, nem tudo é paz na alma desse jovem estudante que está a ponto de terminar seu curso. Um suspirar de anseios e expectativas começa a inquietá-lo. Mas, sonhador e sentimental, vive na intimidade lírica o assomo de sua mocidade. É um suave romântico em quem o "despertar da primavera" não se exibe nos arrebatamentos despudorados dos impulsos. Nem por isso Eros não o assalta. Scholem apaixona-se pela filha do *hazan* da cidade. Mas o coração põe e a vida dispõe. A mulher de seus sonhos é, na realidade, uma boa e prática moça judia que troca bem depressa as belas divagações do etéreo ginasiano pela carteira mais ou menos provida de um vendedor qualquer. O nosso escritor sentiu-se terrivelmente traído e sua dor foi tanto maior quanto era acrescida da dificuldade de exteriorizá-la, da necessidade inerente à sua natureza de beber o fel até a última gota. Tão profundo foi o seu abalo que chegou a ser acometido de uma crise nervosa. De qualquer modo, esta também lhe serviu de descarga catártica, ao que parece, pois logo a seguir tomou algumas decisões que marcaram a trajetória de sua existência...

Scholem abandona a casa paterna, quer tornar-se independente. Pretende ganhar a subsistência lecionando a língua russa, cujo conhecimento correto constituía ponto de honra para toda família judaica mais abastada. É na condição de professor que o nosso herói chega a uma pequena cidade ucraniana. Traz no bolso uma carta de recomendação, no estômago a costumeira rarefação e na cabeça a não menos costumeira divagação. O destinatário da carta era um certo magnata local que, honrando as melhores tradições de hospitalidade, nem sequer permitiu que o forasteiro transpusesse a soleira da porta. Sem alternativa, o rapaz volta à estalagem onde se hospedara na véspera. O desencanto, a revolta e a fome acompanham-no. E é justamente então, tal qual nas velhas histórias de sua infância, que aparece um salvador. É que o filho de um outro potentado local, tendo sabido que um professor de russo se achava na cidade, veio procurá-lo para lhe oferecer o cargo de mestre de sua irmã.

Foi no desempenho dessa função que Scholem Aleikhem conheceu um bom momento. O dono da casa, o pai de sua aluna, era um homem dominador, um verdadeiro patriarca e senhor dos seus. No entanto, seus horizontes eram relativamente mais amplos quando comparados aos de outros judeus da época na mesma posição social. O jovem professor sentiu-se atraído pelo calor daquela atmosfera familiar, clima que nunca encontrara no lar paterno. Porém os motivos que concorriam para torná-lo feliz não paravam aí. Havia, por exemplo, uma natureza que se embelezava diariamente a seus olhos, sobretudo quando partilhava as suas sensações com a jovem aluna. E o escritor, encantado com tanta felicidade, aspirava com êxtase o ar campestre e lançava-o em torrentes de tinta que transformavam o branco do papel em novelas de enredos românticos, lidas pelo mestre à discípula. Os dois mal suspeitavam, ou pelo menos assim faziam de conta, que a contínua convivência fizera florir algo em seus corações, cuja coloração era mais viva do que a da simples amizade. Passeavam longamente, comentando os escritos do preceptor, planejando e sorvendo a largos tragos o prazer quase animal de sentir-se jovem, de ter no corpo uma alma não calejada e a promessa de um futuro por horizonte.

Porém, esse importante "porém" do destino, aconteceu que a pupila de Scholem tinha uma "tia", na verdade uma prima de seu pai. Ela morava em Berdítchev. Um dia, *Mume* Toibe resolveu visitar o parente. Há muito que não se viam e o ar puro do campo sempre faz bem. Mulher viva e observadora, pôs reparo em tudo o que podia haver de novo e diferente no solar do fazendeiro. E, vendo o parzinho tão entretido nas "aulas", sentiu-se de pronto assaltada por uma dúvida, que se converteu rapidamente em certeza. De fato, desconfiara e logo assentara que o jovem preceptor ensinara à filha do rico Loiev a pronunciar com muita ênfase, não só em russo como em ídiche, a palavra "amor". E tão alvoroçada ficou com a descoberta que não pôde guardá-la para si exclusivamente, mesmo porque simpatizara com o rapaz e gostaria de ajudar o humilde professor a conquistar a sua princesa. Assim, ao partir de volta para a sua cidade, julgou que devia comunicar ao primo o segredo surpreendido. O velho Loiev não gostou nada da história. Não porque tivesse alguma objeção particular contra o preceptor de sua filha, embora ele não passasse de um pé-rapado. Mas um romance às escondidas, em sua casa, era algo que não podia admitir. Um pobretão, vá lá! Mas uma escolha feita pela própria moça, sem o seu conhecimento e consentimento? Alguém que não tivesse sido dado por ele, o pai? Nunca! E foi assim que numa bela manhã, descendo para o dejejum, Scholem não encontrou vivalma. De Loiev, a mulher, o filho, a filha bem-amada, nem sinal. A casa estava deserta. Apenas comida na mesa e um envelope com dinheiro: o montante dos salários acumulados. À porta um trenó aparelhado e o cocheiro com ordem para levá-lo à estação de trem. Catástrofe! Só então o nosso inocente herói, humilhado e ofendido, tomou pulso de seus sentimentos. Suas emoções se desataram e o desespero da paixão fez-se uma caudal de cartas, devidamente interceptadas e não respondidas...

Mais uma vez a vida desfazia impiedosamente o seu pequeno castelo. Scholem, porém, não era um tipo que assimilasse as experiências e procurasse adaptar a sua visão às lições da realidade. Pelo contrário, cada golpe que recebia, cada desengano que sofria, tinha por consequência apenas a consolidação de seu próprio mundo. Fato esse que contribuiu de maneira poderosa para que mais tarde a impossibilidade de ver a vida judaica através de um prisma róseo jamais o levasse a uma desilusão completa, a uma forma de desengano que desencadeasse uma projeção satírica, ácida e negativa. Se seu humorismo se tornou um espelho côncavo, nunca se transformou em reflexo absolutamente grotesco, sempre conservou uma modulação amena.

A centelha de luz que a criação scholem-aleikhemiana sempre acaba resgatando no fundo escuro do trágico, graças a um renitente toque de comicidade às vezes quase infantil, constitui, sem dúvida, uma pincelada de otimismo no contexto de uma dramaticidade profunda de situações humanas e judaicas. Se não é lícito relacionar esse traço estilístico com as vicissitudes pessoais do autor, sem incidir em psicologismo e biografismo literário ingênuos, não se pode deixar de constatar um certo paralelismo entre algumas experiências por ele vividas e algo do que sucede nas suas invenções ficcionais. Assim, no seu caso de amor pela discípula, o seu desencanto tampouco pôde ser total, uma vez que, depois de penar quatro anos, conseguiu receber a amada como esposa.

Nesse interregno, Scholem tentou trocar o seu modo precário de ganhar a vida por uma situação mais segura e rendosa, que o habilitasse aos olhos do velho Loiev a tornar-se um chefe de família. Por ter feito os estudos tradicionais judaicos e haver completado o ginásio russo, pôde postular uma nomeação de rabino oficial, posto que conseguiu ao ser indicado para a pequena cidade de Lubny. No exercício de suas funções, procurou melhorar as condições de existência da população mais pobre, tendo de defrontar-se com a resistência dos membros mais ricos da comunidade. Seu trabalho nesse *schtetl* permitiu-lhe também, em acréscimo ao que vinha acumulando desde muito cedo, observar e colecionar um rico conjunto de tipos e costumes característicos do universo judaico daquelas paragens.

Após o casamento, abandonou o cargo de rabino e foi trabalhar com um advogado, em Bielotzerkov, e na célebre Brodsky, uma firma cujo nome ficou registrado na crônica ídiche, não só por sua envergadura econômica, como pela inserção ficcional que obteve na obra de Scholem Aleikhem. Este, porém, não permaneceu por muito tempo na empresa. Pouco tempo depois, atendendo à insistência do sogro, volta a residir na casa de Loiev e, com o falecimento deste, vê-se de súbito na chefia da família e na posse de uma rica herança que o transforma em abastado negociante. Transfere-se em seguida para a cidade de Kiev, onde divide o tempo entre as especulações da Bolsa e o culto da literatura. Já em 1883 publicara os seus primeiros trabalhos em ídiche sob o nome literário de Scholem Aleikhem. Faz-se notar também pelo apoio que presta à cultura judaica e à ídiche em particular, protegendo com o seu dinheiro os escritores, fazendo publicar uma antologia da produção literária em "jargão", onde figuram vários textos inéditos até então, além de trabalhos de sua própria autoria. A divulgação dessa coletânea, denominada *Iídische Folksbibliotek* (Biblioteca Popular Judaica) tornou palpável o vigor e a produtividade da jovem literatura. Nova também era a atitude para com seus autores que, pela primeira vez, receberam compensação não apenas poética, posto que suas colaborações eram pagas.

Em Kiev, a Iehupetz dos *kasrílevkers*, Scholem Aleikhem é tomado pela febre dos negócios. Especula. Ganha dinheiro. Perde dinheiro. Gira no redemoinho da vida de Menakhem Mendel. Finalmente perde toda a fortuna e todas as ilusões sobre as suas qualidades de financista. O duro golpe para o homem de negócios foi uma felicidade para o escritor. Realmente o que prendia Scholem Aleikhem ao mundo das especulações não era apenas a ânsia de ficar mais rico. Nesse gênero de aposta, mesmo quando o jogador não persegue outro Eldorado, a fantasia é sempre a espora de sua aventura. O que não dizer então em se tratando de alguém, como Scholem Aleikhem, que tinha na miragem e nas combinações extravagantes o alimento vital. A sua busca do fabuloso era um jogo contumaz com a fábula. Dessa forma, quando foi violentamente expulso pela bancarrota financeira da voragem especulativa na Bolsa, a queda, por dolorosa que tenha sido, não deixou de ser também um empurrão para a senda de sua real vocação.

Os anos de Kiev, além de fornecer ao escritor uma imagem especial da vida do intermediário judeu, improdutivo e parasitário, que se desgastava na febre da grande cidade à procura de riquezas mirabolantes, permitiram-lhe contrapô-la às visões que trouxera da infância e juventude, da vida parada, da miséria tranquila dos judeus que habitavam as pequenas Voronka-Kasrílevkes.

Contudo, antes de colocar a render as suas vivências na Bolsa do imaginário, onde a cotação de seus títulos jamais despencaria, Scholem Aleikhem teve de haver-se com o realismo grosseiro de seus credores que pretendiam nada menos do que fazê-lo pagar suas dívidas na cadeia. Não lhe restou outra escapatória senão fugir, mui realisticamente também, para o exterior. Mais uma vez, graças a uma intervenção providencial, livra-se dos apuros, pois ninguém menos do que a própria sogra vem em seu socorro, pagando os débitos com parte da herança que o marido lhe deixara. O nosso especulador retorna então do estrangeiro e completa a sua obra liquidando a parte restante num último lance na Bolsa de Odessa. Finalmente, com os bolsos vazios e livre de todo o lastro material, pôde levantar voo para as alturas de seu espírito criativo.

Desde muito cedo o estro da invenção ficcional foi generoso com Scholem Aleikhem. Dotado de grande facilidade, o seu problema nunca consistiu em saber como começar e sim como parar. Escreveu intensamente. O conjunto de suas obras forma quase setenta volumes, onde predominam os contos, as novelas e os romances. Ainda que as suas composições dramáticas sejam em pequeno número, seu gênio poderia ser definido como essencialmente teatral, pois a forma dialógica perpassa seus escritos.

A essa pena dialogante deveu também o seu êxito na imprensa. Suas colaborações apareciam nos principais diários e periódicos judaicos na Rússia, da Polônia e dos Estados Unidos. Unidas às turnês de conferências, no país e no exterior, elas se tornaram a sua principal fonte de subsistência e popularizaram consideravelmente o nome do escritor, tanto mais quanto Scholem Aleikhem, que sempre fora tentado pela arte dos comediantes, punha a render no seu estrado de palestrante um talento de humorista não menos hilariante oralmente do que por escrito. Suas palestras davam o que pensar aos intelectuais, mas sobretudo faziam o povo rir.

Esse riso devia-se por certo ao gênio chistoso do orador e ao efeito impagável de seu discurso jocoso. Mas a linguagem da paródia, dos hebraísmos e eslavismos contrafeitos como idichismos, trazia também algo mais para o público de Scholem Aleikhem, além da máscara elocutiva para as armações cômicas das *gags*, dos lapsos e das situações ridículas. De fato, o encontro lúdico com a fala do burlesco ídiche convertia-se no encontro crítico do homem do *schtetl* consigo mesmo. Ele se reconhecia como tal. E, na medida em que semelhante identificação ocorria, também era convalidada a visão que o retrato propunha.

A obra de Scholem Aleikhem se constituiu, pois, numa das mais idiossincráticas e abrangentes que a criação literária ídiche produziu sobre a vida judaica do Leste europeu e sobre a sociedade do *schtetl* no limiar da modernidade. Daí o seu evidente significado social e as expressões políticas que logo assumiu, embora seu autor jamais tivesse assumido, no plano da arte, um compromisso desse naipe e muito menos um partidário. É claro que tinha opiniões sobre os problemas e as opções de sua gente, não sendo indiferente ao sionismo, assim como apoiava a luta democrática e progressista russa, como se patenteia em *O Dilúvio*, romance em que focaliza os acontecimentos revolucionários do ano de 1905. Isso não quer dizer, porém, como pretenderam certos críticos, que fosse um escritor engajado, exceto nas causas de sua pena de contador de "histórias" que, estas sim, eram as da voz do povo...

Ao deflagrar-se a guerra de 1914, Scholem Aleikhem encontrava-se na Alemanha, onde se viu ameaçado de internamento por ser súdito russo. Com grande dificuldade, conseguiu passar para o território da Dinamarca, de onde viajou, com a família, para os Estados Unidos. Praticamente estava emigrando, coisa que não conseguira realizar em 1906, quando de sua ida à América com tal objetivo e de onde voltara decepcionado. Em Nova York continuou a desenvolver as aventuras de *Motl Peissi*, compôs em 1915 uma de suas peças mais conhecidas, *Dos Groisse G(u)evins* (A Sorte Grande) e retomou a elaboração de seu livro de memórias iniciado em 1913, *Funem Iarid* (De Volta da Feira). Mas esse retrospecto romanesco de sua própria vida em que manipula magistralmente a si mesmo como personagem dele mesmo, sem perder o fio narrativo e uma certa distância histórica, estava condenado a permanecer inconcluso. Na primavera de 1916, mais precisamente no dia 13 de maio, faleceu.

Scholem Aleikhem foi acompanhado à última morada pelo maior cortejo que já se vira até então nas ruas de Nova York. Centenas de milhares de judeus foram dar o seu adeus àquele que inscrevera na literatura ídiche e judaica os seus perfis e o de seus modos de existência leste-europeus. Uma chave da personalidade desse criador de *personas* talvez esteja naquilo que ele mesmo escreveu como seu epitáfio: "E justamente quando o público ria, se deleitava e se regozijava, ele (o autor) – e isso só Deus sabe – sofria em segredo, para que ninguém visse."

GLOSSÁRIO

Ab:

Undécimo mês do calendário judaico e quinto do ano hebraico. Dado o duplo som do *b* hebraico, diz-se também *Av*; corresponde a julho-agosto no calendário civil.

Adar:

Sexto mês do calendário judaico e décimo segundo mês do calendário hebraico; corresponde a fevereiro março no calendário civil.

Agune:

Do hebr. *aguná*, mulher abandonada ou separada, mas que permanece legalmente presa ao marido pela lei judaica do casamento.

Aktzies-schmaktzie:

Corruptela parodística de ações da Bolsa, e de *schmates*, trapos em ídiche.

Alef:

Primeira letra do alfabeto hebraico, que corresponde à letra *a* e ao número 1. Ela não tem valor vocal em si e, originalmente, era emitida na garganta, com um som gutural, sendo assinalada pelo diacrítico [']. Em ídiche, equivale à letra "a", na fala e na escrita.

Amém selá:

Em hebraico, "assim seja eternamente", expressão que encerra alguns versículos dos *Salmos*.

Aschkenaz:

Nome de um neto de Jafé e bisneto de Noé. O termo passou a designar, a partir da Idade Média, as regiões da Europa do noroeste e, em particular, a Alemanha e a França. Generalizou-se, mais tarde, como denominação das áreas em que viveram os judeus da Europa Central e Oriental e nas quais o ídiche se tornou a língua franca dessas comunidades.

Av:

Ver *Ab*.

Balak:

Rei bíblico de Moab, nome dado ao capítulo de *Números* 22, que constitui a porção 40 da leitura semanal da *Torá*.

Balebos (pl. *balebatim*):

Do hebr. *Baal-bet*, senhorio(s), dono de casa, na acepção de proprietário, burguês, dono de terras.

Barliantn:

Corruptela ídiche de *briliantn*, "brilhantes".

Batlonim (pl. ídiche de *batlen*):

Do hebr. *batlan*, *batlanim*, indolentes, mandriões; termo que designa uma classe de indivíduos que, nos guetos e povoados, se dedicavam unicamente aos estudos e às orações; viviam da caridade coletiva e desligados da vida prática.

Ben:

Hebr. filho.

Blintze(s):

Blinis, crepe em forma de canelone com recheio de queijo pilado.

Boiberik:

Denominação ficcional de Boiarka, cidade de veraneio próxima de Kiev; a derivação apoia-se na expressão humorística ídiche *farforn kain boiberik*, que significa perder-se no desvio, sair pela tangente.

Borscht:

Sopa tradicional da culinária russa, de beterraba, repolho ou azedinha.

Brisca:

Do polonês *briska*, carreta russa, leve, com cofre de vime, que pode ser transformada em trenó; caleça de viagem, leve e descoberta.

Brokhe(s):

Do hebr. *b'rukhá*, *b'rukhot*, bênção, bênçãos.

Calendário judaico:

Começa no primeiro dia de Rosch Haschaná, no mês de Tischri, e o ano hebraico inicia-se no primeiro dia de Pessakh, no mês de Nissan.

Chantre:

Ver *hazn*.

Coscher:

Do hebr. *cascher*, alimentos próprios para o consumo, segundo as leis bíblicas e rabínicas.

Cosnetutzie:

Corruptela de *constitutzie*, constituição.

Datche(s):

Em russo, sing. *datcha*, casa de veraneio; *datchinkes*, diminutivo idichizado.

Dezoito Bênçãos:

Ver *schimenesre*.

Dimentn:

Corruptela de *diamantn*, diamantes.

Eisches-khaiel:

Mulher de valor, forte e inteligente.

Elohim:

Utilizada gramaticalmente sempre como um singular, essa forma plural de Eloá é um dos nomes hebraicos de Deus.

Elul:

Duodécimo mês do calendário judaico e sexto do calendário hebraico, corresponde a agosto-setembro no calendário civil.

Ética dos Pais:

Ver *Pirké Avot*.

Eretz Isroel:

Forma ídiche do hebraico *Eretz Israel*, literalmente Terra de Israel.

Fonie:

Alcunha pela qual se designava em ídiche os russos coletivamente.

Gabe:

Do hebr. *gabai*, curador ou administrador de uma sinagoga ou de uma instituição comunitária.

Geena:

Usualmente a palavra é traduzida como "inferno", mas as fontes escriturais e rabínicas não dão fé a essa semântica, pois o termo deriva de *g(u)e-hinom*, vale de Hinom, ao sul de Jerusalém, onde ocorreu, na época bíblica, um culto a Moloc, com o sacrifício de crianças.

Gói(m):

Povo, nação, pagão, gentio. Também usado para designar o não judeu.

Goilem:

Do hebr. *golem*, corpo informe, embrião, homúnculo. Gigante de barro, predecessor do robô, cuja criação se deve, segundo o folclore judaico, a rabis e cabalistas famosos, entre os quais teve especial relevo o Maharal de Praga, rabi Iehuda Loew, século XVI.

Goldschpiner:

Literalmente, "Fiandeira de ouro"; popularmente, alguém que enriquece muito depressa.

Goles:

Do hebr. *galut*, desterro, exílio; aplica-se genericamente ao povo judeu em sua dispersão após a destruição do Segundo Templo de Jerusalém. Diáspora.

Grande Hosana:

Do hebr. *Hoschaná Rabá*, solenidade especial que é celebrada no sétimo dia da Festa dos Tabernáculos, Sucot.

Grande Sábado:

O último sábado que precede o Pessakh, em Nissan, mês no qual se daria, segundo a tradição, o advento do Messias.

Groschn:

Moeda de pequeno valor, tostão.

Grunhidela:

Referência desairosa à turba russa.

Gubernie:

Governo, província; divisão territorial e administrativa russa.

Guemore:

Do hebr. *Guemará*, comentário, exegese. Denominação dada à segunda parte do *Talmud*, da Babilônia, dedicada à interpretação da primeira parte, a *Mischná*. Designa, também em ídiche, o *Talmud* como um todo.

Guilden:

Gulden, florim: pl. hebraizado, *guildoinem*; pl. idichizado, *guildens*.

Hagode:

Do hebr. *Hagadá*, A Narração, nome dado ao livro que relata a saída dos judeus do Egito e os acontecimentos miraculosos que acompanharam o Êxodo.

Sua leitura e comentário constituem a parte principal e ordenam o Seder, a cerimônia familiar das duas primeiras noites do Pessakh.

Hai:

Vida, ser vivo. Dado o valor numérico das letras hebraicas, *ha'i* representa o número 18 e adquiriu significação mística na numerologia cabalística, tornando-se popularmente um signo de sorte.

Hale:

Do hebr. *halá*, nome dado ao pão trançado que é preparado para o sábado.

Halel:

Louvor, glorificação. O termo designa os hinos de ação de graças e louvor a Deus nos salmos que fazem parte da liturgia do início do mês e dos dias festivos.

Haman:

Primeiro ministro do rei Assuero (Xerxes I) que teria planejado o extermínio dos judeus. Ver o livro de *Ester*.

Hanuque:

Do hebr. *hanucá*, inauguração. Festa, chamada também das Luzes, que celebra, a partir de 25 de Kislev, durante oito dias, a vitória dos Macabeus sobre o domínio selêucida na Judeia e a purificação do Templo de Jerusalém, profanado por Antíoco Epifane.

Hassid:

Pio, beato, adepto do hassidismo.

Hassidismo:

Movimento religioso, de caráter popular e pietista, iniciado no século XVIII por Israel ben Eliezer Baal Schem Tov, o rabi do Bom Nome, o Bescht.

Hazn:

Do hebr. *hazan*, cantor, chantre, precentor, que conduz o serviço das preces na sinagoga.

Heider:

Do hebr. *heder*, quarto, câmara. Denomina a escola de primeiras letras para meninos no sistema tradicional da educação religiosa, largamente difundido na Europa Oriental até a Segunda Guerra Mundial.

Heschaine Rabe:

Do hebr. *Hoschaná Rabá*. Ver *Grande Hosana*.

Hooligan:

Arruaceiro, desordeiro.

Hoss:

Corruptela do francês *hausse*, alta.

Humesch:

Do hebr. *Humasch*, *Pentateuco*.

Hupe:

Do hebr. *hupá*, dossel, pálio nupcial sob o qual ficam os noivos durante a cerimônia do casamento judaico.

Iak-n-ha'z:

Abreviatura hebraica de "vinho sacramental e velas para o sábado e os dias festivos".

Ídiche ou *iídiche:*

Forma aportuguesada de íidisch; língua de base alemã mesclada ao hebraico-aramaico inicialmente e, mais tarde, a aportes românicos e eslavos, que se tornou o idioma franco dos judeus asquenazitas que habitavam a Europa Central e Oriental, dando origem a uma cultura específica e a uma rica literatura.

Iehupetz:

Denominação ficcional da cidade de Kiev, capital da Ucrânia.

Iomim Noiroim:

Do hebr. *Iamim Noraim*, Dias Terríveis; dez dias de contrição que decorrem entre o início de Rosch Ha-Schaná, o Ano Novo judaico, e o fim do Iom Kipur, o Dia da Expiação.

Iortzait:

Aniversário de morte.

Jid:

Judeu, designação pejorativa em russo.

Kadisch:

Santo, em aramaico. Originalmente, um hino aramaico de louvor à Divindade, recitado nas sinagogas e nas casas de estudo; mais tarde, passou a designar também a oração pelos mortos que os judeus maiores de treze anos proferem em memória dos pais e parentes próximos. Vale observar que, apesar dessa utilização, sua mensagem é de esperança.

Kapote:

Capote, gabardo, casaco longo, de origem medieval, que era usado nos guetos da Europa Oriental e que ainda hoje é envergado pelos judeus ortodoxos.

Kasrílevke:

Cidadezinha imaginária, no sul da Rússia, habitada pelas personagens de Scholem Aleikhem.

Kischinev:

Forma ídiche de Chisinau (seu nome romeno, retomado em 1991), em português também Quichinau; capital da Moldávia, antiga Bessarábia.

Kislev:

Terceiro mês do calendário judaico e nono mês do calendário hebraico; corresponde a novembro-dezembro no calendário civil.

Klipe:

Do hebr. *klipá(ot)*, casca(s); as forças do mal na Cabala; popularmente: espírito do diabo, megera.

Knij(es):

Ver *Knisch*.

Knisch(es):

Folheado com recheio de batatas aceboladas.

Kol Nidre:

"Todos os votos"; título e primeiras palavras de uma prece em aramaico que, na véspera do Iom Kipur, inicia o ofício do dia mais sagrado da liturgia judaica.

Kreplach:

Pastéis.

Lamedvuvnik:

Idichismo proveniente do hebraico *lamed*, trinta, e *vav*, seis, que corresponde ao número mínimo de justos, santos, existentes em cada geração, segundo o *Talmud da Babilônia*; ecoada pelo cabalismo e pelo hassidismo, essa tradição alimentou a lenda popular de que esses justos perambulam, incógnitos, entre os homens, praticam o bem, previnem o mal, sendo um deles o próprio Messias.

Lekh-Lekho:

"E disse o Eterno a Abrão: *Vai-te* da tua terra..." *Gen.* 12,1; primeiras palavras do primeiro versículo da terceira leitura semanal do *Pentateuco*.

Lehaim:

À vida, à saúde; brinde que se faz à mesa.

Livro de Ester:

Um dos cinco rolos (*meguilot*) hagiográficos da *Bíblia* hebraica. É o relato de como a esposa judia do rei persa Assuero, a rainha Ester e seu tio Mardoqueu frustraram os planos de Haman e salvaram os judeus do extermínio, o que deu origem à comemoração de Purim.

Makhpelá:

Gruta em Hebron e sítio santificado na tradição religiosa judaica, pois o texto bíblico localiza aí a tumba dos Patriarcas, Abraão, Isaac e Jacó, bem como de suas mulheres, menos Raquel, sepultada em Belém.

Makhteineste:

Parente feminino por afinidade, mãe do noivo ou da noiva.

Makhtunem:

Parentes por afinidade, familiares do noivo ou da noiva.

Maltzev-schmaltzev:

Expressão formada por corruptela de *maltzev*, nome de um papel de crédito bancário na Rússia da época, e *schmaltz*, gordura de galinha ou ganso.

Ma neschtane:

Do hebr. *Ma neschtaná*, "No que difere..."; palavras iniciais das quatro perguntas rituais no Seder de Pessakh.

Maskil (pl. *maskilim*):

Partidário da Hascalá; pessoa inteligente e culta.

Mazeltov:

Do hebr. *mazal tov*, boa sorte. Expressão de júbilo e de felicitações.

Medresch (pl. *medroschim*):

Do hebr. *midrasch*, *midraschim*, glosa, interpretação. Corpo de comentários rabínicos da Escritura, com propósitos normativos de caráter ritual e/ou legal, ou ilustrativos, para proporcionar um ensinamento moral por meio de relatos, parábolas e lendas.

Meguile:

Do hebr. *meguilá*, rolo. Nome pelo qual a voz popular designa comumente o livro de *Ester*.

Mekhuten:

Parente masculino por afinidade, pai da noiva ou do noivo.

Meilekh Elion:

Do hebr. *Melekh Elion*, Rei Sublime. Designa o Altíssimo e a oração que começa com essas palavras.

Melamed (pl. *melamdim*):

Professor; mestre-escola no *heider*; usado também de forma depreciativa no sentido de mestre pouco instruído e às vezes ridículo.

Mezuze:

Do hebr. *mezuzá*, montante de porta. Estojo fixado no batente da porta contendo um pequeno rolo de pergaminho com transcrições da prece "Ouve, ó Israel" e de mandamentos bíblicos.

Minkhe:

Do hebr. *minkhá*, oferenda, tributo. Ofício vespertino de orações que o fiel profere diariamente antes do pôr do sol, na presença de um *minian*, um quórum mínimo de dez observantes.

Mischne:

Do hebr. *mischná*, repetição, lição. Nome dado à coletânea de leis e preceitos orais que, a partir da destruição do Segundo Templo, por Tito, foram objeto dos trabalhos da hermenêutica bíblica e por ela fixada como tais. Comporta seis ordens que, por sua vez, se dividem em 63 tratados ao todo, eles próprios repartidos em capítulos e subdivididos em parágrafos, constituindo a primeira parte e o núcleo do *Talmud*.

Monschkes:

Bolinhos fritos.

Nissan:

Sétimo mês do calendário judaico e primeiro do calendário hebraico; corresponde a março-abril no calendário civil.

Nono Dia de Ab ou Av:

Ver *tischebav*.

Oi:

Interjeição ídiche, ai.

Pan / pani:

Senhor em polonês e ucraniano, no uso peculiar de Tévye.

Parede Oriental:

Em ídiche, *mizrach vant*, parede oriental de uma sinagoga, ao longo da qual tomam assento as pessoas gradas da congregação.

Peirek:

Do hebr. *perek*, capítulo, seção, tratado; abreviadamente, pode indicar capítulo da *Ética dos Pais*.

Pirké Avot:

"Capítulo dos Pais", também conhecido como *Ética dos Pais*, tratado da *Mischná* desprovido de conteúdo normativo, que reúne aforismos e máximas rabínicas.

Peissekh:

Do hebr. *Pessakh*, Páscoa judaica. Nome da celebração que se realiza no décimo quinto dia do mês de Nissan. Durante oito dias (sete em Israel), os judeus comem o pão ázimo. No primeiro e no segundo, efetuam o Seder, durante o qual é lida a saga da saída dos judeus do Egito. Na Antiguidade era, ao lado de Sucot e Schavuot, uma das festividades que incluía, como mandamento, uma peregrinação ao Templo.

Potivilov:

Designação de ações negociadas na Bolsa.

Prial(en):

Dinheiro russo.

Puretz:

Do hebr. *pritz*, nobre, senhor, terra-tenente.

Purim:

Festa que se comemora no décimo terceiro e décimo quarto dias do mês de Adar. Ver o livro de *Ester*.

Pussek:

Do hebr. *passuk*, versículo, frase, sentença bíblica, referência à própria Escritura.

Rabi:

Meu mestre, título conferido aos sábios da Lei.

Rabino:

Do hebr. *rabeinu*, nosso mestre.

Rav:

Rabino, grão rabino.

Reb:

Senhor, modo de tratamento ídiche que se antepõe ao nome próprio.

Reb Id:

Senhor (*id* = judeu), designação coletiva dada ao judeu.

Refidim:

Lugar incerto, no deserto de Sin, próximo ao Mar Vermelho, onde os filhos de Israel, guiados por Moisés, teriam acampado, conforme *Ex*. 17,1.

Roschechone:

Do hebr. *Rosch ha-Schaná*, Ano Novo judaico celebrado no primeiro e segundo dias do mês de Tischri (setembro-outubro). À festividade sucedem-se dez dias de penitência, até o Iom Kipur.

Schabes:

Do hebr. *Schabat*, Sábado, dia santificado do repouso, um dos fundamentos do judaísmo; no serviço sinagogal, é a ocasião da leitura pública da *Torá*.

Schadkhen:

Casamenteiro. Sua intervenção, em geral remunerada, foi o modo tradicional e preferido de relacionar jovens com vista ao matrimônio, desde a alta Idade Média.

Scheiguetz:

Rapaz ou moleque gentio.

Schimenesre:

Do hebr. *Schmoné Esré*, Dezoito; nome de uma prece, com dezoito bênçãos ao Senhor, que é pronunciada três vezes, todos os dias, de pé, sem interrupção e com o rosto voltado para o Oriente.

Schive:

Do hebr. *schivá*, sete; número de dias que, a contar do sepultamento, as pessoas enlutadas, suspendendo todos os seus afazeres e práticas, permanecem sentadas no chão ou em bancos, sem sapatos, recitando orações pela manhã e ao anoitecer, com o quórum completo.

Schmaltz:

Gordura de galinha, de pato ou de ganso.

Schoifer:

Do hebr. *schofar*, trombeta feita de chifre de carneiro; com exceção da véspera de Rosch ha-Haschaná, ela é tocada ritualmente durante todo o mês de Elul, bem como nos dois primeiros dias da efeméride do Ano Novo e, no último ofício do Iom Kipur, assinalando o final do jejum.

Schoikhet:

Do hebr. *Schokhet*, magarefe. Nome dado ao homem incumbido do abate *cascher*; por isso mesmo, deve ter certa instrução sobre os órgãos e a saúde dos animais de abate e um cuidado especial com a lâmina de corte por motivos rituais, o que requer uma certificação rabínica para o exercício da função.

Scholem aleikhem:

Do hebr. *schalom aleikhem*, a paz seja convosco; saudação usual entre os judeus que tem como resposta *aleikhem scholem*, convosco seja a paz.

Schtetl:

Cidadezinha, aldeia ou povoado em ídiche. Designa especificamente os pequenos aglomerados urbanos em que, durante um largo período, viveram os judeus da Europa Oriental.

Schtraimel:

Gorro de pele usado pelos rabis hassídicos e seus devotos, os *hassidim*, no sábado e nos dias festivos.

Schvues, Schvies, Schvuos:

Do hebr. *schavuot*, semanas, literalmente; Pentecostes; Festa do Decálogo, que é comemorada, conforme a prescrição em *Êxodo*, 34, 22, nos dias 6 e 7 do mês de Sivan.

Seider:

Do hebr. *seder*, ordem, no caso do desenvolvimento da celebração familiar das duas primeiras noites da festa de Pessakh, que comemora a saída dos judeus do Egito, e em cujo decurso se procede à leitura da *Hagadá*.

Sedre:

Do hebr. *sidra*, ordem; termo que designa as seções do *Pentateuco* lidas publicamente na sinagoga, no *Schabat*.

Sedre Balak:

Porção semanal do *Humasch*, *Números* 22.

Seifer:

Do hebr. *sefer*, livro; designa especificamente um livro sagrado.

Sider:

Do hebr. *Sidur*, livro de orações para o ano todo.

Sivan:

Terceiro mês do calendário judaico e nono mês do calendário hebraico; corresponde a maio-junho no calendário civil.

Slikhe(s):

Do hebr. *Slikhá* (pl. *Slikhot*), perdão; preces de arrependimento e contrição, nas quais o fiel implora o perdão e a piedade do Senhor; elas são pronunciadas de madrugada, na semana anterior a *Rosch ha-Schaná* e nos dias de jejum.

Stikrata(s):

Corruptela de aristocrata.

Sukes:

Do hebr. *sucot* (pl. de *sucá*), cabana (s); Festa dos Tabernáculos, observada durante sete dias na Diáspora e seis em Israel, a partir de 15 de Tischré, comemora o Êxodo dos hebreus para o deserto e o tempo em que habitaram em cabanas e, também, a colheita de outono.

Talmetoire:

Do hebr. *Talmud-Torá*, literalmente, estudo da *Torá*; nome dado, na Europa Oriental, às escolas comunitárias que ensinavam textos clássicos da tradição religiosa judaica.

Talmud:

Do verbo hebraico *lamod*, estudar; título do mais importante e famoso livro dos judeus depois da *Bíblia*. É uma compilação de escritos de diferentes épocas, sobre inúmeros temas, por numerosos hermeneutas e glosadores (sob o nome de tanaítas, amoraítas e savaraítas) da Escritura e da Lei Oral. A coletânea talmúdica constitui uma verdadeira enciclopédia da legislação, do folclore, das lendas, das disputas teológicas, das crenças, das doutrinas morais, das tradições históricas da vida judaica, durante sete séculos, entre o término do Antigo Testamento e o fim do século V da nossa era. Divide-se em *Talmud de Jerusalém* e *Talmud da Babilônia*, conforme o lugar em que foi redigido. Subdivide-se, por sua vez, em duas partes, *Mischná* e *Guemará*, cada qual composta de diversos tratados e ordens.

Tanaíta:

Do hebr, *taná*, mestre, nome dado aos mestres da Lei Oral, cujo período de atividade se estendeu de 20 a 200 da Era Comum e que, após a tomada de Jerusalém por Tito, se reagruparam em Iavné, ao redor de Iokhanan ben Zakai, e reconstituíram o Sinédrio.

Targum:

Tradução; designa as traduções aramaicas da Escritura.

Targum Onkelos:

Tradução aramaica do *Pentateuco* atribuída ao prosélito Onkelos, século II E.C. Teria sido efetuada sob a égide dos *tanaítas* rabi Eliezer e rabi Ieoschua, discípulos do rabi Akiva, e foi oficializado pelo *Talmud da Babilônia*, tendo substituído, nas leituras sinagogais, os *targumim* palestinenses.

Tararam ou *tareram*:

Termo ídiche para azáfama, fazer muito barulho por nada.

Tav:

Vigésima segunda e última letra do alfabeto hebraico, com valor sonoro de *t* e numérico de 400.

Tilim:

Do hebr. *Tehilim*, *Salmos*, livro da hagiografia bíblica com 150 salmos, dos quais 72 são atribuídos a Davi.

Tischebav:

Do hebr. *Tischa b'Av*, nono dia do mês de Av. Dia de luto e jejum pela destruição do Segundo Templo.

Tischré ou Tischri:

Sétimo mês do calendário judaico e primeiro mês do calendário hebraico; corresponde aproximadamente a setembro-outubro do ano civil.

Toire:

Do hebr. *Torá*, literalmente, ensinamento; comumente o termo é traduzido por lei; como tal, designa os Cinco Livros de Moisés, em particular e, por extensão, o conjunto da Escritura e do *Talmud*, bem como os textos clássicos do judaísmo.

Treif:

Do hebr. *trefá*, literalmente, carne cortada; nomeia alimentos impróprios ao consumo, segundo as leis dietéticas judaicas.

Tzadik (pl. *tzadikim*):
Devoto, santo, justo. Título dados aos rabis hassídicos.

Tzores-kneidlach:
Bolinhos fritos de massa.

Unessana Toikef:
Do hebr. *Unetaná Tokeif*, "E nós proclamaremos o poderio", primeiras palavras da oração que exalta a santidade de *Rosch ha-Schaná*, o Ano Novo judaico.

Veikro:
Do hebr. *Vaikrá*, "E Ele chamou...", nome do terceiro livro do *Pentateuco*, o *Levítico*.

Zmire(s):
Do hebr. *zmirá*, *zmirot*, canto (s). Na tradição asquenazita, são cantares domésticos, num total de 25, entoados antes e depois do repasto sabático; na tradição sefardita, a expressão designa versículos bíblicos, salmos e doxologia entoados antes do ofício principal da manhã.

COLEÇÃO TEXTOS

1. *Marta, a Árvore e o Relógio*
   Jorge Andrade
2. *Antologia dos Poetas Brasileiros da Fase Colonial*
   Sérgio Buarque de Holanda
3. *A Filha do Capitão e o Jogo das Epígrafes*
   Aleksandr S. Púchkin / Helena S. Nazario
4. *Textos Críticos*
   Augusto Meyer (João Alexandre Barbosa, org.)
5. *O Dibuk*
   Sch. An-ski (J. Guinsburg, org.)
6. *Panorama do Movimento Simbolista Brasileiro* (2 vols.)
   Andrade Muricy
7. *Ensaios*
   Thomas Mann (Anatol Rosenfeld, seleção)
8. *Leone de' Sommi: Um Judeu no Teatro da Renascença Italiana*
   J. Guinsburg (org.)
9. *Caminhos do Decadentismo Francês*
   Fulvia M. L. Moretto (org.)
10. *Urgência e Ruptura*
   Consuelo de Castro

11. *Pirandello: Do Teatro no Teatro*
J. Guinsburg (org.)

12. *Diderot: Obras I. Filosofia e Política*
J. Guinsburg (org.)

Diderot: Obras II. Estética, Poética e Contos
J. Guinsburg (org.)

Diderot: Obras III. O Sobrinho de Rameau
J. Guinsburg (org.)

Diderot: Obras IV. Jacques, O Fatalista, e seu Amo
J. Guinsburg (org.)

Diderot: Obras V. O Filho Natural
J. Guinsburg (org.)

Diderot: Obras VI. O Enciclopedista – História da Filosofia I
J. Guinsburg (org.)

Diderot: Obras VI (2). O Enciclopedista – História da Filosofia II
J. Guinsburg (org.)

13. *Makunaíma e Jurupari: Cosmogonias Ameríndias*
Sérgio Medeiros (org.)

14. *Canetti: O Teatro Terrível*
Elias Canetti

15. *Idéias Teatrais: O Século XIX no Brasil*
João Roberto Faria

16. *Heiner Müller: O Espanto no Teatro*
Ingrid D. Koudela (org.)

17. *Büchner: Na Pena e na Cena*
J. Guinsburg e Ingrid D. Koudela (orgs.)

18. *Teatro Completo*
Renata Pallottini

19. *A República de Platão*
J. Guinsburg (org.)

Górgias, de Platão
Daniel R. N. Lopes (org.)

20. *Barbara Heliodora: Escritos sobre Teatro*
Claudia Braga (org.)

21. *Hegel e o Estado*
Franz Rosenzweig

22. *Almas Mortas*
Nikolai Gógol

23. *Machado de Assis: Do Teatro*
João Roberto Faria (org.)

24. *Descartes: Obras Escolhidas*
J. Guinsburg, Roberto Romano e Newton Cunha (orgs.)

25. *Luís Alberto de Abreu: Um Teatro de Pesquisa*
Adélia Nicolete (org.)

26. *Teatro Espanhol do Século de Ouro*
J. Guinsburg e Newton Cunha (orgs.)

27. *Tévye, o Leiteiro*
Scholem Aleikhem

Este livro foi impresso na cidade de Cotia,
nas oficinas da Meta Brasil,
para a Editora Perspectiva.